莎士比亚
全集 5

[英] 威廉·莎士比亚　著

朱生豪　译

中国文史出版社

图书在版编目（CIP）数据

莎士比亚全集：全 8 册 /（英）威廉·莎士比亚著；
朱生豪译 . — 北京：中国文史出版社，2013.8
（2018.6 重印）

ISBN 978-7-5034-4200-1

Ⅰ . ①莎… Ⅱ . ①威… ②朱… Ⅲ . ①莎士比亚（
Shakespeare, William 1564-1616）—全集 Ⅳ .
① I561.13

中国版本图书馆 CIP 数据核字（2018）第 089838 号

责任编辑：刘　夏
封面设计：李四月

出版发行：中国文史出版社
网　　址：www.wenshipress.com
社　　址：北京市西城区太平桥大街 23 号　　邮编：100811
电　　话：010-66173572　66168268　66192736（发行部）
传　　真：010-66192703
印　　装：三河市天润建兴印务有限公司
经　　销：全国新华书店
开　　本：880×1230　1/32
印　　张：88.5　　　　字数：1800 千字
版　　次：2013 年 9 月北京第 1 版
印　　次：2018 年 8 月第 3 次印刷
定　　价：528.00 元（全 8 册）

目　录

William Shakespeare
COMPLETE WORKS

亨利四世上篇

朱生豪　译

莎士比亚
全集

剧中人物

亨利四世

亨利　威尔士亲王 ⎱
约翰·兰开斯特 ⎰ 亨利王之子

威斯摩兰伯爵

华特·勃伦特爵士

托马斯·潘西　华斯特伯爵

亨利·潘西　诺森伯兰伯爵

亨利·潘西·霍茨波　诺森伯兰之子

爱德蒙·摩提默　马契伯爵

理查·斯克鲁普　约克大主教

阿契包尔德　道格拉斯伯爵

奥温·葛兰道厄

理查·凡农爵士

约翰·福斯塔夫爵士

迈克尔道长　约克大主教之友

波因斯

盖兹希尔

皮多

巴道夫

潘西夫人　霍茨波之妻,摩提默之妹

摩提默夫人　葛兰道厄之女,摩提默之妻

快嘴桂嫂　开设于依斯特溪泊之野猪头酒店主妇

群臣、军官、郡吏、酒店主、掌柜、酒保、二脚夫、旅客及
侍从等

地　点

英国

第一幕

第一场　伦敦。王宫

亨利王、威斯摩兰及余人等上。

亨利王　在这风雨飘摇、国家多故的时候，我们惊魂初定，喘息未复，又要用我们断续的语音，宣告在辽远的海外行将开始新的争战。我们决不让我们的国土用她自己子女的血涂染她的嘴唇；我们决不让战壕毁坏她的田野，决不让战马的铁蹄蹂躏她的花草。那些像扰乱天庭的流星般的敌对的眼睛，本来都是同种同源，虽然最近曾经演成阋墙的惨变，今后将要敌忾同仇，步伐一致，不再蹈同室操戈的覆辙；我们决不再让战争的锋刃像一柄插在破鞘里的刀子一般，伤害它自己的主人。所以，朋友们，我将要立即征集一支纯粹英格兰土著的军队，开往基督的圣陵；在他那神圣的十字架之下，我是立誓为他作战的兵士，我们英国人生来的使命就是要用武器把那些异教徒从那曾经被救主的宝足所践踏的圣地上驱逐出去，在一千四百年以前，他为了我们的缘故，曾经被钉在痛苦的十字架上。可是这是一年前就已定下的计划，无须再向你们申述我出征的决心，所以这并不是我们今天集会的目的。威斯摩兰贤卿，请你报告在昨晚的会议上，对于我们进行这次意义重大的战役有些什么决定。

威斯摩兰　陛下，我们昨晚正在热烈讨论着这个问题，并且已就各方面的指挥作出部署,不料出人意外地从威尔士来了一个急使,带来许多不幸的消息;其中最坏的消息是,那位尊贵的摩提默率领着海瑞福德郡的民众向那乱法狂悖的葛兰道厄作战,已经被那残暴的威尔士人捉去,他手下的一千兵士,都已尽遭屠戮,他们的尸体被那些威尔士妇女们用惨无人道的手段横加凌辱,那种兽行简直叫人无法说出口来。

亨利王　这样看来,我们远征圣地的壮举,又要被这方面的乱事耽搁下来了。

威斯摩兰　不但如此,陛下,从北方传来了更严重的消息;在圣十字架日①那一天,少年英武的哈利·潘西·霍茨波和勇猛的阿契包尔德,那以善战知名的苏格兰人,在霍美敦交锋,进行一场非常惨烈的血战;传报这消息的人,就在他们争斗得最紧张的时候飞骑南下,还不知道究竟谁胜谁败。

亨利王　这儿有一位忠勤的朋友,华特·勃伦特爵士,新近从霍美敦一路到此,征鞍甫卸,他的衣衫上还染着各地的灰尘;他给我们带来了可喜的消息。道格拉斯伯爵已经战败了;华特爵士亲眼看见一万个勇敢的苏格兰人和二十二个骑士倒毙在霍美敦战场上,他们的尸体堆积在他们自己的血泊之中。被霍茨波擒获的俘虏有法辅伯爵摩代克,他就是战败的道格拉斯的长子,还有亚索尔伯爵、茂雷伯爵、安格斯伯爵和曼梯斯伯爵。这不是赫赫的战果?哈,贤卿,你说是不是?威斯摩兰真的!这是一次值得一位君王夸耀的胜利。

亨利王　嗯,提起这件事,就使我又是伤心,又是妒嫉,妒嫉我的诺森伯兰伯爵居然会有这么一个好儿子,他的声名流传众口,就像众

_____

① 圣十字架日(Holy-rood day),九月十四日,罗马教徒之祭日。

木丛中一株最挺秀卓异的佳树,他是命运的骄儿和爱宠。当我听见人家对他的赞美的时候,我就看见放荡和耻辱在我那小儿哈利的额上留下的烙印。啊!要是可以证明哪一个夜游的神仙在襁褓之中交换了我们的婴孩,使我的儿子称为潘西,他的儿子称为普兰塔琪纳特,那么我就可以得到他的哈利,让他把我的儿子领了去。可是让我不要再想起他了吧。贤卿,你觉得这个年轻的潘西是不是骄傲得太过分了?他把这次战役中捉到的俘虏一起由他自己扣留下来,却寄信给我说,除了法辅伯爵摩代克以外,其余的他都不准备交给我。

威斯摩兰　他的叔父华斯特在各方面都对您怀着恶意,他这回一定是受了他的教唆才会鼓起他的少年的意气,敢犯陛下的威严。

亨利王　可是我已经召唤他来解释他这一次的用意了;为了这件事情,我们只好暂时搁置我们远征耶路撒冷的计划。贤卿,下星期三我将要在温莎举行会议,你去向众大臣通知一声,然后赶快回来见我,因为我在一时愤怒之中,有许多应当说的话没说、应当作的事没做哩。

威斯摩兰　我就去就来,陛下。(各下。)

第二场　同前。亲王所居一室

亲王及福斯塔夫上。

福斯塔夫　哈尔,现在什么时候啦,孩子?

亲　王　你只知道喝好酒,吃饱了晚餐把钮扣松开,一过中午就躺在长椅子上打鼾;你让油脂蒙住了心,所以才会忘记什么是你应该问的问题。见什么鬼你要问起时候来?除非每一点钟是一杯白葡萄酒,每一分钟是一只阉鸡,时钟是鸨妇们的舌头,日晷是妓院前的招牌,那光明的太阳自己是一个穿着火焰色软缎的风流热情的姑娘,我不知道为什么你会这样多事,问起现在是什么时候来。

福斯塔夫 真的,你说中我的心病啦,哈尔;因为我们这种靠着偷盗过日子的人,总是在月亮和七星之下出现,从来不会在福玻斯,那漂亮的游行骑士的威光之下露脸。乖乖好孩子,等你做了国王以后——上帝保佑你殿下—— 不,我应当说陛下才是——其实犯不上为你祈祷——

亲　王　什么!犯不上为我祈祷?

福斯塔夫 可不是吗?就连吃鸡蛋黄油之前的那点祷词也不值得花在你身上。

亲　王　好,怎么样?来,快说,快说。

福斯塔夫 呃,我说,乖乖好孩子,等你做了国王以后,不要让我们这些夜间的绅士们被人称为掠夺白昼的佳丽的窃贼;让我们成为狄安娜的猎户,月亮的嬖宠;让人家说,我们都是很有节制的人,因为正像海水一般,我们受着我们高贵纯洁的女王月亮的节制,我们是在她的许可之下偷窃的。

亲　王　你说得好,一点不错,因为我们这些月亮的信徒们既然像海水一般受着月亮的节制,我们的命运也像海水一般起伏不定,举个例说,星期一晚上出了死力抢下来的一袋金钱,星期二早上便会把它胡乱花去;凭着一声吆喝"放下"把它抓到手里,喊了几回"酒来"就花得一文不剩。有时潦倒不堪,可是也许有一天时来运转,两脚腾空,高升绞架。

福斯塔夫 天哪,你说得有理,孩子。咱们那位酒店里的老板娘不是一个最甜蜜的女人吗?

亲　王　正像上等的蜂蜜一样,我的城堡里的老家伙。弄一件软皮外套不是最舒服的囚衣吗?

福斯塔夫　怎么，怎么，疯孩子！嘿，又要说你的俏皮话了吗？一件软皮外套跟我有什么相干？

亲　王　嘿，酒店里的老板娘跟我又有什么相干？

福斯塔夫　噢，你不是常常叫她来算账吗？

亲　王　我有没有叫你付过你自己欠下的账？

福斯塔夫　不，那倒要说句良心话，我的账都是你替我付清的。

亲　王　嗯，我有钱就替你付钱；没钱的时候，我也曾凭着我的信用替你担保。

福斯塔夫　嗯，你把你的信用到处滥用，倘不是谁都知道你是当今亲王——可是，乖乖好孩子，等你做了国王以后，英国是不是照样有绞架，老朽的法律会不会照样百般刁难刚勇的好汉？你要是做了国王，千万不要吊死一个偷儿。

亲　王　不，我让你去。

福斯塔夫　让我去，那太难得了，我当起审判官来准保威风十足。

亲　王　你现在已经审判错了。我是说让你去吊死那些贼，当个难得的刽子手。

福斯塔夫　好，哈尔，好；与其在宫廷里奔走侍候，倒还是做个刽子手更合我的胃口。

亲　王　奔走个什么劲儿？等御赏？

福斯塔夫　不，等衣裳，一当刽子手，衣囊就得肥了。他妈的，我简直像一只老雄猫或是一头给人硬拖着走的熊一般闷闷不乐。

亲　王　又像一头衰老的狮子，一张恋人的琴。

福斯塔夫　嗯，又像一支风笛的管子。

亲　王　你说你的忧郁像不像一只野兔，或是一道旷野里的荒沟？

福斯塔夫　你就会做这种无聊的比喻，真是一个坏透了的可爱的少年王子；可是，哈尔，请你不要再跟我多说废话了吧。但愿上帝指示我们什么地方有好名誉出卖。一个政府里的老大臣前天在街上当着我的面前骂你,可是我听也没有听他;然而他讲的话倒是很有理的,我就是没有理他;虽然他的话讲得很有理,而且是在街上讲的。

亲　王　你不理他很好,因为智慧在街道上高呼,谁也不会去理会它的声音。

福斯塔夫　哎哟!你满口都是些该死的格言成语。真的,一个圣人也会被你引诱坏了。我受你的害才不浅哩,哈尔;愿上帝宽恕你!我在没有认识你以前,哈尔,我是什么都不知道的;现在呢,说句老实话,我简直比一个坏人好不了多少。我必须放弃这种生活,我一定要放弃这种生活;上帝在上,要是我再不悔过自新,我就是一个恶徒,一个基督教的罪人,什么国王的儿子都不能使我免除天谴。

亲　王　杰克,我们明天到什么地方去抢些钱来?

福斯塔夫　他妈的!随你的便,孩子,我一定参加就是了;不然的话,你就骂我是个坏人,当场揭去我的脸皮好啦。

亲　王　好一个悔过自新!祷告方罢,又要打算做贼了。

　　　　　　波因斯自远处上。

福斯塔夫　嘿,哈尔,这是我的职业哩,哈尔:一个人为他的职业而工作,难道也是罪恶吗?波因斯!现在我们可以知道盖兹希尔有没有接到一桩生意啦。啊!要是人们必须靠着行善得救,像他这样的家伙,就是地狱里也没有一个够热的火洞可以安置他的灵魂的。在那些拦路行劫的强盗中间,他是一个最了不得的恶贼。

亲　王　早安,奈德。

波因斯　早安,亲爱的哈尔。忏悔先生怎么说?甜酒约翰爵士怎么说?杰克!你在上次耶稣受难日那天为了一杯马得拉酒和一只冷鸡腿,把你的灵魂卖给魔鬼,那时候你们是怎么讲定的?

亲　王　约翰爵士言而有信,决不会向魔鬼故弄玄虚。常言说得好,
是魔鬼的东西就该归于魔鬼,他对于这句古训是服膺弗替的。

波因斯　那么你因为守着你和魔鬼所订的约,免不了要下地狱啦。

亲　王　要是他欺骗了魔鬼,他也一样要下地狱的。

波因斯　可是我的孩儿们,我的孩儿们,明儿早上四点钟,在盖兹山有
一群进香人带着丰盛的祭品要到坎特伯雷去,还有骑马上伦敦的
钱囊饱满的商人。我已经替你们各人备下了面具;你们自己有
的是马匹。盖兹希尔今晚在洛彻斯特过夜。明儿的晚餐我已经
在依斯特溪泊预先定下了。咱们可以放手干去,就像睡觉一样安
心。要是你们愿意去的话,我一定叫你们的口袋里塞满了闪亮的
金钱;要是你们不愿意去,那么还是给我躲在家里上吊吧。

福斯塔夫　听我说,爱德华,我要是躲在家里,少不了要叫你上吊。

波因斯　你也敢,肥猪?

福斯塔夫　哈尔,你也愿意参加吗?

亲　王　什么,我去做强盗? 不,那可办不到.

福斯塔夫　你这人毫无信义,既没有胆量,又不讲交情;要是这点点勇
气都没有,还算得了什么王家的子孙?

亲　王　好,那么我就姑且干一回荒唐的事吧.

福斯塔夫　对了,那才是句话.

亲　王　呃,无论如何,我还是躲在家里的好.

福斯塔夫　上帝在上,等你做了国王以后,我一定要造反.

亲　王　我不管。

波因斯　约翰爵士,请你让亲王跟我谈谈,我要向他提出充分的理由,
使他非去不可.

福斯塔夫　好,愿上帝给你一条循循善诱的舌头,给他一双从善如流

的耳朵；让你所说的话可以打动他的心，让他听了你的话，可以深信不疑；让一个堂堂的王子逢场作戏，暂时做一回贼。因为鼠窃狗盗之流，是需要一个有地位的人作他们的护法的。再见；你们到依斯特溪泊找我好了。

亲　王　再见，你迟暮的残春！再见，落叶的寒夏！（福斯塔夫下。）

波因斯　听我说，我的可爱的好殿下，明儿跟我们一起上马吧。我打算开一场玩笑，可是独力不能成事。我们已经设下埋伏等候着那批客商，就让福斯塔夫、巴道夫、皮多和盖兹希尔他们去拦劫，你我却不要跟他们在一块儿；等到他们赃物到手以后，要是我们俩人不把它抢下来，您就把这颗头颅从我的肩膀上搬下来吧。

亲　王　可是我们一同出发，怎么和他们中途分手呢？

波因斯　那很容易，我们只要比他们先一步或者晚一步出发，跟他们约定一个会面的所在，我们却偏不到那里去；他们不见我们，一定等得不耐烦，自去干他们的事；我们一看见他们的目的已经达到，就立刻上去袭击他们。

亲　王　嗯，可是他们多半会从我们的马匹、我们的装束和其他服饰上认出我们来的。

波因斯　嘿！他们不会瞧见我们的马匹，我可以把它们拴在林子里；我们跟他们分手以后，就把我们的面具重新换过，而且我还有两套麻布衣服，可以临时套在身上，遮住我们原来的装束。

亲　王　嗯，可是我怕他们人多，我们抵挡不了。

波因斯　呃，我知道他们中间有两个人是一对十足的懦夫；还有一个是把生命的安全看得重于一切的，要是他会冒险跟人拼命，我愿意从此以后再不舞刀弄剑。这一场玩笑最精彩的部分，就是我们在晚餐时候大家聚在一起，听听这无赖的胖汉会向我们讲些什么海阔天空的谎话；他会告诉我们，他怎样和三十个人——这是最少的数目——奋勇交战,怎样招架,怎样冲刺,怎样被敌人团团围住,受困垓心;然后让我们揭穿真相,把他痛痛快快地羞辱一番。

亲　王　好,我愿意跟你去。把一切需要的物件预备好了,明儿晚上我们在依斯特溪泊会面,我就在那里进餐。再见。

波因斯　再见,殿下。(下。)

亲　王　我完全知道你们,现在虽然和你们在一起无聊鬼混,可是我正在效法着太阳,它容忍污浊的浮云遮蔽它的庄严的宝相,然而当它一旦穿破丑恶的雾障,大放光明的时候,人们因为仰望已久,将要格外对它惊奇赞叹。要是一年四季,全是游戏的假日,那么游戏也会变得像工作一般令人烦厌;唯其因为它们是不常有的,所以人们才会盼望它们的到来;只有偶然难得的事件,才有勾引世人兴味的力量。所以当我抛弃这种放荡的行为,偿付我所从来不曾允许偿还的欠债的时候,我将要推翻人们错误的成见,证明我自身的价值远在平日的言行之上;正像明晃晃的金银放在阴暗的底面上一样,我的改变因为被我往日的过失所衬托,将要格外耀人眼目,格外容易博取国人的好感。我要利用我的放荡的行为,作为一种手段,在人们意料不及的时候一反我的旧辙。(下。)

第三场　同前。王宫

亨利王、诺森伯兰、华斯特、霍茨波、华特·勃伦特及余人等上。

亨利王　我的秉性太冷静、太温和了,对于这些侮辱总是抱着默忍的态度;你们见我这样,以为我是可以给你们欺凌的,所以才会放肆到这等地步。可是,告诉你们吧,从此以后,我要放出我的君主的威严,使人家见了我凛然生畏,因为我的平和柔弱的性情,已经使我失去臣下对我的敬意;只有骄傲才可以折服骄傲。

华斯特　陛下，我不知道我们家里的人犯了什么大不敬的重罪，应该俯受陛下谴责的严威；陛下能够有今天这样巍峨的地位，说起来我们也曾出过不少的力量。

诺森伯兰　陛下——

亨利王　华斯特，你去吧，因为我看见奸谋和反抗在你的眼睛里闪耀着凶光。你当着我的面这样大胆而专横，一个堂堂的君主是不能忍受他的臣下的怒目横眉的，请便吧；我需要你的助力和意见的时候，会再来请教你的。(华斯特下。向诺森伯兰)你刚才正要说话。

诺森伯兰　是，陛下。陛下听信无稽的传言，以为哈利·潘西违抗陛下的命令，拒绝交出他在霍美敦擒获的战俘，其实据他自己说来，这是和事实的真相并不符合的。不是有人恶意中伤，就是出于一时的误会，我的儿子不能负这次过失的责任。

霍茨波　陛下，我并没有拒交战俘，可是我记得，就在战事完了以后，我因为苦斗多时，累得气喘吁吁，乏力不堪，正在倚剑休息，那时候来了一个衣冠楚楚的大臣，打扮得十分整洁华丽，仿佛像个新郎一般；他的颏下的胡子新薙不久，那样子就像收获季节的田亩里留着一株株割剩的断梗；他的身上像一个化妆品商人似的洒满了香水；他用两只手指撮着一个鼻烟匣子，不时放在他的鼻子上嗅着，一边笑，一边滔滔不绝地说话；他看见一队兵士抬着尸体经过他的面前，就骂他们是没有教育，不懂规矩的家伙，竟敢把丑恶污秽的骸骨冒渎他的尊严的鼻官。他用许多文绉绉的妇人气的语句向我问这样问那样，并且代表陛下要求我把战俘交出。那时我创血初干，遍身痛楚，这饶舌的鹦鹉却向我缠扰不休，因为激于气愤，不经意地回答了他两句，自己也记不起来说了些什么话。他简直使我发疯，瞧着他那种美衣华服、油头粉面的样子，夹着一阵阵脂粉的香味，讲起话来活像一个使女的腔调，偏要高谈什么枪炮战鼓、杀人流血——上帝恕我这样说！他还告诉我鲸脑是医治内伤的特效秘方；人们不该把制造火药的硝石从善良的大地的腹中发掘出来，使无数大好的健儿因之都遭到暗算，一命呜呼；他自己倘不是因为憎厌这些万恶的炮火，也早就做一个军人了。陛下，他这一番支离琐碎的无聊废话，我是用冷嘲热骂的口气回答他的；请陛下不要听信他的一面之词，怀疑我的耿耿的忠诚。

勃伦特　陛下，衡情度理，哈利·潘西在那样一个地点、那样一个时候，对那样一个人讲的无论什么话，都可以不必计较，只要他现在声明取消前言，那就什么事情都没有了。

亨利王　嘿，可是他明明拒绝把他的战俘交给我，除非我答应他所要挟的条件，由王家备款立刻替他的妻舅，那愚蠢的摩提默，赎回自由。凭着我的灵魂起誓，这次跟随摩提默向那可恶的妖巫葛兰道厄作战的兵士，都是被他存心出卖而牺牲了生命的；听说这位马契伯爵最近已经和葛兰道厄的女儿结了婚了。难道我们必须罄我们国库中的资财去赎回一个叛徒吗？我们必须用重价购买一个已经失身附逆的人、留作自己心腹间的祸患吗？不，让他在荒凉的山谷之间饿死吧；谁要是开口要求我拿出一个便士来赎回叛逆的摩提默，我将要永远不把他当作我的朋友。

霍茨波　叛逆的摩提默！他从来不曾潜蓄二心，陛下，这次战争失利，并不是他的过失；他的遍体的鳞伤便是他的忠勇的唯一的证明，这些都是他在芦苇丛生的温柔的塞汶河畔，单身独力，和那伟大的葛兰道厄鏖战大半个时辰所留下的痕迹。他们曾经三次停下来喘息，经过双方的同意，三次放下武器，吸饮塞汶河中滚滚的流水；那河水因为看见他们血污的容颜，吓得惊惶万分，急忙向颤栗的芦苇之中奔走逃窜，它的一道道的涟漪纷纷后退，向那染着这两个英勇的斗士之血的堤岸下面躲避。卑劣而邪恶的权谋决不会用这种致命的巨创掩饰它的行动；忠义的摩提默要是心怀异志，也决不会甘心让他的身体上蒙受这许多的伤痕；所以让我们不要用莫须有的叛逆的罪名毁谤他吧。

亨利王　潘西，你全然在用无稽的妄语替他曲意回护。他从不曾和葛兰道厄交过一次锋。我告诉你吧，他宁愿和魔鬼面面相对，也不敢和奥温·葛兰道厄临阵一战的。你这样公然说谎，不觉得惭愧吗？可是，小子，从此以后，让我再也不要听见你提起摩提默的名字了。尽快把你的俘虏交给我，否则你将要从我这里听到一些使你不愉快的事情。诺森伯兰伯爵，我允许你和你的儿子同去。把你的俘虏交给我，免得自贻后悔。（亨利王、勃伦特及扈从等下。）

霍茨波　即使魔鬼来向我大声咆哮，索取这些俘虏，我也不愿意把他们交出；我要立刻追上去这样告诉他，因为我必须发泄我的心头的气愤，拼着失去这一颗头颅。

诺森伯兰　什么！你气疯了吗？不要走，定一定心吧。你的叔父来了。

华斯特重上。

霍茨波　不准提起摩提默的名字！他妈的！我偏要提起他；我要和他同心合作，否则让我的灵魂得不到上天的恕宥。我这全身血管里的血拼着为他流尽，一点一滴地洒在泥土上，我也要把这受人践踏的摩提默高举起来，让他成为和这负心的国王、这忘恩而奸恶的波林勃洛克同样高贵的人物。

诺森伯兰　弟弟，国王把你的侄子激得发疯了。

华斯特　谁在我走了以后煽起这把火来？

霍茨波　哼，他要我交出我的全部俘虏；当我再度替我的妻舅恳求赎身的时候，他的脸就变了颜色，向我死命地瞧了一眼；一听见摩提默的名字，他就发抖了。

华斯特　我倒不能怪他；那已故的理查不是说过，摩提默是他最近的血亲吗?

诺森伯兰　正是,我听见他这样说的。说那句话的时候,这位不幸的国王——上帝恕宥我们对他所犯的罪恶!——正在出征爱尔兰的途中,可是他在半路上被人拦截回来,把他废黜,不久以后,他就死在暴徒的手里。

华斯特　因为他的死于非命,我们在世人悠悠之口里,永远遭到无情的毁谤和唾骂。

霍茨波　可是且慢!请问一声,理查王当时有没有宣布我的妻舅爱德蒙·摩提默是他的王冠的继承者?

诺森伯兰　他曾经这样宣布;我自己亲耳听见的。

霍茨波　啊,那就难怪他那位做了国王的叔父恨不得要让摩提默在荒凉的山谷之间饿死了。可是你们把王冠加在这个健忘的人的头上,为了他的缘故,蒙上教唆行弑的万恶的罪名,难道你们就这样甘心做一个篡位者的卑鄙的帮凶,一个弑君的刽子手,受尽无穷的诅咒吗?啊!恕我这样不知忌讳,直言指出你们在这狡诈的国王手下充任了何等的角色。难道你们愿意让当世的舆论和未来的历史提起这一件可羞的事实,说是像你们这样两个有地位有势力的人,却会作出那样不义之事——上帝恕宥你们的罪恶!——把理查,那芬芳可爱的蔷薇拔了下来,却扶植起波林勃洛克,这一棵刺人的荆棘?难道你们愿意让它们提起这一件更可羞的事实,说是你们为了那个人蒙受这样的耻辱,结果却被他所愚弄、摒斥和抛弃,不,现在你们还来得及赎回你们被放逐的荣誉,恢复世人对你们的好感;报复这骄傲的国王所加于你们的侮蔑吧,他每天每晚都在考虑着怎样酬答你们的辛劳,他是不会吝惜用流血的手段把你们处死的,所以,我说——

华斯特静　下来,侄儿!别多说了,现在我要展开一卷禁书,向你愤激

不平的耳中诵读一段秘密而危险的文字,正像踏着一杆枪渡过汹
涌的急流一样惊心动魄。

霍茨波　要是他跌到水里,那就完了,不论他是沉是浮。让危险布满
　　　　在自东至西的路上,荣誉却从北至南与之交错,让它们互相搏斗;
　　　　啊!激怒一头雄狮比追赶一只野兔更使人热血沸腾。

诺森伯兰　他幻想着一种轰轰烈烈的行动,全然失去了耐性。

霍茨波　凭着上天起誓,我觉得从脸色苍白的月亮上摘下光明的荣
　　　　誉,或是跃入深不可测的海底,揪住溺死的荣誉的头发,把它拉出
　　　　水面,这不算是一件难事;只是:这样把荣誉夺了回来的,就该独
　　　　享它的一切的尊严,谁也不能和他瓜分。可是谁稀罕这种假惺惺
　　　　的合作!

华斯特　他正在耽于想象,所以才会这样忘形。侄儿,听我说几句话吧。

霍茨波　请您原谅我。

华斯特　被你俘获的那些高贵的苏格兰人——

霍茨波　我要把他们一起留下;凭着上帝起誓,他不能得到这些苏格
　　　　兰人中间的一个。不,要是他的灵魂必须依仗一个苏格兰人得救,
　　　　他也不能得到他。我举手为誓,我要把他们留下。

华斯特　你又说下去了,不肯听听我有些什么话说。你可以留下这些
　　　　俘虏。

霍茨波　哼,我要留下他们,那是不用说的。他说他不愿意赎出摩提
　　　　默;他不许我提起摩提默的名字,可是我要等他熟睡的时候,在他
　　　　的耳旁高呼,"摩提默!"哼,我要养一只能言的瞿鸟鸽,仅仅教会
　　　　它说"摩提默"三个字,然后把这鸟儿送给他,让它一天到晚激动
　　　　他的怒火。

华斯特　侄儿,听我说一句话。

霍茨波　我现在郑重声明我要抛弃一切的学问,用我的全副心力思索

一些谑弄这波林勃洛克的方法;还有他那个荒唐胡闹的亲王,倘不是我相信他的父亲不爱他,但愿他遭到什么灾祸,我一定要用一壶麦酒把他毒死。

华斯特　再见,侄儿;等你的火气平静一点的时候,我再来跟你谈吧。

诺森伯兰　哎哟,哪一只黄蜂刺痛了你,把你激成了这么一个暴躁的傻瓜,像一个老婆子似的唠唠叨叨,只顾说你自己的话!

霍茨波　嘿,你们瞧我,一听见人家提起这个万恶的政客波林勃洛克,就像受到一顿鞭挞,浑身仿佛给虫蚁咬着似的难受。在理查王的时候——该死,你们把那地方叫作什么名字?它就在葛罗斯特郡,那卤莽的公爵,他的叔父约克镇守的所在;就在那地方,我第一次向这满脸堆笑的国王,这波林勃洛克,屈下我的膝盖,他妈的!那时候你们跟他刚从雷文斯泊回来。

诺森伯兰　那是在勃克雷堡。

霍茨波　您说得对。嘿,那时候这条摇尾乞怜的猎狗用一股怎样的甜蜜劲儿向我曲献殷勤!瞧,"万一我有得志的一天,"什么"亲爱的哈利·潘西",什么"好兄弟"。啊!魔鬼把这些骗子抓了去!上帝恕我!好叔父,说您的话吧,我已经说完了。

华斯特　不,要是你还有话说,请再说下去吧;我们等着你就是了。

霍茨波　真的,我已经说完了。

华斯特　那么再来谈你的苏格兰的俘虏吧。把他们立刻释放,也不要勒索什么赎金,单单留下道格拉斯的儿子,作为要求苏格兰出兵的条件;为了种种的理由,我可以担保他们一定乐于从命,其中的原故,等一天我会写信告诉你的。(向诺森伯兰)你,我的伯爵,当你的儿子在苏格兰进行他的任务的时候,你就悄悄地设法取得那位被众人所敬爱的尊贵的大主教的信任。

霍茨波　是约克大主教吗?

华斯特　正是,他因为他的兄弟斯克鲁普爵士在勃列斯托尔被杀,怀着很大的怨恨。这并不是我的任意猜测之谈,我知道他已经在那儿处心积虑,蓄谋报复,所以迟迟未发,不过等待适当的机会而已。

霍茨波　我已经嗅到战争的血腥味了。凭着我的生命发誓,这一次一定要闹得日月无光,风云变色。

诺森伯兰　事情还没有动手,你总是这样冒冒失失地泄露了机密。

霍茨波　哈,这没有话说,准是一个绝妙的计策。那么苏格兰和约克都要集合他们的军力,策应摩提默吗,哈?

华斯特　正是。

霍茨波　妙极,妙极!

华斯特　就是为了保全我们自己的头颅起见,我们也有充分的理由督促我们赶快举兵起事;因为无论我们怎样谨慎小心,那国王总以为他欠了我们的债,疑心我们自恃功高,意怀不满。你们瞧他现在已经不再用和颜悦色对待我们了。

霍茨波　他正是这样,他正是这样;我们非得向他报复不可。

华斯特　侄儿,再会吧。你不要轻举妄动,一切必须依照我在书信上吩咐你的办法去做。等到时机成熟——那一天是不会远的——我就悄悄地到葛兰道厄和摩提默伯爵那儿去;我和道格拉斯以及我们的军队,将要按照我的布置,在那里同时集合;我们现在前程未卜的命运,将要被我们用坚强的腕臂把它稳定下来。

诺森伯兰　再会吧,兄弟,我相信我们一定会成功的。

霍茨波　叔父,再会!啊!但愿时间赶快过去,让我们立刻听见刀枪的交触,人马的嘶号,为我们喝彩助威!（同下。）

第二幕

第一场　　洛彻斯特。旅店庭院

一脚夫提灯笼上。

脚夫甲　嗨呵！我敢打赌现在一定有四点钟啦；北斗星已经高悬在新烟囱上，咱们的马儿却还没有套好。喂，马夫！

马　夫　（在内）就来，就来。

脚夫甲　汤姆，请你把马鞍拍一拍，放点儿羊毛进去，这可怜的畜生几乎把肩骨都压断了。

另一脚夫上。

脚夫乙　这儿的豌豆蚕豆全都是潮湿霉烂的，可怜的马儿吃了这种东西，怎么会不长疮呢？自从马夫罗宾死了以后，这家客店简直糟得不成样子啦。

脚夫甲　可怜的家伙！自从燕麦涨价以后，他就没有快乐过一天；他是为这件事情急死的。

脚夫乙　我想在整个的伦敦路上，只有这一家客店里的跳蚤是最凶的；我简直给它们咬得没有办法。

脚夫甲　嘿，自从第一遍鸡啼以后，它们就把我拼命乱叮，这滋味真够受哩。

脚夫乙　房里连一把便壶也没有，咱们只好往火炉里撒尿；让尿里生出很多很多的跳蚤来。

脚夫甲　喂,马夫! 快来吧,该死的!

脚夫乙　我有一只火腿,两块生姜,一直要送到查林克洛斯去呢。

脚夫甲　他妈的! 我筐子里的火鸡都快要饿死了。喂,马夫! 遭瘟的! 你头上不生眼睛吗? 你聋了吗? 要是打碎你的脑壳不是一件跟喝酒同样的好事,我就是个大大的恶人。快来吧,该死的! 你不相信上帝吗?

盖兹希尔上。

盖兹希尔　早安,伙计们。几点钟啦?

脚夫甲　我想是两点钟吧。

盖兹希尔　谢谢你,把你的灯笼借我用一用,让我到马棚里去瞧瞧我的马。

脚夫甲　不,且慢;老实说吧,你这套戏法是瞒不了我的。

盖兹希尔　谢谢你,把你的借我吧。

脚夫乙　哼,你倒想得不错。把你的灯笼借给我,说得挺容易,嘿,我看你还是去上吊吧。

盖兹希尔　脚夫,我们预备什么时候到伦敦?

脚夫乙　告诉你吧,咱们到了伦敦,还可以点起蜡烛睡觉哩。来,马格斯伙计,咱们去把那几位客人叫醒;他们必须结伙同行,因为他们带着不少的财物呢。(二脚夫下。)

盖兹希尔　喂! 掌柜的!

掌　柜　(在内)偷儿说的好,离你不远。

盖兹希尔　说起来掌柜和偷儿还不是一样,你吩咐怎么做,让别人去动手;咱们不是全靠你设谋定计吗?

掌柜上。

掌　柜　早安,盖兹希尔大爷。我昨晚就告诉你的,有一个从肯特乡下来的小地主,身边带着三百个金马克;昨天晚餐的时候,我听见他这样告诉他的一个随行的同伙;那家伙像是个查账的,也有不少货色,不知是些什么东西。他们早已起来,嚷着要鸡蛋牛油,吃罢了就要赶路的。

盖兹希尔　小子,要是他们在路上不碰见圣尼古拉斯的信徒①,我就让你把我这脖子拿了去。

掌　柜　不,我不要;请你还是保留下来,预备将来送给刽子手吧;因为我知道你是一个虔诚地信仰圣尼古拉斯的坏人。

盖兹希尔　你跟我讲什么刽子手不刽子手?要是我上刑场,可得预备一双结实一点的绞架;因为我不上绞架则已,要上,老约翰爵士总要陪着我的,你知道他可不是一个皮包骨头的饿鬼哩。嘿!咱们一伙里还有几个大大有名的好汉,你做梦也想不到的,他们为了逢场作戏的缘故,愿意赏给咱们这一个天大的面子,真是咱们这一行弟兄们的光荣;万一官府查问起来,他们为了自己的名誉,也会设法周旋,不会闹出事情来的。我可不跟那些光杆儿的土贼,那些抢长棍的鼠窃狗盗,那些留着大胡子的青面酒鬼们在一起鬼混。跟我来往的人,全都是些达官贵人,他们都是很有涵养功夫的,未曾开口就打人,不等喝酒就谈天,没有祷告就喝酒;可是我说错了,他们时时刻刻都在为国家人民祈祷,虽然一方面他们却把国家人民放在脚底下踩,就像是他们的靴子一般。

掌　柜　什么!国家人民是他们的靴子吗?要是路上潮湿泥泞,这双靴子会不会透水?

盖兹希尔　不会的,不会的;法律已经替它抹上油了。咱们做贼就像安坐在城堡里一般万无一失;咱们已经得到羊齿草子的秘方,可以隐身来去。

① 拦路行劫的强盗。

掌　柜　不，凭良心说，我想你的隐身妙术，还是靠着黑夜的遮盖，未必是羊齿草子的功劳。

盖兹希尔　把你的手给我；我用我的正直的人格向你担保，咱们这笔买卖成功以后，不会缺少你的一份。

掌　柜　不，我倒宁愿你用你的臭贼的身份向我担保的好。

盖兹希尔　算了吧，圣人也好，大盗也好，都是一样的人，何分彼此。叫那马夫把我的马儿牵出来。再会，你这糊涂的家伙！（各下。）

第二场　盖兹山附近公路

　　　　亲王及波因斯上。

波因斯　来，躲起来，躲起来。我已经把福斯塔夫的马儿偷走，他气得像一块上了胶的毛茸茸的天鹅绒一般。

亲　王　你快躲起来。

　　　　福斯塔夫上。

福斯塔夫　波因斯！波因斯，该死的！波因斯！

亲　王　别闹，你这胖汉！大惊小怪地吵些什么呀？

福斯塔夫　波因斯呢，哈尔？

亲　王　他到山顶上去了；我去找他。（伪作寻波因斯状，退至隐处。）

福斯塔夫　算我倒霉，结了这么一个贼伴儿；那坏蛋偷了我的马去，不知把它拴在什么地方了。我只要多走四步路，就会喘得透不过气来。好，我相信要是现在我把这恶贼杀了，万一幸逃法网，为了这一件功德，一定可以寿终正寝。这二十二年以来，我时时刻刻都想和他断绝来往，可是总是像着了鬼迷似的离不开这恶棍。我敢打赌这坏蛋一定给我吃了什么迷魂药，叫我不能不喜欢；准是这个缘故；我已经吃了迷魂药了。波因斯！哈尔！瘟疫抓了你们俩人去！巴道夫！皮多！我宁愿挨饿，再也不愿多走一步路，做他妈的什么鬼强盗了。从此以后，我要做个规规矩矩的好人，不再跟这些恶贼们在一起，这跟喝酒一样，是件好事。否则我就是有齿之伦中间一个最下贱的奴才，八码高低不平的路，对于我就像徒步走了七十英里的长途一般，这些铁石心肠的恶人们不是不知道的。做贼的人这样不顾义气，真该天诛地灭！（亲王及波因斯吹口哨）嗨！瘟疫把你们一起抓了去！把我的马给我，你们这些恶贼；把我的马给我，再去上吊吧。

亲　王　（上前）别闹，胖家伙！躺下来，把你的耳朵靠在地上，听听有没有行路人的脚步声。

福斯塔夫　你叫我躺了下去，你有没有什么杠子可以重新把我抬起来？他妈的！即使把你父亲国库里的钱一起给我，我也发誓再不走这么多的路了。你们这不是无理欺人吗？

亲　王　胡说，不是我们要"欺人"，是你要"骑马"。

福斯塔夫　谢谢你，好哈尔亲王，帮帮忙把我的马牵了来吧，国王的好儿子！

亲　王　呸，混账东西！我是你的马夫吗？

福斯塔夫　去，把你自己吊死在你那亲王爷的袜带上吧！要是我被官家捉去了，我一定要控诉你们欺人太甚。要是我不替你们编造一些歌谣，用下流的调子把它们唱起来，让一杯葡萄酒成为我的毒药吧。我顶恨那种开得太过分的玩笑，尤其可恶的是叫我提着两只脚走路！

　　　　盖兹希尔上。

盖兹希尔　站住！

福斯塔夫　站住就站住，不愿意也没有办法。

波因斯　啊！这是我们的眼线，我听得出他的声音。

巴道夫及皮多上。

巴道夫 打听到什么消息没有?

盖兹希尔 戴上你们的面具,戴上你们的面具;有一批国王的钱打这儿山下经过;它是要送到国王的金库里去的。

福斯塔夫 你说错了,你这浑蛋;它是要送到国王的酒店里去的。

盖兹希尔 咱们抢到了这笔钱,大家可以发财了。

福斯塔夫 大家可以上绞架了。

亲　王 各位听着,你们四个人就在那条狭路上迎着他们;奈德·波因斯跟我俩人在下边把守;要是他们从你们的手里逃走了,我们会把他们拦住的。

皮　多 他们一共有多少人?

盖兹希尔 大概八个十个的样子。

福斯塔夫 他妈的! 咱们不会反倒给他们抢了吗?

亲　王 嘿! 你胆怯了吗,大肚子约翰爵士?

福斯塔夫 虽然我不是你的祖父约翰·刚特,可是我还不是一个懦夫哩,哈尔。

亲　王 好,咱们等着瞧吧。

波因斯 杰克,你那马就在那篱笆的后面,你需要它的时候,可以到那里去找它。再见,不要退却。

福斯塔夫 如果我得上绞架,想揍他也揍不着了。

亲　王 (向波因斯旁白)奈德,我们化装的物件在什么地方?

波因斯 就在那里,过来。(亲王及波因斯下。)

福斯塔夫 现在,弟兄们,大家试试各人的运气吧;每一个人都要出力。

众旅客上。

旅客甲 来,伙计;叫那孩子把我们的马牵到山下去;我们步行一会儿,舒展舒展我们的腿骨。

众　盗　站住!

众旅客　耶稣保佑我们!

福斯塔夫　打!打倒他们!割断这些恶人们的咽喉!啊,婊子生的毛虫!大鱼肥肉吃得饱饱的家伙!他们恨的是我们年轻人。打倒他们!把他们的银钱抢下来!

众旅客　啊!我们从此完了!

福斯塔夫　哼,你们这些大肚子的恶汉,你们完了吗?不,你们这些胖胖的蠢货;我但愿你们的家当一起在这儿!来,肥猪们,来!嘿!混账东西,年轻人是要活命的。你们作威作福作够了,现在可掉在咱们的手里啦。(众盗劫旅客钱财,并缚其手足,同下。)

　　　　　亲王及波因斯重上。

亲　王　强盗们已经把良善的人们缚起来了。你我要是能够从这批强盗的手里抢下他们的贼赃,快快活活地回到伦敦去,这件事情一定可以成为整整一个星期的话题,足足一个月的笑柄,而且永远是一场绝妙的玩笑。

波因斯　躲一躲,我听见他们来了。

　　　　　众盗重上。

福斯塔夫　来,弟兄们;让我们各人分一份去,然后趁着天色还没有大亮,大家上马出发。亲王和波因斯倘不是两个大大的懦夫,这世上简直没有公道了。那波因斯是一只十足的没有胆量的野鸭。

亲　王　留下你们的钱来!

波因斯　混账东西!(众盗分赃时,亲王及波因斯突然袭击;盗党逃下;福斯塔夫略一交手后亦遗弃赃银逃走。)

亲　王　全不费力地得到了。现在让我们高高兴兴地上马回去。这些强盗们已经四散逃走,吓得心惊胆战,看见自己的同伴,也会疑心他是警士。走吧,好奈德。福斯塔夫流着满身的臭汗,一路上浇肥了那瘦瘠的土地；倘不是瞧着他太可笑了，我一定会怜悯他的。

波因斯　听那恶棍叫得多么惨！（同下。）

第三场　华克渥斯。堡中一室

霍茨波上，读信。

霍茨波　"弟与君家世敦友谊，本当乐于从命。"既然乐于从命，为什么又变了卦？说什么世敦友谊；他是把他的堆房看得比我们的家更重的。让我再看下去。"唯阁下此举，未免过于危险——"嘿，那还用说吗？受寒、睡觉、喝酒，哪一件事情不是危险的？可是我告诉你吧，我的傻瓜老爷子，我们要从危险的荆棘里采下完全的花朵。"唯阁下此举，未免过于危险；尊函所称之各友人，大多未可深恃；目前又非适于行动之时机，全盘谋略可以轻率二字尽之，以当实力雄厚之劲敌，窃为阁下不取也。"你这样说吗？你这样说吗？我再对你说吧，你是一个浅薄怯懦的蠢材，你说谎！好一个没有头脑的东西！上帝在上，我们的计策是一个再好没有的计策，我们的朋友是忠心而可靠的；一个好计策，许多好朋友，希望充满着我们的前途；绝妙的计策，很好的朋友。好一个冷血的家伙！嘿，约克大主教也赞成我们的计策，同意我们的行动方针哩。他妈的！要是现在我就在这浑蛋的身边，我只要拿起他太太的扇子来，就可以敲破他的脑袋。我的父亲，我的叔父，不是都跟我在一起吗？还有爱德蒙·摩提默伯爵、约克大主教、奥温·葛兰道厄？此外不是还有道格拉斯也在我们这边？他们不是都已经来信约定在下月九日跟我武装相会，有几个不是早已出发了吗？好一个不信神明的恶汉，一个异教徒！嘿！你们看他抱着满心的恐惧，就要到国王面前去告发我们的全部计划了。啊！我恨不得把我的身体一分为二,自己把自己痛打一顿,因为我瞎了眼睛,居然会劝诱这么一个渣滓废物参加我们的壮举。哼!让他去告诉国王吧;我们已经预备好了。我今晚就要出发。

　　　　潘西夫人上。

霍茨波　啊,凯蒂!在两小时以内,我就要和你分别了。

潘西夫人　啊,我的夫主!为什么您这样耽于孤独?我究竟犯了什么过失,这半个月来我的哈利没有跟我同衾共枕?告诉我,亲爱的主,什么事情使你废寝忘食,失去了一切的兴致? 为什么你的眼睛老是瞧着地上,一个人坐着的时候,常常突然惊跳起来? 为什么你的脸上失去了鲜润的血色,不让我享受你的温情的抚爱,却去和两眼朦胧的沉思,快快不乐的忧郁做伴? 在你小睡的时候,我曾经坐在你的旁边看守着你,听见你梦中的呓语,讲的都是关于战争方面的事情,有时你会向你奔跃的战马呼叱,"放出勇气来!上战场去!" 你讲着进攻和退却,什么堑壕、营帐、栅栏、防线、土墙,还有各色各样的战炮、俘虏的赎金、阵亡的兵士以及一场血战中的种种情形。你的内心在进行着猛烈的交战,使你在睡梦之中不得安宁,你的额上满是一颗颗的汗珠,正像一道被激动的河流乱泛着泡沫一般;你的脸上现出奇异的动作,仿佛人们在接到了突如其来的非常的命令的时候屏住了他们呼吸的那种神情。啊!这些预兆着什么呢?我的主一定有些什么重要的事情要作,我必须知道它的究竟,否则他就是不爱我。

霍茨波　喂,来!

　　　　仆人上。

霍茨波　吉廉斯带着包裹走了没有?

仆　人　回大爷,他在一小时以前就走了。

霍茨波　勃特勒有没有从郡吏那里把那些马带来?

仆　人　大爷,他刚才带了一匹来。

霍茨波　一匹什么马? 斑色的,短耳朵的,是不是?

仆　人　正是,大爷。

霍茨波　那匹斑马将要成为我的王座。好,我要立刻骑在它的背上；叫勃特勒把它牵到院子里来。(仆人下。)

潘西夫人　可是听我说,我的老爷。

霍茨波　你说什么,我的太太?

潘西夫人　您为什么这样紧张兴奋?

霍茨波　因为我的马在等着我,我的爱人。

潘西夫人　啐,你这疯猴子! 谁也不像你这样刚愎任性。真的,哈利,我一定要知道你的事情,我怕我的哥哥摩提默想要争夺他的权力,是他叫你去帮助他起事的。不过要是你去的话——

霍茨波　要去得太远,我腿就要酸了,爱人。

潘西夫人　得啦,得啦,你这假作痴呆的人儿,直接痛快地回答我的问题吧。真的,哈利,要是你不把一切事情老老实实告诉我,我要把你的小手指头都拗断了。

霍茨波　走开,走开,你这无聊的东西! 爱! 我不爱你,我一点儿都不关心你,凯蒂。这不是一个容许我们戏弄玩偶、拥抱接吻的世界；我们必须让鼻子上挂彩,脑袋上开花,还要叫别人陪着我们流血。哎哟! 我的马呢? 你怎么说,凯蒂? 你要我怎么样?

潘西夫人　您不爱我吗? 您真的不爱我吗? 好,不爱就不爱；您既然不爱我,我也不愿爱我自己。您不爱我吗? 哎,告诉我您说的是假话还是真话。

霍茨波　来,你要不要看我骑马? 我一上了马,就会发誓我是无限地爱你的。可是听着,凯蒂,从此以后,我不准你问我到什么地方去,或是为了什么理由。我要到什么地方去就到什么地方去。总之一句话,今晚我必须离开你,温柔的凯蒂。我知道你是个聪明人,可是不论你怎样聪明,你总不过是哈利·潘西的妻子;我知道你是忠实的,可是你总是一个女人。没有别的女人比你更能保守秘密了,因为我相信你决不会泄露你所不知道的事情,在这一个限度之内,我是可以完全信任你的,温柔的凯蒂。

潘西夫人　啊!您对我的信任仅限于此吗?

霍茨波　不能再过于此了。可是听着,凯蒂,我到什么地方去,你也要跟着我到什么地方去;今天我去了,明天就叫人来接你,这可以使你满意了吧,凯蒂?

潘西夫人　既然必须这样安排,我也只好认为满意了。(同下。)

第四场　依斯特溪泊。野猪头酒店中一室

亲王及波因斯上。

亲　王　奈特,请你从那间气闷的屋子里出来,帮助我笑一会儿吧。

波因斯　你到哪里去了,哈尔?

亲　王　我在七八十只酒桶之间,跟三四个蠢虫在一起。我已经极卑躬屈节的能事。小子,我跟那批酒保们认了把兄弟啦;我能够叫得出他们的小名,什么汤姆、狄克和弗兰西斯。他们已经凭着他们灵魂的得救起誓,说我虽然不过是一个威尔士亲王!却是世上最有礼貌的人。他们坦白地告诉我,我不是一个像福斯塔夫那样一味摆臭架子的家伙,却是一个文雅风流、有骨气的男儿,一个好孩子——上帝在上,他们是这样叫我的——要是我做了英国国王,依斯特溪泊所有的少年都会听从我的号令。他们把喝酒称为红一红面孔;灌下酒去的时候,要是你透了口气,他们就会嚷一声"哼!"叫你把杯子里的酒喝干了。总而言之,我在一刻钟之内,

跟他们混得烂熟,现在我已经可以陪着无论哪一个修锅补镬的在一块儿喝酒,用他们自己的语言跟他们谈话了。我告诉你,奈德,你刚才不跟我在一起真是失去了一个得到荣誉的好机会。可是,亲爱的奈德——为了让你这名字听上去格外甜蜜起见,我送给你这一块不值钱的糖,那是一个酒保刚才塞在我的手里的,他一生之中,除了"八先令六便士"、"您请进来",再加上这一句尖声的叫喊,"就来,就来,先生!七号房间一品脱西班牙甜酒记账"诸如此类的话以外,从来不曾说过一句别的话。可是,奈德,现在福斯塔夫还没有回来,为了消磨时间起见,请你到隔壁房间里站一会儿,我要问问我这个小酒保他送给我这块糖是什么意思;你却在一边不断地叫"弗兰西斯!"让他除了满口的就来,就来;以外,来不及回答我的问话。站在一旁,我要做给你瞧瞧。

波因斯　弗兰西斯!

亲　王　好极了。

波因斯　弗兰西斯! (下。)

弗兰西斯上。

弗兰西斯　就来,就来,先生。劳尔夫,下面"石榴"房间你去照料照料。

亲　王　过来,弗兰西斯。

弗兰西斯　殿下有什么吩咐?

亲　王　你在这儿干活,还得干多久呀,弗兰西斯?

弗兰西斯　不瞒您说,还得五个年头——

波因斯　(在内)弗兰西斯!

弗兰西斯　就来,就来,先生。

亲　王　五个年头!哎哟,干这种提壶倒酒的活儿,这可是一段很长的时间哩。可是,弗兰西斯,难道你不会放大胆子,做一个破坏契约的懦夫,拔起一双脚逃走吗?

弗兰西斯　哎哟,殿下! 我可以凭着英国所有的《圣经》起誓,我心里
　　恨不得——

波因斯　(在内)弗兰西斯!

弗兰西斯　就来,先生。

亲　王　你多大年纪啦,弗兰西斯?

弗兰西斯　让我想一想,——到下一个米迦勒节①,我就要——

波因斯　(在内)弗兰西斯!

弗兰西斯　就来,先生。殿下,请您等一等。

亲　王　不,你听着,弗兰西斯。你给我的那块糖,不是一便士买来的吗?

弗兰西斯　哎哟,殿下! 我希望它值两便士就好了。

亲　王　因为你给我糖,我要给你一千镑钱,你什么时候要,尽管来问
　　我拿好了。

波因斯　(在内)弗兰西斯!

弗兰西斯　就来,就来。

亲　王　就来吗,弗兰西斯? 不,弗兰西斯;还是明天来吧,弗兰西斯;
　　或者,弗兰西斯,星期四也好;真的,你随便几时来好了。可是,弗
　　兰西斯。

弗兰西斯　殿下?

亲　王　你愿意去偷那个身披皮马甲、衣缀水晶钮扣、剃着平头、手
　　戴玛瑙戒指、足穿酱色长袜、吊着毛绒袜带、讲起话来软绵绵的、
　　腰边挂着一只西班牙式的钱袋——

弗兰西斯　哎哟,殿下,您说的是什么人呀?

亲　王　啊,那么你只好喝喝西班牙甜酒啦;因为你瞧,弗兰西斯,你
　　这白帆布紧身衣是很容易沾上污渍的。在巴巴里,朋友,那价钱

①　米迦勒节(Michaelmas),九月二十九日,纪念圣米迦勒之节日。

可不会这样贵。

弗兰西斯　什么,殿下。

波因斯　(在内)弗兰西斯。

亲　王　去吧,你这浑蛋!你没有听见他们叫吗?（二人同时呼叫,弗兰西斯不知所措。）

　　　　酒店主上。

店　主　什么!你听见人家这样叫喊,却在这儿待着不动吗?到里边去看看客人们要些什么。(弗兰西斯下)殿下,老约翰爵士带着五六个人在门口,我要不要让他们进来?

亲　王　让他们等一会儿,再开门吧。(店主下)波因斯!

　　　　波因斯上。

波因斯　就来,就来,先生。

亲　王　小子,福斯塔夫和那批贼党都在门口;我们要不要乐一乐?

波因斯　咱们要乐得像蟋蟀一般,我的孩子。可是我说,你对这酒保开这场玩笑,有没有什么巧妙的用意?来,告诉我。

亲　王　我现在充满了自从老祖宗亚当的时代以来直到目前夜半十二点钟为止所有各色各样的奇思异想。(弗兰西斯携酒自台前经过)几点钟了,弗兰西斯?

弗兰西斯　就来,就来,先生。(下。)

亲　王　这家伙会讲的话,还不及一只鹦鹉那么多,可是他居然也算是一个妇人的儿子!他的工作就是上楼下楼,他的口才就是算账报账。我还不能抱着像潘西,那北方的霍茨波那样的心理;他会在一顿早餐的时间杀了七八十个苏格兰人,洗了洗他的手,对他的妻子说,"这种生活太平静啦!我要的是活动。""啊,我的亲爱的哈利,"她说,"你今天杀了多少人啦?""给我的斑马喝点儿水,"他说,"不过十四个人。"这样沉默了一小时,他又接着说,"不算数,不算数。"请你去叫福斯塔夫进来;我要扮演一下潘西,让那该死的肥猪权充他的妻子摩提默夫人。用醉鬼的话说:就是"酒来呀!"叫那些瘦肉肥肉一起进来。

福斯塔夫、盖兹希尔、巴道夫、皮多及弗兰西斯上。

波因斯　欢迎,杰克!你从什么地方来?

福斯塔夫　愿一切没胆的懦夫们都给我遭瘟,我说,让天雷劈死他们!嘿,阿门!替我倒一杯酒来,堂倌。日子要是像这样过下去,我要自己缝袜自己上袜底哩。愿一切没胆的懦夫们都给我遭瘟!替我倒一杯酒来,浑蛋!——世上难道没有勇士了吗?(饮酒。)

亲　王　你见过太阳和一盆牛油接吻没有?软心肠的牛油,一听见太阳的花言巧语,就溶化了?要是你见过,那么眼前就正是这个混合物。

福斯塔夫　浑蛋,这酒里也搀着石灰水;坏人总不会干好事;可是一个懦夫却比一杯搀石灰水的酒更坏,一个刁恶的懦夫!走你自己的路吧,老杰克;愿意什么时候死,你就什么时候死吧。要是在这地面之上,还有人记得什么是男子汉的精神,什么是堂堂大丈夫的气概的话,我就是一条排了卵的鲱鱼。好人都上了绞架了,剩在英国的总共还不到三个,其中的一个已经发了胖,一天老似一天。上帝拯救世人!我说这是一个万恶的世界。我希望我是一个会唱歌的织工;我真想唱唱圣诗,或是干些这一类的事情。愿一切懦夫们都给我遭瘟!我还是这样说。

亲　王　怎么,你这披毛戴发的脓包!你在咕噜些什么?

福斯塔夫　一个国王的儿子!要是我不用一柄木刀把你打出你的国境,像驱逐一群雁子一般把你的臣民一起赶散,我就不是一个须眉男子。你这威尔士亲王!

亲　王　哎哟,你这下流的胖汉,这是怎么一回事?

福斯塔夫　你不是一个懦夫吗?回答我一个问题。还有这波因斯,他不也是一个懦夫吗？

波因斯　他妈的！你这胖皮囊，你再骂我懦夫，我就用刀子戳死你。

福斯塔夫　我骂你懦夫！我就是眼看着你掉下地狱，也不来骂你懦
　　夫哩；可是我要是逃跑起来两条腿能像你一样快，那么我情愿出
　　一千镑。你是肩直背挺的人，也不怕人家看见你的背；你以为那
　　样便算是做你朋友的后援吗？算了吧，这种见鬼的后援！那些愿
　　意跟我面对面的人，才是我的朋友。替我倒一杯酒来。我今天要
　　是喝过一口酒，我就是个浑蛋。

亲　王　哎哟，这家伙！你刚才喝过的酒，还在你的嘴唇上留着残沥，
　　没有擦干哩。

福斯塔夫　那反正一样。（饮酒）愿一切懦夫们都给我遭瘟！我还是这
　　么一句话。

亲　王　这是怎么一回事？

福斯塔夫　怎么一回事？咱们四个人今天早上抢到了一千镑钱。

亲　王　在哪儿，杰克？在哪儿？

福斯塔夫　在哪儿！又给人家抢去了；一百个人把我们四人团团围住。

亲　王　什么，一百个人？

福斯塔夫　我一个人跟他们十二个人短兵相接，足足战了两个时辰，
　　要是我说了假话，我就是个浑蛋。我这条性命逃了出来，真算是
　　一件奇迹哩。他们的刀剑八次穿透我的紧身衣，四次穿透我的裤
　　子；我的盾牌上全是洞，我的剑口砍得像一柄手锯一样，瞧！我平
　　生从来不曾打得这样有劲。愿一切懦夫们都给我遭瘟！叫他们
　　说吧，要是他们说的话不符事实，他们就是恶人，魔鬼的儿子。

亲　王　说吧，朋友们；是怎么一回事？

盖兹希尔　咱们四个人向差不多十二个人截击——

福斯塔夫　至少有十六个，我的殿下。

盖兹希尔　　还把他们绑了起来。

皮　多　　不，不，咱们没有绑住他们。

福斯塔夫　　你这浑蛋，他们一个个都给咱们绑住的，否则我就是个犹太人，一个希伯来的犹太人。

盖兹希尔　　咱们正在分赃的时候，又来了六七个人向咱们攻击——

福斯塔夫　　他们替那几个人松了绑，接着又来了一批人。

亲　王　　什么，你们跟这许多人对敌吗？

福斯塔夫　　这许多！我不知道什么叫作这许多。可是我要不曾一个人抵挡了他们五十个，我就是一捆萝卜；要是没有五十二三个人向可怜的老杰克同时攻击，我就不是两条腿的生物。

亲　王　　求求上帝，但愿你不曾杀死他们几个人。

福斯塔夫　　哼，求告上帝已经来不及了。他们中间有两个人身受重伤；我相信有两个人已经在我手里送了性命，两个穿麻布衣服的恶汉。我告诉你吧，哈尔，要是我向你说了谎，你可以唾我的脸，骂我是马。你知道我的惯用的防势；我把身子伏在这儿，这样挺着我的剑。四个穿麻衣的恶汉向我冲了上来——

亲　王　　什么，四个？你刚才说只有两个。

福斯塔夫　　四个，哈尔，我对你说四个。

波因斯　　嗯，嗯，他是说四个。

福斯塔夫　　这四个人迎头跑来，向我全力进攻。我不费吹灰之力，把我的盾牌这么一挡，他们七个剑头便一齐钉住在盾牌上了。

亲　王　　七个？咦，刚才还只有四个哩。

福斯塔夫　　都是穿麻衣的。

波因斯　　嗯，四个穿麻衣的人。

福斯塔夫　　凭着这些剑柄起誓，他们一共有七个，否则我就是个坏人。

亲　王　　让他去吧；等一会儿我们还要听到更多的人数哩。

福斯塔夫 你在听我吗？哈尔？

亲　王 嗯,杰克,我正在全神贯注,洗耳恭听。

福斯塔夫 很好,因为这是值得一听的。我刚才告诉你的这九个穿麻衣的人——

亲　王 好,又添了两个了。

福斯塔夫 他们的剑头已经折断——

波因斯 裤子就掉下来了。

福斯塔夫 开始向后退却;可是我紧紧跟着他们,拳脚交加,一下子这十一个人中间就有七个人倒在地上。

亲　王 哎哟,奇事奇事! 两个穿麻衣的人,摇身一变就变成十一个了。

福斯塔夫 可是偏偏魔鬼跟我捣蛋,三个穿草绿色衣服的杂种从我的背后跑了过来,向我举刀猛刺;那时候天是这样的黑,哈尔,简直瞧不见你自己的手。

亲　王 这些荒唐怪诞的谎话,正像只手掩不住一座大山一样,谁也骗不了的。嘿,你这头脑里塞满泥土的胖家伙,你这糊涂的傻瓜,你这下流龌龊、脂油蒙住了心窍的东西——

福斯塔夫 什么,你疯了吗? 你疯了吗? 事实不就是事实吗?

亲　王 嘿,既然天色黑得瞧不见你自己的手,你怎么知道这些人穿的衣服是草绿色的? 来,告诉我们你的理由。你还有什么话说?

波因斯 来,你的理由,杰克,你的理由。

福斯塔夫 什么,这是可以强迫的吗? 他妈的! 即使你们把我双手反绑吊起来,或是用全世界所有的刑具拷问我,你们也不能从我的嘴里逼出一个理由来。强迫我给你们一个理由;即使理由多得像乌梅子一样,我也不愿在人家的强迫之下给他一个理由。

亲　王 我不愿再负这蒙蔽事实的罪名了;这满脸红光的懦夫,这睡破床垫、坐断马背的家伙,这庞大的肉山——

福斯塔夫　他妈的！你这饿鬼，你这小妖精的皮，你这干牛舌，你这干了的公牛鸡巴，你这干瘪的腌鱼！啊！我简直说得气都喘不过来了；你这裁缝的码尺，你这刀鞘，你这弓袋，你这倒插的锈剑——

亲　　王　好，休息一会儿再说下去吧；等你搬完了这些下贱的比喻以后，听我说这么几句话。

波因斯　听着，杰克。

亲　　王　我们俩人看见你们四人袭击四个旅客，看见你们把他们捆了，夺下他们的银钱。现在听着，几句简单的话，就可以把你驳倒。那时我们俩人就向你们攻击，不消一声吆喝，你们早已吓得抛下了赃物，让我们把它拿去；原赃就在这屋子里，尽可当面验明。福斯塔夫，你抱着你的大肚子跑得才快呢，你还高呼饶命，边走边叫，听着就像一条小公牛似的。好一个不要脸的奴才，自己把剑砍了几个缺口，却说是跟人家激战砍坏了的！现在你还有什么鬼话，什么巧计，什么藏身的地窟，可以替你遮盖这场公开的羞辱吗？

波因斯　来，让我们听听吧，杰克；你现在还有什么鬼话？

福斯塔夫　上帝在上，我一眼就认出了你们。嗨，你们听着，列位朋友们，我是什么人，胆敢杀死当今的亲王？难道我可以向金枝玉叶的亲王行刺吗？嘿，你知道我是像赫刺克勒斯一般勇敢的；可是本能可以摧毁一个人的勇气；狮子无论怎样凶狠，也不敢碰伤一个堂堂的亲王。本能是一件很重要的东西，我是因为激于本能而成为一个懦夫的。我将要把这一回事情终身引为自豪，并且因此而格外看重你；我是一头勇敢的狮子，你是一位货真价实的王子。可是，上帝在上，孩子们，我很高兴钱在你们的手里。喂，老板娘，好生看守门户；今晚不要睡觉，明天一早祈祷。好人儿们，孩子们，哥儿们，心如金石的兄弟们，愿你们被人称誉为世间最有义气的朋友！怎样？咱们要不要乐一乐？要不要串演一出即景的戏剧?

亲　王　很好,就把你的逃走作为主题吧。

福斯塔夫　啊!哈尔,要是你爱我的话,别提起那件事了。

> 快嘴桂嫂上。

桂　嫂　耶稣啊!我的亲王爷!

亲　王　啊,我的店主太太!你有什么话要对我说?

桂　嫂　呃,我的爷,有一位宫里来的老爷等在门口,要见您说话;他说是您的父王叫他来的。

亲　王　你就尊他一声老太爷,叫他回到我的娘亲那儿去吧。

福斯塔夫　他是个怎么样的人?

桂　嫂　一个老头儿。

福斯塔夫　老人家半夜里从床上爬起来干什么呢?要不要我去回答他?

亲　王　谢谢你,杰克,你去吧。

福斯塔夫　我要叫他滚回去。(下。)

亲　王　列位,凭着圣母起誓,你们打得很好;你也打得不错,皮多;你也打得不错,巴道夫。你们全都是狮子,因为本能的冲动而逃走;你们是不愿意碰伤一位堂堂的王子的。呸!呸!

巴道夫　不瞒您说,我因为看见别人逃走,所以也跟着逃走了。

亲　王　现在老实告诉我,福斯塔夫的剑怎么会有这许多缺口?

皮　多　他用他的刀子把它砍成这个样儿;他说他要发漫天的大誓,把真理撵出英国,非得让您相信它是在激战中砍坏了的不可;他还劝我们学他的样子哩。

巴道夫　是的,他又叫我们用尖叶草把我们的鼻子擦出血来,涂在我们的衣服上,发誓说那是勇士的热血。我已经七年没有干这种把戏了;听见他这套鬼花样,我的脸也红啦。

亲　王　啊,浑蛋!你在十八年前偷了一杯酒喝,被人当场捉住,从此以后,你的脸就一直是红的。你又有火性又有剑,可是你却临阵逃走,这是为了哪一种本能?

巴道夫　(指己脸)殿下,您看见这些流星似的火点儿吗?

亲　王　我看见。

巴道夫　您想它们表示着什么?

亲　王　热辣辣的情欲,冷冰冰的钱袋。

巴道夫　殿下,照理说来,它应该表示一副躁急的脾气?

亲　王　不,照理说来,它应该表示一条绞刑的绳索。

　　　福斯塔夫重上。

亲　王　瘦得只剩一把骨头的杰克来了——啊,我的亲爱的法螺博士!杰克,你已经有多少时候看不见你自己的膝盖了?

福斯塔夫　我自己的膝盖!我在像你这样年纪的时候,哈尔,我的腰身还没有鹰爪那么粗;我可以钻进套在无论哪一个县佐的大拇指上的指环里去。都是那些该死的叹息忧伤,把一个人吹得像气泡似的膨胀起来!外边消息不大好;刚才来的是约翰·勃莱西爵士,着你父亲的命令,叫你明天早上进宫去。那北方的疯子潘西,还有那个曾经用手杖敲过亚迈蒙①的足胫、和路锡福的妻子通奸、凭着一柄弯斧叫魔鬼向他宣誓尽忠的威尔士人——该死的,你们叫他什么名字?

波因斯　奥温·葛兰道厄。

福斯塔夫　奥温,奥温,正是他;还有他的女婿摩提默和诺森伯兰那老头儿;还有那个能够骑马奔上悬崖、矫健的苏格兰英雄魁首道格拉斯。

亲　王　他能够在跃马疾奔的时候,用他的手枪打死一只飞着的麻雀。

福斯塔夫　你说得正是。

———————
① 亚迈蒙(Amaimon),中古时代传说中的一个恶魔。

亲　王　可是那麻雀并没有被他打中。

福斯塔夫　噉,那家伙有种;他不会见了敌人奔走。

亲　王　咦,那么你为什么刚才还称赞他奔走的本领了不得呢?

福斯塔夫　我说的是他骑在马上的时候,你这呆鸟! 可是下了马他就
　　　　会站住了一步也不动。

亲　王　不然,杰克,他也得看本能。

福斯塔夫　我承认;他也得看本能。好,他也在那里,还有一个叫作摩
　　　　代克的,和一千个其余的蓝帽骑士。华斯特已经在今晚溜走;你
　　　　父亲听见这消息,急得胡须都白了。现在你可以收买土地,像买
　　　　一条臭青鱼一般便宜。

亲　王　啊,那么今年要是有一个炎热的六月,而且这场内战还要继
　　　　续下去的话,看来我们可以把处女的贞操整百地收买过来,像人
　　　　家买钉子一般了。

福斯塔夫　真的,孩子,你说得对;咱们在那方面倒可以做一笔很好
　　　　的生意,可是告诉我,哈尔,你是不是怕得厉害呢? 你是当今的亲
　　　　王,这世上还能有像那煞神道格拉斯、恶鬼潘西和妖魔葛兰道厄
　　　　那样的三个敌人吗? 你是不是怕得厉害,听了这样的消息,你的
　　　　全身的血都会跳动起来呢?

亲　王　一点不,真的;我没有像你那样的本能。

福斯塔夫　好,你明儿见了你父亲,免不了要挨一顿臭骂;要是你爱我
　　　　的话,还是练习练习怎样回答吧。

亲　王　你就权充我的父亲,向我查问我的生活情形。

福斯塔夫　我充你的父亲? 很好。这一张椅子算是我的宝座,这一把
　　　　剑算是我的御杖,这一个垫子算是我的王冠。

亲　王　你的宝座是一张折凳,你的黄金的御杖是一柄铅剑,你的富
　　　　丽的王冠是一个寒碜的秃顶!

福斯塔夫　　好,要是你还有几分天良的话,现在你将要被感动了。给我一杯酒,让我的眼睛红红的,人家看了会以为我流过眼泪;因为我讲话的时候必须充满情感。(饮酒)我就用《坎拜西斯王》的那种腔调。

亲　　王　　好,我在这儿下跪了。(行礼。)

福斯塔夫　　听我的话。各位贵爵,站在一旁。

桂　　嫂　　耶稣啊!这才好玩呢!

福斯塔夫　　不要哭,亲爱的王后,因为流泪是徒然的。

桂　　嫂　　天父啊!瞧他一本正经的样子!

福斯塔夫　　为了上帝的缘故,各位贤卿,请把我的悲哀的王后护送回宫,因为眼泪已经遮住她的眼睛的水门了。

桂　　嫂　　耶稣啊,他扮演得活像那些走江湖的戏子。

福斯塔夫　　别闹,好酒壶儿!别闹,老白干!哈利,我不知道你在什么地方消磨你的光阴,更不知道有些什么人跟你做伴。虽然紫菀草越被人践踏越长得快,可是青春越是浪费,越容易消失。你是我的儿子,这不但你的母亲这么说,我也这么相信;可是最重要的证据,却是你眼睛里有一股狡狯的神气,还有你那垂着下唇的那股傻样子。既然你是我的儿子,那么问题就来了:为什么你做了我的儿子,却要受人家这样指摘?天上光明的太阳会不会变成一个游手好闲之徒,吃起乌梅子来?这是一个不必问的问题。英格兰的亲王会不会做贼,偷起人家的钱袋来?这是一个值得问的问题。有一件东西,哈利,是你常常听到的,说起来大家都知道,它的名字叫作沥青。这沥青据古代著作家们说,一沾上身就会留下揩不掉的污点;你所来往的那帮朋友也是这样。哈利,现在我对你说话,不是喝醉了酒,而是流着眼泪,不是抱着快乐的情绪,而是怀着满腹的悲哀,不是口头的空言,而是内心的忧愁的流露。可是我常常注意到在你的伴侣之中,有一个很有德行的人,我不知道他的名字。

亲　王　请问陛下,他是怎样的一个人?

福斯塔夫　这人长得仪表堂堂,体格魁梧,是个胖胖的汉子;他有一副愉快的容貌,一双有趣的眼睛和一种非常高贵的神采;我想他的年纪约摸有五十来岁,或许快要近六十了;现在我记起来啦,他的名字叫作福斯塔夫。要是那个人也会干那些荒淫放荡的事,那除非是我看错了人,因为,哈利,我从他的脸上可以看出他是一个有德之人。是什么树就会结什么果子,我可以断然说一句,那福斯塔夫是有德行的,你应该跟他多多来往,不要再跟其余的人在一起胡闹。现在告诉我,你这不肖的奴才,告诉我,这一个月来你在什么地方?

亲　王　你说得像一个国王吗?现在你来代表我,让我扮演我的父亲吧。

福斯塔夫　你要把我废黜吗?要是你在言语之间,能够及得上我一半的庄重严肃,我愿意让你把我像一只兔子般倒挂起来。

亲　王　好,我在这儿坐下了。

福斯塔夫　我在这儿站着。各位,请你们评判评判。

亲　王　喂,哈利!你从什么地方来?

福斯塔夫　启禀父王,我从依斯特溪泊来。

亲　王　我听到许多人对你啧啧不满的怨言。

福斯塔夫　他妈的!陛下,他们都是胡说八道。嘿,我扮演年轻的亲王准保叫你拍手称好!

亲　王　你开口就骂人吗,没有礼貌的孩子。从此以后,再也不要见我的面。你全然野得不成样子啦;一个魔鬼扮成一个胖老头儿的样子迷住了你;一只人形的大酒桶做了你的伴侣。为什么你要结交那个充满着怪癖的箱子,那个塞满着兽性的柜子,那个水肿的脓包,那个庞大的酒囊,那个堆叠着脏腑的衣袋,那头肚子里填着腊肠的烤牛,那个道貌岸然的恶徒,那个须发苍苍的罪人,那个无赖的老头儿,那个空口说白话的老家伙?他除了辨别酒味和喝酒以外,还有什么擅长的本领?除了用刀子割鸡、把它塞进嘴里去以外,还会干什么精明灵巧的事情?除了奸谋诡计以外,他有些什么聪明?除了为非作歹以外,他有些什么计谋?他干的哪一件不是坏事?哪一件会是好事?

福斯塔夫　我希望陛下让我知道您的意思,陛下说的是什么人?

亲　王　那邪恶而可憎的诱惑青年的福斯塔夫,那白须的老撒旦。

福斯塔夫　陛下,这个人我认识。

亲　王　我知道你认识。

福斯塔夫　可是要是说他比我自己有更多的坏处,那就不是我所知道的了。他老了,这是一件值得惋惜的事情,他的白发可以为他证明;可是恕我这么说,谁要是说他是个放荡的淫棍,那我是要全然否认的。如其喝几杯搀糖的甜酒算是一件过失,愿上帝拯救罪人!如其老年人寻欢作乐是一件罪恶,那么我所认识的许多老人家都要下地狱了;如其胖子是应该被人憎恶的,那么法老王的瘦牛才是应该被人喜爱的了。不,我的好陛下;撵走皮多,撵走巴道夫,撵走波因斯;可是讲到可爱的杰克·福斯塔夫,善良的杰克·福斯塔夫,忠实的杰克·福斯塔夫,勇敢的杰克·福斯塔夫,老当益壮的杰克·福斯塔夫,千万不要让他离开你的哈利的身边;撵走了肥胖的杰克,就是撵走了整个的世界。

亲　王　我偏要撵走他。(敲门声。桂嫂、弗兰西斯、巴道夫同下。)

　　　　　巴道夫疾奔重上。

巴道夫　啊!殿下,殿下,郡吏带着一队恶狠狠的警士到了门口了。

福斯塔夫　滚出去,你这浑蛋!把咱们的戏演下去;我还有许多替那福斯塔夫辩护的话要说哩。

　　　　　快嘴桂嫂重上。

桂　嫂　耶稣啊！我的爷,我的爷!

亲　王　嗨,嗨!魔鬼腾空而来。什么事情?

桂　嫂　郡吏和全队警士都在门口,他们要到这屋子里来搜查。我要
　　　　不要让他们进来?

福斯塔夫　你听见吗,哈尔?再不要把一块真金叫作赝物。你根本是
　　　　个疯子,虽然外表上瞧不出来。

亲　王　你就是没有本能,也是个天生的懦夫。

福斯塔夫　我否认你的论点。要是你愿意拒绝那郡吏,很好;不然的
　　　　话。就让他进来吧。要是我坐在囚车里,比不上别人神气,那我
　　　　就是白活了这一辈子。我希望早一点让一根绳子把我绞死,不要
　　　　落在别人后面才好。

亲　王　去,躲在那帏幕的背后;其余的人都到楼上去。现在,我的朋
　　　　友们,装出一副正直的面孔和一颗无罪的良心来。

福斯塔夫　这两件东西我本来都有;可是它们现在已经寿终正寝了,
　　　　所以我只好躲藏一下。(除亲王及皮多外均下。)

亲　王　叫郡吏进来。

　　　　　郡吏及脚夫上。

亲　王　啊,郡吏先生,你有什么赐教?

郡　吏　殿下,我先要请您原谅。外边有一群人追捕逃犯,看见他们
　　　　走进这家酒店。

亲　王　你们要捉些什么人?

郡　吏　回殿下的话,其中有一个人是大家熟悉的,一个大胖子。

脚　夫　肥得像一块牛油。

亲　王　我可以确实告诉你,这个人不在这儿,因为我自己刚才叫他
　　　　干一件事情去了。郡吏先生,我愿意向你担保,明天午餐的时候,
　　　　我一定叫他来见你或是无论什么人,答复人家控告他的罪名。现

—45
莎士比亚
全集

在我要请你离开这屋子。

郡　吏　是,殿下。有两位绅士在这件盗案里失去三百个马克。

亲　王　也许有这样的事。要是他果然抢劫了这些人的钱,当然要依法惩办的。再见。

郡　吏　晚安,殿下。

亲　王　我想现在已经是早上了,是不是?

郡　吏　真的,殿下,我想现在有两点钟了。(郡吏及脚夫下。)

亲　王　这老滑头就跟圣保罗大教堂一样,没有人不知道。去,叫他出来。

皮　多　福斯塔夫!哎哟!他在帏幕后面睡熟了,像一匹马一般打着鼾呢。

亲　王　听,他的呼吸多么沉重。搜搜他衣袋里有些什么东西。(皮多搜福斯塔夫衣袋,得若干纸片)找到些什么?

皮　多　只有一些纸片,殿下。

亲　王　让我看看上面写些什么话。你读给我听。

皮　多　付阉鸡一只　二先令二便士　付酱油　四便士　付白葡萄酒二加仑　五先令八便士　付晚餐后鱼、酒二先令六便士　付面包　半便士

亲　王　啊,该死!只有半便士的面包,却要灌下这许多的酒!其余的你替他保藏起来,我们有机会再读吧。让他就在那儿睡到天亮。我一早就要到宫里去。我们大家都要参加战争,你将要得到一个很光荣的地位。这胖家伙我要设法叫他带领一队步兵;我知道二百几十英里路程的行军,准会把他累死的。这笔钱将要加利归还原主。明天早一点来见我;现在再会吧,皮多。

皮　多　再会,我的好殿下。(各下。)

第
三
幕

第一场　班谷。副主教府中一室

霍茨波、华斯特、摩提默及葛兰道厄上。

摩提默　前途大可乐观，我们的同盟者都是可靠的，在这举事之初，就充满了成功的征兆。

霍茨波　摩提默伯爵，葛兰道厄姻丈，你们都请坐下来；华斯特叔父，您也请坐。该死，我又忘记把地图带了来。

葛兰道厄　不，这儿有。请坐，潘西贤侄，请坐。兰开斯特每次提起您那霍茨波的雄名的时候，总是面无人色，长叹一声，希望您早早归天。

霍茨波　他每次听见人家说起奥温·葛兰道厄的时候，就希望您落下地狱。

葛兰道厄　这也怪不得他；在我诞生的时候，天空中充满了一团团的火块，像灯笼火把似的照耀得满天通红：我一下母胎，大地的庞大的基座就像懦夫似的战栗起来。

霍茨波　要是令堂的猫在那时候生产小猫，这现象也同样会发生的，即使世上从来不曾有您这样一个人。

葛兰道厄　我说在我诞生的时候，大地都战栗了。

霍茨波　要是您以为大地是因为惧怕您而战栗的，那么我就要说它的意见并不跟我一致。

葛兰道厄　满天烧着火，大地吓得发抖。

霍茨波　啊！那么大地是因为看见天上着了火而颤栗的，不是因为害怕您的诞生。失去常态的大自然，往往会发生奇异的变化；有时怀孕的大地因为顽劣的风儿在她的腹内作怪，像疝痛一般转侧不宁；那风儿只顾自己的解放，把大地老母拼命摇撼，尖塔和高楼都在它的威力之下纷纷倒塌。在您诞生的时候，我们的老祖母大地多半正在害着这种怪病，所以痛苦得颤栗起来。

葛兰道厄　贤侄，别人要是把我这样顶撞，我是万万不能容忍的。让我再告诉你一次，在我诞生的时候，天空中充满了一团团的火块，山羊从山上逃了下来，牛群发出奇异的叫声，争先恐后地向田野奔窜。这些异像都表明我是非常的人物；我的一生的经历也可以显出我不是一个碌碌的庸才。在那撞击着英格兰、苏格兰和威尔士海岸的怒涛的环抱之中，哪一个人曾经做过我的老师，教我念过一本书？我的神奇而艰深的法术，哪一个妇人的儿子能够追步我的后尘？

霍茨波　我想您的威尔士话讲得比谁都好。我要吃饭去了。

摩提默　得啦，潘西贤弟！不要激得他发起疯来。

葛兰道厄　我可以召唤地下的幽魂。

霍茨波　啊，这我也会，什么人都会；可是您召唤它们的时候，它们果然会应召而来吗？

葛兰道厄　嘿，老侄，我可以教你怎样驱役魔鬼哩。

霍茨波　老伯，我也可以教你怎样用真理来羞辱魔鬼的方法；魔鬼听见人家说真话，就会羞得无地自容。要是你有召唤魔鬼的法力，叫它到这儿来吧，我可以发誓我有本领把它羞走。啊！一个人活在世上，应该时时刻刻说真话羞辱魔鬼！

摩提默　得啦，得啦；不要再说这种无益的闲话吧。

葛兰道厄　亨利·波林勃洛克曾经三次调兵向我进攻，三次都被我从威伊河之旁和砂砾铺底的塞汶河上杀得他丢盔卸甲，顶着恶劣的天气狼狈而归。

霍茨波　丢盔卸甲,又赶上恶劣的天气!凭着魔鬼的名义,他怎么没
　　冻得发疟疾呢?

葛兰道厄　来,这儿是地图;我们要不要按照我们各人的权利,把它一
　　分为三?

摩提默　副主教已经把它很平均地分为三份。从特兰特河起直到这
　　儿塞汶河为止,这东南一带的英格兰疆土都归属于我;由此向
　　西,塞汶河岸以外的全部威尔士疆土,以及在那界限以内的所有
　　沃壤,都是奥温·葛兰道厄所有;好兄弟,你所得到的是特兰特河
　　以北的其余的土地。我们三方面的盟约已经写好,今晚就可以各
　　人交换签印。明天,潘西贤弟,你、我,还有我的善良的华斯特伯
　　爵,将要按照约定,动身到索鲁斯伯雷去迎接你的父亲和苏格兰
　　派来的军队。我的岳父葛兰道厄还没有准备完成,我们在这十四
　　天内,也无须他帮助。(向葛兰道厄)在这时间以内,也许您已经把
　　您的佃户们、朋友们和邻近的绅士们征集起来了。

葛兰道厄　各位贵爵,不用那么多的时间,我就会来跟你们相会的;你
　　们两位的夫人都可以由我负责护送,现在你们却必须从她们的身
　　边悄悄溜走,不用向她们告别;因为你们夫妇相别,免不了又要淌
　　一场淌不完的眼泪。

霍茨波　我想你们分给我的勃敦以北这一份土地,讲起大小来是比不
　　上你们那两份的;瞧这条河水打这儿弯了进来,硬生生从我的最
　　好的土地上割去了半月形的一大块。我要把这道河流在这地方
　　填塞起来,让澄澈明净的特兰特河更换一条平平正正的新的水
　　道;我可不能容许它弯进得这么深,使我失去这么一块大好的膏
　　腴之地。

葛兰道厄　不让它弯进去!这可不能由你做主。

摩提默　是的,可是你瞧它的水流的方向,在这一头它也使我遭到同样的损失;它割去了我同样大的一块土地,正像它在那一头割去你的土地一样。

华斯特　是的,可是我们只要稍为花些钱,就可以把河道搬到这儿来,腾出它北岸的这一角土地;然后它就可以顺流直下,不必迂回绕道了。

霍茨波　我一定要这么办,只要稍为花些钱就行了。

葛兰道厄　这件擅改河道的事,我是不能同意的。

霍茨波　你不同意吗?

葛兰道厄　我不同意,我不让你这样干。

霍茨波　谁敢向我说一个不字?

葛兰道厄　嘿,我就要向你说不。

霍茨波　那么不要让我听懂你的话;你用威尔士话说吧。

葛兰道厄　阁下,我的英语讲得跟你一样好,因为我是在英国宫廷里教养长大的;我在年轻的时候,就会把许多英国的小曲在竖琴上弹奏得十分悦耳,使我的歌喉得到一个美妙的衬托,这一种本领在你身上是找不到的。

霍茨波　呃,谢天谢地,我没有这种本领。我宁愿做一只小猫,向人发出喵喵的叫声;我可不愿做这种吟风弄月的卖唱者。我宁愿听一只干燥的车轮在轮轴上吱轧吱轧地摩擦;那些扭扭捏捏的诗歌,是比它更会使我的牙齿发痒的;它正像一匹小马踏着款段的细步一样装腔作势得可厌。

葛兰道厄　算啦,你就把特兰特河的河道变更一下好了。

霍茨波　我并不真的计较这些事情;我愿意把三倍多的土地送给无论哪一个真正值得我敬爱的朋友;可是你听着,要是真正斤斤较量起来的话,我是连一根头发的九分之一也不肯放松的。盟约已经写下了吗？我们就要出发了吗？

葛兰道厄　今晚月色很好，你们可以乘夜上路。我就去催催书记，叫他把盟书赶紧办好，同时把你们动身的消息通知你们的妻子；我怕我的女儿会发起疯来，她是那样钟情于她的摩提默。（下。）

摩提默　哎哟，潘西兄弟！你把我的岳父顶撞得太过分啦！

霍茨波　我自己也做不了主。有时候他使我大大生气，跟我讲什么鼹鼠蚂蚁，那术士梅林和他的预言，还有什么龙，什么没有鳍的鱼，什么剪去翅膀的鹰嘴怪兽，什么脱毛的乌鸦，什么蜷伏的狮子，什么咆哮的猫，以及诸如此类荒唐怪诞的胡说八道。我告诉你吧，昨晚他拉住我至少谈了九个钟头，向我列举一个个为他奔走的魔鬼的名字。我只是嘴里"哼"呀"哈"地答应他，可是一个字也没有听进去。啊！他正像一匹疲乏的马、一个长舌的妻子一般令人厌倦，比一间烟熏的屋子还要闷人。我宁愿住在风磨里吃些干酪大蒜过活，也不愿在无论哪一所贵人的别墅里饱啖着美味的佳肴，听他喋喋不休的谈话。

摩提默　真的，他是一位很可尊敬的绅士，学问渊博，擅长异术，狮子一般勇敢，对人却又和蔼可亲；他的慷慨可以比得上印度的宝山。要不要我告诉你，兄弟？他非常看重你的高傲的性格，虽然你这样跟他闹别扭，他还是竭力忍住了他的天生的火性，不向你发作出来；真的，他对你是特别容忍的。我告诉你吧，要是别人也像你这样撩拨他，他早就大发雷霆，给他领略一些厉害了。可是让我请求你，不要老用这种态度对待他。

华斯特　真的，我的少爷，你太任性了；自从你到此以后，屡次在言语和举动上触犯他，已经到了使人家忍无可忍的地步。你必须设法改正这一种过失虽然它有时可以表示勇气和魄力——那是人生最高贵的品质——可是往往它会给人粗暴、无礼、躁急、傲慢、顽固的印象；一个贵人如果有了一点点这样的缺点，就会失去人们的信心，在他其余一切美好的德性上留下一个污迹，遮掩了它们值得赞叹的特色。

霍茨波　好，我领教了；愿殷勤的礼貌帮助你们成功！我们的妻子来了，让我们向她们告别吧。

　　　　葛兰道厄率摩提默夫人及潘西夫人重上。

摩提默　这是一件最使我恼恨的事，我的妻子不会说英语，我也不会说威尔士话。

葛兰道厄　我的女儿在哭了；她舍不得和你分别；她也要做一个军人，跟着你上战场去。

摩提默　好岳父，告诉她您不久就可以护送她跟我的姑母潘西夫人来和我们重聚的。（葛兰道厄用威尔士语向摩提默夫人谈话，后者亦以威尔士语作答。）

葛兰道厄　她简直在这儿发疯啦；好一个执拗使性的贱人，什么劝告对她都不能发生效力。（摩提默夫人以威尔士语向摩提默谈话。）

摩提默　我懂得你的眼光；从这一双泛滥的天体中倾注下来的美妙的威尔士的语言，我能够完全懂得它的意思；倘不是为了怕人笑话，我也要用同样的言语回答你。（摩提默夫人又发言）我懂得你的吻，你也懂得我的吻，那是一场感情的辩论。可是爱人，我一定要做一个发愤的学生，直到我学会你的语言；因为你的妙舌使威尔士语仿佛就像一位美貌的女王在夏日的园亭里弹弄丝弦，用抑扬婉转的音调，歌唱着辞藻雅丽的小曲一般美妙动听。

葛兰道厄　不要这样，如果你也是柔情脉脉，她准得发疯了。（摩提默夫人又发言。）

摩提默　啊！我全然不懂你说的话。

葛兰道厄　她叫你躺在软绵绵的茵荐上，把你温柔的头靠着她的膝，

　　她要唱一支你所喜爱的歌曲,让睡眠爬上你的眼睑,用舒适的倦怠迷醉你的血液,使你陶然于醒睡之间,充满了朦胧的情调,正像当天马还没有从东方开始它的金色的行程以前那晨光熹微的时辰一样。

摩提默　我满心愿意坐下来听她唱歌,我想我们的盟书到那时候多半已经抄写好了。

葛兰道厄　你坐下吧;在几千英里外云游的空中的乐师,立刻就会到这儿来为你奏乐;坐下来听吧。

霍茨波　来,凯蒂,你睡下的姿势是最好看的;来,快些,快些,让我好把我的头靠在你的膝上。

潘西夫人　去,你这呆鹅!（葛兰道厄作威尔士语,乐声起。）

霍茨波　现在我才知道魔鬼是懂得威尔士话的;无怪他的脾气这么古怪。凭着圣母起誓,他是个很好的音乐家哩。

潘西夫人　那么你也应该精通音乐了,因为你的脾气是最变化莫测的。静静地躺着,你这贼,听那位夫人唱威尔士歌吧。

霍茨波　我宁愿听我的母狗用爱尔兰调子吠叫。

潘西夫人　你要我敲破你的头吗?

霍茨波　不。

潘西夫人　那么不要作声。

霍茨波　我也不愿,那是一个女人的缺点。

潘西夫人　好,上帝保佑你!

霍茨波　保佑我到那威尔士女人的床上去。

潘西夫人　什么话?

霍茨波　不要出声!她唱了。（摩提默夫人唱威尔士歌）来,凯蒂,我也要听你唱歌。

潘西夫人　我不会,真的不骗你。

霍茨波　你不会，"真的不骗你"！心肝！你从哪一个糖果商人的妻子学会了这些口头禅？你不会用"真的不骗你"、"死人才说谎"、"上帝在我的头上"、"天日为证"，你总是用这些软绵绵的字句作为你所发的誓，好像你从来没有走过一步远路似的。凯蒂，你是一个堂堂的贵妇，就应该像一个贵妇的样子，发几个响响亮亮痛痛快快的誓；让那些穿着天鹅绒衬衣的人们和在星期日出风头的市民去说什么"真的"不"真的"，以及这一类胡椒姜糖片似的辣不死人的言语吧。来，唱呀。

潘西夫人　我偏不唱。

霍茨波　其实你满可以作裁缝师傅或是知更鸟的教师。要是盟书已经写好，我在这两小时内就要出发，随你什么时候进来吧。（下。）

葛兰道厄　来，来，摩提默伯爵；烈性的潘西火急着要去，你却这样慢腾腾地不想动身。我们的盟书这时候总该写好了，我们只要签印以后，就可以立刻上马。

摩提默　那再好没有啦。（同下。）

第二场　伦敦。宫中一室

亨利王、亲王及众臣上。

亨利王　各位贤卿，请你们退下，亲王跟我要作一次私人的谈话；可是不要走远，因为我立刻就需要你们。（众臣下。）我不知道这是不是上帝的意思，因为我干了些使他不快的事情，他才给我这种秘密的处分，使我用自己的血液培养我的痛苦的祸根；你的一生的行事，使我相信你是上天注定惩罚我的过失的灾殃。否则像这种放纵的下流的贪欲，这种卑鄙荒唐、恶劣不堪的行动，这种无聊的娱乐、粗俗的伴侣，怎么会跟你的伟大的血统结合起来，使你尊贵的心成为所有这一切的同侪呢？

亲　王　请陛下恕我，我希望我能够用明白的辩解解脱我的一切过失，可是我相信我能够替自己洗涤许多人家所加在我身上的罪名。让我向您请求这一个恩典；一方面唾斥那些笑脸的佞人和那些无中生有的人们所捏造的谣言，他们是惯爱在大人物的耳边搬弄是非的；一方面接受我的真诚的服罪，原有我那些无可讳言的少年的错误。

亨利王　上帝宽恕你！可是我不懂，哈利，你的性情为什么和你的祖先们大不相同。你已经大意地失去了你在枢密院里的地位，那位置已经被你的兄弟取而代之了；整个宫廷和王族都把你视同路人；世人对你的希望和期待已经毁灭，每一个人的心里都在预测着你的倾覆。要是我也像你这样不知自爱，因为过度的招摇而引起人们的轻视；要是我也像你这样结交匪类，自贬身价；那帮助我得到这一顶王冠的舆论，一定至今拥戴着旧君，让我在默默无闻的放逐生涯中做一个庸庸碌碌毫无希望的人物。因为我在平时是深自隐藏的，所以不动则已，一有举动，就像一颗彗星一般，受到众人的惊愕；人们会指着我告诉他们的孩子，"这就是他。"还有的人会说，"在哪儿？哪一个是波林勃洛克？"然后我就利用一切的礼貌，装出一副非常谦恭的态度，当着他们正式的国王的面前，我从人们的心头取得了他们的臣服，从人们的嘴里博到了他们的欢呼。我用这一种方法，使人们对我留下一个新鲜的印象；就像一件主教的道袍一般，我每一次露脸的时候，总是受尽人们的注目。这样我维持着自己的尊严，避免和众人作频繁的接触，只有在非常难得的机会，才一度显露我的华贵的仪态，使人们像置身于一席盛筵之中一般，感到衷心的满足。至于那举止轻浮的国王，他总是终日嬉游，无所事事，陪伴他的都是一些浅薄的弄臣和卖弄才情的妄人，他们的机智是像枯木一般易燃易灭的；他把他的君主的尊严作为赌注，自侪于那些嬉戏跳跃的愚人之列，不惜让他的伟大的名字被他们的嘲笑所亵渎，任何的戏谑都可以使他展颜大笑，每一种无聊的辱骂都可以加在他的头上；他常常在市街上游逛，使他自己为民众所狎习；人们的眼睛因为每天饱餍着他，就像吃了太多的蜂蜜一般，对任何的甜味都发生厌恶起来；世间的事情，往往失之毫厘，就会造成莫大的差异。所以当他有什么正式的大典接见臣民的时候，他就像六月里的杜鹃鸟一般，人家都对他抱着听而不闻的态度；他受到的只是一些漠然的眼光，不再像庄严的太阳一样为众目所瞻仰；人们因为厌倦于他的声音笑貌，不是当着他的面前闭目入睡，就是像看见敌人一般颦眉蹙额。哈利，你现在的情形正是这样；因为你自甘下流，已经失去你的王子的身份，谁见了你都生厌，只有我却希望多看见你几面；我的眼睛不由我自己做主，现在已经因为满含着痴心的热泪而昏花了。

亲　王　　我的最仁慈的父王，从此以后，我一定痛改前非。

亨利王　　如今的你，就像当我从法国出发在雷文斯泊登岸那时候的理查一样；那时的我，正就是现在的潘西。凭着我的御杖和我的灵魂起誓，他才有充分的跃登王座的资格，你的继承大位的希望，却怕只是一个幻影；因为他以一个毫无凭借的匹夫，使我们的国土之内充满了铁骑的驰骤，凭着一往无前的锐气和张牙舞爪的雄狮为敌，虽然他的年纪和你一样轻，年老的贵族们和高龄的主教们都服从他的领导，参加杀人流血的战争。他和素著威名的道格拉斯的鏖战，使他获得了多大的不朽的荣誉！那道格拉斯的英勇的战绩和善斗的名声，在所有基督教国家中是被认为并世无敌的。这霍茨波，襁褓中的战神，这乳臭的骑士，却三次击败这伟大的道格拉斯,一次把他捉住了又释放,和他结为朋友,为了进一步表示他的强悍无忌,并且摇撼我的王座的和平与安全。你有什么话说? 潘西、诺森伯兰、约克大主教、道格拉斯、摩提默,都联合起来反抗我了。可是我为什么要把这种消息告诉你呢? 哈利,你才是我的最亲近最危险的敌人,我何必告诉你我有些什么敌人呢? 也许你因为出于卑劣的恐惧、下贱的习性和一时意志的动摇,会去向潘西卖身投靠,帮助他和我作战,追随在他的背后,当他发怒的时候,忙不迭地打拱作揖,表示你已经堕落到怎样的地步。

亲　王　不要这样想,您将会发现事实并不如此。上帝恕有那些煽惑陛下的圣听、离间我们父子感情的人们! 我要在潘西身上赎回我所失去的一切,在一个光荣的日子结束的时候,我要勇敢地告诉您我是您的儿子;那时候我将要穿着一件染满了血的战袍,我的脸上涂着一重殷红的脸谱,当我洗清我的血迹的时候,我的耻辱将要随着它一起洗去;不论这一个日子是远是近,这光荣和名誉的宠儿,这英勇的霍茨波,这被众人所赞美的骑士,将要在这一天和您的被人看不起的哈利狭路相逢。但愿他的战盔上顶着无数的荣誉,但愿我的头上蒙着双倍的耻辱! 总有这么一天,我要使这北方的少年用他的英名来和我的屈辱交换。我的好陛下,潘西不过是在替我挣取光荣的名声,我要和他算一次账,让他把生平的荣誉全部缴出,即使世人对他最轻微的钦佩也不在例外,否则我就要直接从他的心头挖取下来。凭着上帝的名义,我立愿做到这一件事情;要是天赐我这样的机会,请陛下恕免我这一向放浪形骸的过失;否则生命的终结可以打破一切的约束,我宁愿死十万次,也决不破坏这誓言中的最微细的一部分。

亨利王　你能够下这样的决心,十万个叛徒也将要因此而丧生。你将要独当一面,受我的充分的信任。

华特·勃伦特爵士上。

亨利王　啊,好勃伦特! 你脸上充满了一股急迫的神色。

勃伦特　我现在要来说起的事情,也是同样的急迫。苏格兰的摩提默伯爵已经通知道格拉斯和英国的叛徒们本月十一日在索鲁斯伯雷会合,要是各方面都能够践约,这一支叛军的声势是非常雄壮而可怕的。

亨利王　威斯摩兰伯爵今天已经出发,我的儿子约翰·兰开斯特也跟着他同去了;因为我们在五天以前就得到这样的消息。哈利,下星期三应该轮到你出发;我自己将要在星期四御驾亲征;我们在勃力琪诺斯集合;哈利,你必须取道葛罗斯特郡进军,这样兼程行进,大概十二天以后,我们的大军便可以在勃力琪诺斯齐集了。我们现在还有许多事情要办;让我们去吧,因循迟延的结果,徒然替别人造成机会。(同下。)

第三场　依斯特溪泊。野猪头酒店中一室

福斯塔夫及巴道夫上。

福斯塔夫　巴道夫,自从最近干了那桩事以来,我的精力不是大不如前了吗? 我不是一天一天消瘦,一天一天憔悴了吗? 嘿,我的身上的皮肤宽得就像一件老太太的宽罩衫一样;我的全身皱缩得活像一只干瘪的熟苹果。好,我要忏悔,我要赶紧忏悔,趁着现在还有一些勇气的时候;等不多久,我就要心灰意懒,再也提不起精神来忏悔了。要是我还没有忘记教堂的内部是个什么样儿,我就是一粒胡椒、一匹制酒人的马、教堂的内部! 都是那些朋友,那些坏朋友害了我!

巴道夫　约翰爵士,您动不动就发脾气,看来您是活不长久的了。

福斯塔夫　哎,对了。来,唱一支淫荡的歌儿给我听听,让我快活快活。我本来是一个规规矩矩的绅士;难得赌几次咒;一星期顶多也不过掷七回骰子;一年之中,也不过逛三四——百回窑子;借了人家的钱,十次中间有三四次是还清的。那时候我过着很好很有规律的生活,现在却糟成这个样子,简直不成话了。

巴道夫　哎,约翰爵士,您长得这样胖,狭窄的规律怎么束缚得了您,约翰爵士。

福斯塔夫　你只要把你的脸修改修改,我也可以矫正我的生活。你是我们的海军旗舰,在舵楼上高举你的灯笼,可是那灯笼却在你的鼻子上;你是我们的"明灯骑士"。

巴道夫　哎,约翰爵士,我的脸可没有妨害您什么呀。

福斯塔夫　没有,我可以发誓;我常常利用它,正像人们利用骷髅警醒痴愚一样;我只要一看见你的脸,就会想起地狱里的烈火,还有那穿着紫袍的财主怎样在烈火中燃烧。假如你是一个好人,我一定会凭着你的脸发誓;我会这样说,"凭着这团火,那是上帝的天使。"可是你却是一个堕落透顶的人,除了你脸上的光亮以外,全然是黑暗的儿子。那一天晚上你奔到盖兹山上去替我捉马的时候,我真把你当作了一团鬼火。啊!你是一把凯旋游行中的不灭的火炬。你在夜里陪着我从这一家酒店走到那一家酒店的时候,曾经省去我一千多马克的灯火费;可是你在我这儿所喝的酒,算起价钱来,即使在全欧洲售价最贵的蜡烛店里,也可以买到几百捆蜡烛哩。这三十二年来,我每天用火喂饱你这一条火蛇,愿上帝褒赏我作的这一件善事!

巴道夫　他妈的!我倒愿意把我的脸放进您的肚子里去。

福斯塔夫　慈悲的上帝!那可要把我的心都烧坏了。

　　　　快嘴桂嫂上。

福斯塔夫　啊,老母鸡太太! 你调查了谁掏过我的衣袋没有?

桂　　嫂　哎哟,约翰爵士,您在想些什么呀,约翰爵士? 您以为我的屋
子里养着贼吗? 我搜也搜过了,问也问过了;我的丈夫也帮着我
把每一个人、每一个孩子、每一个仆人都仔细查问过。咱们屋子
里是从来不曾失落过半根头发的。

福斯塔夫　你说谎,老板娘。巴道夫曾经在这儿剃过头,失去了好多
的头发;而且我可以发誓我的衣袋的的确确给人掏过了。哼,你
是个女流之辈,去吧!

桂　　嫂　谁? 我吗? 不,我偏不走。天日在上,从来不曾有人在我自
己的屋子里这样骂过我。

福斯塔夫　得啦,我知道你是个什么货色。

桂　　嫂　不,约翰爵士;您不知道我,约翰爵士;我才知道您,约翰爵
士。您欠了我的钱,约翰爵士,现在您又来跟我寻事吵架,想要借
此赖债。我曾经给您买过一打衬衫。

福斯塔夫　谁要穿这种肮脏的粗麻布? 我早已把它们送给烘面包的
女人,让她们拿去筛粉用了。

桂　　嫂　凭着我的良心起誓,那些都是八先令一码的上等荷兰麻布。
您还欠着这儿的账,约翰爵士,饭钱、酒钱,连借给您的钱,一共是
二十四镑。

福斯塔夫　他也有份的,叫他付好了。

桂　　嫂　他,唉,他是个穷光蛋;他什么都没有。

福斯塔夫　怎么! 穷光蛋? 瞧瞧他的脸吧;哪一个有钱人比得上他这
样满面红光? 让他们拿他的鼻子、拿他的嘴巴去铸钱好啦! 我是
一个子儿也不付的。嘿! 你们把我当作小孩子看待吗? 难道我
在自己的旅店里也不能舒舒服服地歇息一下,一定要让人家来掏
我的衣袋吗? 我已经失去一颗我祖父的图章戒指,估起价来要值

四十马克哩。

桂　嫂　耶稣啊！我听见亲王不知对他说过多少次,那戒指是铜的。

福斯塔夫　什么话！亲王是个坏家伙鬼东西;他妈的！要是他在这儿向我说这句话,我要像打一条狗似的把他打个半死。

　　　　亲王及波因斯作行军步伐上;福斯塔夫以木棍横举口旁作吹笛状迎接二人。

福斯塔夫　啊,孩子！风在那儿门里吹着吗？咱们大家都要开步走了吗？

巴道夫　是的,两个人一排,就像新门监狱里的囚犯的样子。

桂　嫂　亲王爷,请您听我说。

亲　王　你怎么说,桂嫂？你的丈夫好吗？我很喜欢他,他是个好人。

桂　嫂　我的好亲王爷,听我说。

福斯塔夫　不要理她,听我说。

亲　王　你怎么说,杰克?

福斯塔夫　前天晚上我在这儿帏幕后面睡着了,不料被人把我的口袋掏了一个空。这一家酒店已经变成窑子啦,他们都是扒手。

亲　王　你不见了什么东西,杰克?

福斯塔夫　你愿意相信我吗,哈尔？三四张钱票,每张票面都是四十镑,还有一颗我祖父的图章戒指。

亲　王　一件小小的玩意儿,八便士就可以买到。

桂　嫂　我也是这样告诉他,亲王爷;我说我听见您殿下说过这一句话;可是,亲王爷,他就满嘴胡言地骂起您来啦,他说他要把您打个半死。

亲　王　什么！他这样说吗？

桂　嫂　我要是说了谎,我就是个没有信心、没有良心、不守妇道的女人。

福斯塔夫　你要是有信心,一颗煮熟的梅子也会有信心了;你要是有良心,一头出洞的狐狸也会有良心了;你要是懂得妇道,玛利痕姑娘^①也可以做起副典狱长的妻子来了。滚,你这东西。滚!

桂　嫂　说,什么东西? 什么东西?

福斯塔夫　什么东西! 嘿,一件可以感谢上帝的东西。

桂　嫂　我不是什么可以感谢上帝的东西,你得放明白点儿,我是一个正经人的妻子;把你的骑士身份搁在一边,你这样骂我,你就是个恶棍。

福斯塔夫　把你的女人身份搁在一边,你要是否认你是件下贱的东西,你就是一头畜生。

桂　嫂　说,什么畜生,你这恶棍?

福斯塔夫　什么畜生! 嘿,你是一个水獭。

亲　王　水獭,约翰爵士! 为什么是一个水獭?

福斯塔夫　为什么? 因为她既不是鱼,又不是肉,是一件不可捉摸的东西。

桂　嫂　你这样说我,真太冤枉人啦。你们谁都知道我是个老老实实的女人,从来不会藏头盖脸的,你这恶棍!

亲　王　你说得不错,店主妇;他把你骂得太过分啦。

桂　嫂　他还造您的谣言哪,亲王爷;前天他说您欠他一千镑钱。

亲　王　喂! 我欠你一千镑钱吗?

福斯塔夫　一千镑,哈尔! 一百万镑;你的友谊是值一百万镑的;你欠我你的友谊哩。

桂　嫂　不,亲王爷,他骂您坏家伙,说要把您打个半死。

福斯塔夫　我说过这样的话吗,巴道夫?

巴道夫　真的,约翰爵士,您说过这样的话。

福斯塔夫　是的,我说要是他说我的戒指是铜的,我就打他。

---

① 玛利痕姑娘(Maid Marian),是往时一种滑稽剧中由男人扮演的荡妇角色。

亲　王　我说它是铜的,现在你有胆量实行你所说的话吗?

福斯塔夫　哎,哈尔,你知道,假如你不过是一个平常的人,我当然有
　　　　这样的胆量;可是因为你是一位王子,我怕你就像怕一头乳狮的
　　　　叫吼一般。

亲　王　为什么是乳狮?

福斯塔夫　国王本人才是应该像一头老狮子一般被人畏惧的;你想
　　　　我会怕你像怕你的父亲一样吗? 不,要是这样的话,求上帝让我
　　　　的腰带断了吧!

亲　王　啊! 要是它真的断了的话,你的肠子就要掉到你的膝盖下面
　　　　去了。可是,家伙,在你这胸膛里面,是没有信义、忠诚和正直的
　　　　地位的;它只是塞满了一腔子的脏腑和横膜。冤枉一个老实女人
　　　　掏你的衣袋! 嘿,你这下流无耻、痴肥臃肿的恶棍! 你的衣袋里
　　　　除了一些酒店的账单和妓院的条子以及一小块给你润喉用的值
　　　　一便士的糖以外! 要是还有什么别的东西! 那么我就是个恶人。
　　　　可是你却不肯甘休,你不愿受这样的委屈。你不害臊吗?

福斯塔夫　你愿意听我解释吗,哈尔? 你知道在天真淳朴的太初,亚
　　　　当也会犯罪堕落;那么在眼前这种人心不古的万恶的时代,可怜
　　　　的杰克·福斯塔夫还有什么办法呢? 你看我的肉体比无论哪一
　　　　个人都要丰满得多,所以我的意志也比无论哪一个人都要薄弱一
　　　　些。这样说来,你承认是你掏了我的衣袋吗?

亲　王　照情节看起来,大概是的。

福斯塔夫　老板娘,我宽恕你。快去把早餐预备起来;敬爱你的丈夫,
　　　　留心你的仆人,好好招待你的客人。我对任何一个正当理由总是
　　　　心悦诚服的。你看我的气已经平下来了。不要作声! 你去吧。
　　　　(桂嫂下)现在,哈尔,让我们听听宫廷里的消息;关于那件盗案,孩
　　　　子,是怎样解决的?

亲　王　啊！我的美味的牛肉，我必须永远做你的保护神；那笔钱已
　　　　经归还失主了。

福斯塔夫　啊！我不赞成还钱；那是双倍的徒劳。

亲　王　我的父亲已经跟我和好了，什么事情我都可以办到。

福斯塔夫　我要你做的第一件事情，就是去抢劫国库，而且要明目张
　　　　胆地干，别怕弄脏了你自己的手。

巴道夫　干它一下吧，殿下。

亲　王　杰克，我已经替你谋到一个军职，让你带领一队步兵。

福斯塔夫　我希望是骑兵就好了。什么地方我可以找到一个有本领
　　　　的偷儿呢？啊！一个二十一二岁左右的机灵的偷儿，那才是我所
　　　　迫切需要的。好吧，感谢上帝赐给我们这一批叛徒；他们不过得
　　　　罪了一些正人君子；我赞美他们，我佩服他们。

亲　王　巴道夫！

巴道夫　殿下？

亲　王　把这封信拿去送给约翰·兰开斯特殿下，我的兄弟约翰；这
　　　　封信送给威斯摩兰伯爵。去，波因斯，上马，上马！你我在中午以
　　　　前，还有三十英里路要赶哩。杰克，明天下午两点钟，你到圣堂的
　　　　大厅里来会我；在那里你将要接受你的任命，并且领到配备武装
　　　　的费用和训令。战火已经燃烧着全国；潘西的威风不可一世；不
　　　　是我们，就是他们，总有一方面要从高处跌落下来。（亲王及波因斯、
　　　　巴道夫同下。）

福斯塔夫　痛快的话语！壮烈的世界！老板娘，我的早餐呢？来，这
　　　　个店要是我的战鼓，那该多好！（下。）

第四幕

第一场　索鲁斯伯雷附近叛军营地

霍茨波、华斯特及道格拉斯上。

霍茨波　说得好,高贵的苏格兰人。要是在这吹毛求疵的时代,说老实话不至于被人认为谄媚,那么在当今武人之中,这种称誉只有道格拉斯才可以受之无愧。上帝在上,我不会说恭维人的话;我顶反对那些阿谀献媚的家伙;可是您的确是我衷心敬爱的唯一的人物,请您吩咐我用事实证明我的诚意吧,将军。

道格拉斯　我也素仰你是个最重视荣誉的好汉。说句不逊的话,世上无论哪一个势力强大的人,我都敢当面捋他的虎须。

霍茨波　那才是英雄的举动。

一使者持书信上。

霍茨波　你拿着的是什么书信? (向道格拉斯)我对于您的好意只有感谢。

使者　这封信是您老太爷写来的。

霍茨波　他写来的信! 为什么他不自己来?

使者　他不能来,将军;他病得很厉害。

霍茨波　他妈的! 在这样的紧急关头;他怎么有工夫害起病来? 那么他的军队归谁指挥? 哪一个人带领他们到这儿来?

使者　将军,他的意思都写在信里,我什么也不知道。

华斯特　请你告诉我，他现在不能起床吗？

使　者　是的，爵爷，在我出发以前，他已经四天不能起床了；当我从那里动身的时候，他的医生对他的病状非常焦虑。

华斯特　我希望我们把事情整个安排好了，然后他再害起病来才好；他的健康再也不会比现在更关紧要。

霍茨波　在现在这种时候害病！这一种病是会影响到我们这一番行动的活力的；我们的全军都要受到它的传染。他在这儿写着，他已经病入膏肓；并且说他一时不容易找到可以代替他负责的友人，他以为除了他自己以外，把这样重大而危险的任务委托给无论哪一个人，都不是最妥当的。可是他勇敢地勖勉我们联合我们少数的友军努力前进，试一试我们前途的命运；因为据他在信上所写的，现在已经没有退缩的可能，国王毫无疑问地已经完全知道我们的企图了。你们有什么意见？

华斯特　你父亲的病，对于我们是一个极大的打击。

霍茨波　一个危险的伤口，简直就像砍去我们一只手臂一样。可是话又要说回来了，我们现在虽然觉得缺少他的助力是一个巨大的损失，不久也许会发现这损失并不十分严重。把我们全部的实力孤注一掷，这可以算是得策吗？我们应该让这么一支雄厚的主力参加这一场胜负不可知的冒险吗？那不是好办法，因为那样一来，我们的希望和整个的命运就等于翻箱到底、和盘托出了。

道格拉斯　不错，我们现在可以预先留下一个挽回的余地，奋勇向前；万一一战而败，还可以重整旗鼓，把希望寄托于将来。

霍茨波　要是魔鬼和厄运对我们这一次初步的尝试横加压迫，我们多少还有一条退路，一个可以遁迹的巢穴。

华斯特　可是我还是希望你的父亲在我们这儿。我们这一次的壮举是不容许出现内部分裂的现象的。那些不明真相的人们看见他不来,多半会猜想这位伯爵的深谋远虑、他对于国王的忠心以及对于我们的行动所抱的反感,是阻止他参与我们阵线的原因。这一种观念也许会分化我们自己的军心,使他们对我们的目标发生怀疑;因为你们知道,站在攻势方面的我们,必须避免任何人对我们的批判;我们必须填塞每一个壁孔和隙缝,使理智的眼睛不能窥探我们;你的父亲不来,就等于拉开了一道帐幔,向无知的人们显示了一种他们以前所没有梦想到的可怕的事实。

霍茨波　您太过虑了。我却认为他的缺席倒可以给我们一个机会,使我们这一次伟大的壮举格外增加光彩,博得人们更大的称誉,显出我们更大的勇气;因为人们一定会这样想,要是我们没有他的助力,尚且能够进攻一个堂堂的王国,那么要是我们得到他的助力,一定可以把这王国根本推翻。现在一切都还进行得顺利,我们全身的骨节都还完好。

道格拉斯　我们还能抱什么奢望呢? 在苏格兰是从来没有人提起恐惧这两个字的。

　　　　理查·凡农上。

霍茨波　我的表兄凡农! 欢迎欢迎!

凡　农　但愿我的消息是值得欢迎的,将军。威斯摩兰伯爵带着七千人马,正向这儿进发;约翰王子也跟他在一起。

霍茨波　不要紧,还有什么消息?

凡　农　我又探听到国王已经亲自出马,就要到这儿来了,他的军力准备得非常雄厚。

霍茨波　我们也同样欢迎他来。他的儿子,那个善于奔走、狂野不羁的威尔士亲王和他的那班放浪形骸的同伴呢?

凡　农　一个个顶盔带甲、全副武装,就像一群展翅风前羽毛鲜明的鸵鸟,又像一群新浴过后喂得饱饱的猎鹰;他们的战袍上闪耀着金光，就像一尊尊庄严的塑像；他们像五月天一般精神抖擞，像仲夏的太阳一般意态轩昂，像小山羊般放浪，像小公牛般狂荡。我看见年轻的哈利套着脸甲，他的腿甲遮住他的两股，全身披戴着壮丽的戎装，有如插翼的麦鸠利从地上升起，悠然地跃登马背，仿佛一个从云中下降的天使，驯服一头倔强的天马，用他超人的骑术眩惑世人的眼目一般。

霍茨波　别说下去了，别说下去了；你这段赞美的话，比三月的太阳更容易引起疟疾。让他们来吧；他们来得就像一批装饰得整整齐齐的献祭的牺牲，我们要叫他们浑身流血，热气腾腾地把他们奉献给战争的火眼女神，戎装的马斯将要高坐在他的祭坛之上，没头没脑地浸在血里。我听见这样重大的战利品近在眼前，却还是可望而不可及，真把我急得像在火上似的。来，让我试一试我的马儿，它将要载着我像一个霹雳一般打进那威尔士亲王的胸头。哈利和哈利将要两骑交战，非等两人中的一人堕马殒命，决不中途分手。啊！要是葛兰道厄来了就好了。

凡农　消息还有呢，当我骑马经过华斯特郡的时候，我听说他在这十四天之内，还不能把他的军队征集起来。

道格拉斯　那是我听到的最坏的消息。

华斯特　嗯，凭着我的良心发誓，这消息听上去很刺心。

霍茨波　国王一共有多少军力？

凡农　三万。

霍茨波　四万也不怕他。我的父亲和葛兰道厄既然都不能来，我们现有的军力尽够应付这一场伟大的决战。来，让我们赶快集合队伍。末日已经近了，大家快快乐乐地同归于尽吧。

道格拉斯　不要说这种丧气的话，我在这半年里头是不怕死神的照顾的。（同下。）

第二场　科文特里附近公路

福斯塔夫及巴道夫上。

福斯塔夫　巴道夫,你先到科文特里去,替我装满一瓶酒。咱们的军队要从那儿开过,今天晚上要到塞登·考菲尔。

巴道夫　您肯不肯给我几个钱,队长?

福斯塔夫　尽管用公款吧,用公款吧。

巴道夫　这么一瓶酒足值一个金币。

福斯塔夫　要是它值这么多钱,就把那钱赏给你吧;要是它值二十个金币!你也可以一起拿了去,那造币的费用都记在我账上好了。叫我的副官皮多在市梢头会我。

巴道夫　是,队长,再见。(下。)

福斯塔夫　要是我见了我的兵士不觉得惭愧,我就是一条干瘪的腌鱼。我把官家的征兵命令任意滥用。我已经把一百五十个兵士换到了三百多镑钱。我在征兵的时候,一味拣那些有身家的人们,小地主的儿子们;到处探问那些已经两次预告结婚的订了婚的单身汉子们;诸如此类的贪生怕死的奴才,他们宁愿听见魔鬼叫,也不愿听战鼓的声音;枪声一响,就会把他们吓得像一只打伤了的野鸭。我一味拣这些吃惯牛油涂面包的家伙,他们的胆子装在他们的肚子里,只有针尖那么大;他们为了避免兵役的缘故,一个个拿出钱来给我。现在我的队伍里净是些军曹、伍长、副官、小队长之流,衣衫褴褛得活像那些被狗儿舐着疮口的叫花子;他们的的确确从来没有当过兵,无非是些被主人辞歇的不老实的仆人、小兄弟的小儿子、捣乱的酒保、失业的马夫,这一类太平时世的蠹虫病菌。我把这些东西搜罗下来,代替那些出钱免役的人们,人家一定会奇怪我不知从哪儿找来了这一百五十个衣服破碎无家可归的浪子，准以为他们新近还在替人看猪，吃些渣滓皮壳过活。一个疯汉在路上碰见我，对我说我已经把绞架上的死人一起放下来，叫他们当了兵了。谁也没有瞧见过瘦得这么可怜的家伙。我不愿带着他们列队经过科文特里，那是不用说的；他们开步走的时候，两腿左右分开，仿佛带着脚镣一般，因为说句老实话，他们中间倒有一大半是我从监牢里访寻得来的。在我的整个队伍之中，只有一件半衬衫；那半件是用两块毛巾缝了起来，披在肩上，就像一件没有袖口的传令官的制服；讲到那整件的衬衫，说句老实话，是我从圣奥尔本的那位店主，也许是台文特里的那个红鼻子的旅店老板手里偷来的。可是那没有关系，他们在每一家人家的篱笆里，都可以趁便拿些衣服来穿穿。

　　　　亲王及威斯摩兰上。

亲　　王　啊，膨胀的杰克！你好，肉棉絮被子？

福斯塔夫　嘿，哈尔！怎么，疯孩子！见鬼的，你到华列克郡来干什么？我的好威斯摩兰伯爵，恕我失礼了；我以为尊驾已经到索鲁斯伯雷去啦。

威斯摩兰　真的，约翰爵士，我早就应该在那里，您也一样；可是我的军队已经到了那里了。我可以告诉您，王上在盼着我们呢；我们必须连夜出发。

福斯塔夫　咄，您不用担心我；我是像一头偷乳酪的猫儿一般警醒的。

亲　　王　你偷的果然是乳酪，因为你的偷窃已经使你变成一堆牛油啦。可是告诉我，杰克，这些跟随在你后面的家伙都是谁的人？

福斯塔夫　我的，哈尔，我的。

亲　　王　我从来没有见过这样可怜相的流氓。

福斯塔夫　咄，咄！供枪挑，像这样的人也就行了；都是些炮灰，都是

些炮灰;叫他们填填地坑,倒是再好没有的。咄,朋友,人都是要
死的,人都是要死的。

威斯摩兰　嗯,可是,约翰爵士,我想他们穷得太不成样子啦,衣服也
没有一件好的,可真够受。

福斯塔夫　凭良心说,讲到他们的贫穷,我不知道他们是从什么地方得
来的;讲到他们真够"瘦",那我可以确定他们并没有学我的榜样。

亲　　王　一点也不错,我敢发誓,除非肋骨上带着三指厚的肥肉也可
以算"瘦"。不过,你这家伙,赶紧点儿吧;潘西已经在战场上了。

福斯塔夫　嘿,国王已经安下营了吗?

威斯摩兰　是的,约翰爵士;我怕我们耽搁得太久了。

福斯塔夫　好,一场战斗的残局,一席盛筵的开始,对于一个懒惰的战
士和一个贪馋的宾客是再合适不过的。(同下。)

第三场　索鲁斯伯雷附近叛军营地

霍茨波、华斯特、道格拉斯及凡农上。

霍茨波　我们今天晚上就要跟他交战。

华斯特　那不行。

道格拉斯　这样你们就要给他一个机会了。

凡　农　一点不。

霍茨波　你们为什么这样说?他不是在等待援军吗?

凡　农　我们也是一样。

霍茨波　他的援军是靠得住的,我们的却毫无把握。

华斯特　贤侄,听我的话吧,今晚不要行动。

凡　农　不要行动,将军。

道格拉斯　你们出的不是好主意;你们因为胆怯害怕,所以才这样说的。

凡　农　不要侮辱我,道格拉斯;凭着我的生命起誓,并且我也敢拿我
　　　的生命证实:只要是经过缜密的考虑,荣誉吩咐我上前,我也会像
　　　您将军或是无论哪一个活着的苏格兰人一样不把怯弱的恐惧放
　　　在心上的。让明天的战争证明我们中间哪一个人胆怯吧。

道格拉斯　好,或者就在今晚。

凡　农　好。

霍茨波　我说是今晚。

凡　农　得啦,得啦,这是不可能的。我不懂像你们两位这样伟大的
　　　领袖人物,怎么会看不到有些什么阻碍在牵制着我们的行动。我
　　　的一个族兄的几匹马还没有到来;您的叔父华斯特的马今天才
　　　到,它们疲乏的精力还没有恢复,因为多赶了路程,它们的勇气再
　　　也振作不起来,没有一匹马及得上它平日四分之一的壮健。

霍茨波　敌人的马大部分也是这样的,因为路上辛苦而精神疲弱;我
　　　们的马多数已经充分休息过来了。

华斯特　国王的军队人数超过我们;为了上帝的缘故,侄儿,还是等我
　　　们的人马到齐了再说吧。(喇叭吹谈判信号。)

华特·勃伦特上。

勃伦特　要是你们愿意静听我的话,我要向你们宣布王上对你们提出
　　　的宽大的条件。

霍茨波　欢迎,华特·勃伦特爵士;但愿上帝使您站在我们这一方面!
　　　我们中间很有人对您抱着好感;即使那些因为您跟我们意见不
　　　合,站在敌对的地位而嫉妒您的伟大的才能和美好的名声的人,
　　　也不能不敬爱您的为人。

勃伦特　你们要是逾越你们的名分,反抗上天所膏泽的君王,愿上帝
　　　保佑我决不改变我的立场! 可是让我传达我的使命吧。王上叫
　　　我来请问你们有些什么怨恨,为什么你们要兴起这一场大胆的敌

对行为,破坏国内的和平,在他的奉公守法的国土上留下一个狂
悖残酷的榜样。王上承认你们对国家有极大的功劳,要是他在什
么地方辜负了你们,他吩咐你们把你们的怨恨明白申诉,他就会
立刻加倍满足你们的愿望,你自己和这些被你导入歧途的人们都
可以得到无条件的赦免。

霍茨波　王上果然非常仁慈;我们知道他会在什么时候向人许愿,什
么时候履行他的诺言。我的父亲、我的叔父跟我自己合力造成了
他现在这一种尊严的地位。当时他的随从还不满二十六个人,他
自己受尽世人的冷眼,困苦失意,全然是个被人遗忘的亡命之徒;
那时候他偷偷地溜回国内,我的父亲是第一个欢迎他上岸的人;
他口口声声向上帝发誓,说他回来的目的,不过是要承袭兰开斯
特公爵的勋位,要求归还他的财产,并且准许他平安地留在国内;
他一边流着纯真的眼泪,一边吐露热诚的字句,我的父亲心肠一
软,受到他的感动,就宣誓尽力帮助他,并且实行了他的誓言。国
内的大臣贵爵们看见诺森伯兰倾心于他,三三两两地都来向他呈
献殷勤;他们在市镇、城市和乡村里迎接他,在桥上侍候他,站在
小路的旁边等待他的驾临,用礼物陈列在他的面前,向他宣誓效
忠,把他们的嗣子送给他做侍童,插身在群众的中间,紧紧地跟随
他的背后。他知道自己的地位已经今非昔比,立刻就跨上了一步,
不再遵守他失意时在雷文斯泊的岸边向我父亲所作的誓言;他堂
而皇之地以改革那些压迫民众的苛法峻令自任,大声疾呼地反对
乱政,装出一副为他的祖国所受的屈辱而痛哭流涕的样子;凭着
这一副面目,这一副正义公道的假面具,果然被他赢得了他所兢兢
求取的全国的人心。于是他更进一步,乘着国王因为亲征爱尔兰
而离国的当儿,把他留在国内的那些宠臣一个个捉来杀头。

勃伦特　咄,我不是来听这种话的。

霍茨波　那么,我就说到要点上来。不久以后,他把国王废黜了,接着
　　　就谋害了他的性命;等不多时,他就把全国置于他的虐政之下。
　　　尤其不应该的,他让他的亲戚马契伯爵出征威尔士,当他战败被
　　　俘以后,也不肯出赎金赎他回来;要是每一个人都能够享有合法
　　　的主权的话,那么这位马契伯爵照名分说起来应该是他的君王。
　　　我好容易打了光荣的胜仗,非但不蒙褒赏,反而受到他的斥辱;他
　　　还要设计陷害我,把我的叔父骂了一顿逐出了枢密院,在一场盛
　　　怒之中,把我的父亲叱退宫廷。他这样的重重毁誓,层层侮辱,使
　　　我们迫不得已,只好采取这种自谋安全的行动;而且他这非分的
　　　王位,也已经霸占得太久了,应该腾出来让让人家才是。

勃伦特　我就用这样的回答禀复王上吗?

霍茨波　不,华特爵士;我们还要退下去商议一会儿。您先回去见你
　　　们的王上,请他给我们一个人质,作为放我们的使节安全回营的
　　　保证,明天一早我的叔父就会来向他说明我们的意思。再会吧。

勃伦特　我希望你们能够接受王上的好意。

霍茨波　也许我们会的。

勃伦特　求上帝,但愿如此! (各下。)

第四场　约克。大主教府中一室

约克大主教及迈克尔道长上。

约　克　快去,好迈克尔道长;飞快地把这密封的短简送给司礼大臣;
　　　这一封给我的族弟斯克鲁普,其余的都照信面上所写的名字送
　　　去。要是你知道它们的性质是多么重要,你一定会赶快把它们送
　　　去的。

迈克尔　大主教,我猜得到它们的内容。

约　克　你多半可以猜想得到。明天,好迈克尔道长,是一万个人的
　　　　命运将要遭受试验的日子;因为,道长,照我所确实听到的消息,
　　　　国王带着他的迅速征集的强大的军队,将要在索鲁斯伯雷和哈利
　　　　将军相会。我担心的是,迈克尔道长,诺森伯兰既然因病不能前
　　　　往——他的军队比较起来是实力最为雄厚的——同样被他们认
　　　　为重要的中坚分子的奥温·葛兰道厄又因为惑于预言,迟迟不
　　　　发,我怕潘西的军力太薄弱了,抵挡不了王军的优势。

迈克尔　哎,大主教,您不用担心;道格拉斯和摩提默伯爵都在一起哩。

约　克　不,摩提默没有在。

迈克尔　可是还有摩代克、凡农、哈利·潘西将军,还有华斯特伯爵和
　　　　一群勇武的英雄,高贵的绅士。

约　克　是的,可是国王却已经调集了全国卓越的人物;威尔士亲王、
　　　　约翰·兰开斯特王子、尊贵的威斯摩兰和善战的勃伦特,还有许
　　　　多声名卓著、武艺超群的战士。

迈克尔　您放心吧,大主教,他们一定会遭逢劲敌的。

约　克　我也这样希望,可是却不能不担着几分心事;为了预防万一
　　　　起见,迈克尔道长,请你赶快就去。要是这一次潘西将军失败了,
　　　　国王在遣散他的军队以前,一定会来声讨我的罪名,因为他已经
　　　　知道我们都是同谋;为了策划自身的安全,我们必须加强反对他
　　　　的实力,所以你赶快去吧。我必须再写几封信给别的朋友们。再
　　　　见,迈克尔道长。(各下。)

第五幕

第一场　索鲁斯伯雷附近国王营地

亨利王、亲王、约翰·兰开斯特、华特·勃伦特及约翰·福斯塔夫上。

亨利王　太阳开始从那边树木蓊郁的山上升起,露出多么血红的脸色! 白昼因为他的愤怒而吓得面如死灰。

亲　王　南风做了宣告他的意志的号角,他在树叶间吹起了空洞的啸声,预报着暴风雨的降临和严寒的日子。

亨利王　那么让它向失败者表示同情吧,因为在胜利者的眼中,一切都是可喜的。(喇叭声。)

华斯特及凡农上。

亨利王　啊,华斯特伯爵! 你我今天在这样的情形之下相遇,真是一件不幸的事. 你已经辜负了我的信任,使我脱下了太平时候的轻衫缓带,在我这衰老的筋骨之上披起了笨重的铁甲。这真是不大好,伯爵;这真是不大好。你怎么说? 你愿意重新解开这可憎的战祸的纽结,归返臣子的正道,做一颗拱卫主曜的列宿,射放你温和而自然的光辉,不再做一颗出了轨道的流星,使世人见了你惴惴不安,忧惧着临头的大祸吗?

华斯特　陛下请听我说。以我自己而论,我是很愿意让我的生命的余年在安静的光阴中间消度过去的;声明这一次发生这种双方交恶的现象,绝对不是我的本意。

亨利王　不是你的本意！那么它怎么会发生的？

福斯塔夫　叛乱躺在他的路上，给他找到了。

亲　王　别说话，乌鸦，别说话！

华斯特　陛下不愿意用眷宠的眼光看顾我和我们一家的人，这是陛下自己的事；可是我必须提醒陛下，我们是您最初的最亲密的朋友，在理查的时候，我为了您的缘故，折弃我的官杖，昼夜兼程地前去迎接您，向您吻手致敬，那时我的地位和势力还比您强得多哩。是我自己、我的兄弟和他的儿子三人拥护您回国，大胆地不顾当时的危险。您向我们发誓，在唐开斯特您作了那一个誓言，说是您没有危害邦国的图谋，您所要求的只是您的新享的权利，刚特所遗下的兰开斯特公爵的爵位和采地。对于您这一个目的，我们是宣誓尽力给您援助的，可是在短短的时间之内。幸运像阵雨一般降临在您的头上，无限的尊荣集于您的一身，一方面靠着我们的助力，一方面趁着国王不在的机会，另一方面为了一个荒淫的时代所留下的疮痍，您自己所遭受的那些表面上的屈辱，以及那一阵把国王久羁在他的不幸的爱尔兰战争中的逆风，使全英国的人民传说他已经死去。您利用这许多大好的机会，把大权一手抓住，忘记您在唐开斯特向我们所发的誓；受了我们的培植，您却像那凶恶的杜鹃的雏鸟对待抚养它的麻雀一般对待我们。您霸占了我们的窠，您的身体被我们哺养得这样大，我们虽然怀着一片爱心，也不敢走近您的面前，因为深恐被您一口吞噬；为了自身的安全，我们只好被迫驾起我们敏捷的翅膀高飞远遁，兴起这一支自卫的军队。是您自己的冷酷寡恩，阴险刻毒，不顾信义地毁弃一切当初您向我们所发的誓言，激起了我们迫不得已的反抗。

亨利王　你们曾经在市集上，在教堂里，振振有词地用这一类的话煽动群众，假借一些美妙的色彩涂染叛逆的外衣，取悦那些心性无常的轻薄小儿和不满现状的失意分子,他们一听见发生了骚乱的变动,就会瞪眼结舌,擦肘相视。叛乱总不会缺少这一类渲染它的宗旨的水彩颜料,也总不会缺少唯恐天下不乱的无赖贱民为它推波助澜。

亲　王　在我们双方的军队里,有不少人将要在这次交战之中付下重大的代价,要是他们一度参加了这场比赛。请您转告令侄,威尔士亲王钦佩亨利·潘西,正像所有的世人一样;凭着我的希望起誓,如果这一场叛乱不算在他头上,我想在这世上再没有一个比他更勇敢、更矫健、更大胆而豪放的少年壮士,用高贵的行为装点这衰微的末世。讲到我自己,我必须惭愧地承认,我在骑士之中曾经是一个不长进的败类;我听说他也认为我是这样一个人,可是当着我的父王陛下的面前,我要这样告诉他:为了他的伟大的声名,我甘愿自居下风,和他举行一次单独的决战,一试我们的命运,同时也替彼此双方保全一些人力。

亨利王　威尔士亲王,虽然种种重大的顾虑反对你的冒险,可是我敢让你作这一次尝试。不,善良的华斯特,不,我是深爱我的人民的;即使那些误入歧途,帮同你的侄儿作乱的人们,我也同样爱着他们;只要他们愿意接受我的宽大的条件,他、他们、你以及每一个人,都可以重新成为我的朋友,同样我也将要成为他的朋友。这样回去告诉你的侄儿,他决定了行止以后,再给我一个回音;可是假如他不肯投降的话,谴责和可怕的惩罚将要为我履行它们的任务。好,去吧;现在我不要再听什么答复,我对你们已经仁至义尽,不要再执迷不悟吧。(华斯特、凡农同下)

亲　王　凭着我的生命发誓,他们一定不会接受我们的条件。道格拉斯和霍茨波俩人在一起,是会深信全世界没有人可以和他们为敌的。

亨利王　所以每一个将领快去把他的队伍部署起来吧;我们一得到他们的答复,就立刻向他们进攻;上帝卫护我们,因为我们是为正义而战！（亨利王、勃伦特及约翰·兰开斯特下。）

福斯塔夫　哈尔，要是你看见我在战场上负伤倒地，为了保护我，跨在我身上，苦战不舍，那就没得说的了，论朋友交情本该如此。

亲　王　只有脚跨海港的大石像才能对你尽那么一份交情。念你的祷告去，再会吧。

福斯塔夫　我希望现在是上床睡觉的时间，哈尔，一切平安无事，那就好了。

亲　王　哎，只有一死你才好向上帝还账哩。（下。）

福斯塔夫　这笔账现在还没有到期；我可不愿意在期限未满以前还给他。他既然没有叫到我，我何必那么着急；好，那没有关系，是荣誉鼓励着我上前的。嗯，可是假如当我上前的时候，荣誉把我报销了呢？那便怎么样？荣誉能够替我重装一条腿吗？不。重装一条手臂吗？不。除一个伤口的痛楚吗？不。那么荣誉一点不懂得外科的医术吗？不懂。什么是荣誉？两个字。那两个字荣誉又是什么？一阵空气，好聪明的算计！谁得到荣誉？星期三死去的人。他感觉到荣誉没有？不。他听见荣誉没有？不。那么荣誉是不能感觉的吗？嗯，对于死人是不能感觉的。可是它不会和活着的人生存在一起吗？不。为什么？讥笑和毁谤不会容许它的存在。这样说来，我不要什么荣誉；荣誉不过是一块铭旌；我的自问自答，也就这样结束了。（下。）

第二场　索鲁斯伯雷附近叛军营地

华斯特及凡农上。

华斯特　啊，不！理查爵士，我们不能让我的侄儿知道国王这一种宽大温和的条件。

凡　农　最好还是让他知道。

华斯特　那么我们都要一起完了。国王不会守他的约善待我们，那是不可能的事；他要永远怀疑我们，找到了机会，就会借别的过失来惩罚我们这一次的罪答。我们将要终身被怀疑的眼光所眈眈注视；因为对于叛逆的人，人家是像对待狐狸一般不能加以信任的，无论它怎样驯良，怎样习于豢养，怎样关锁在笼子里，总不免存留着几分祖传的野性。我们脸上无论流露着悲哀的或是快乐的神情，都会被人家所曲解；我们将要像豢养在棚里的牛一样，越是喂得肥胖，越是接近死亡。我的侄儿的过失也许可以被人忘记，因为人家会原谅他的年轻气盛；而且他素来是出名卤莽的霍茨波，一切都是任性而行，凭着这一种特权，人家也不会和他过分计较。他的一切过失都要归在我的头上和他父亲的头上，因为他的行动是受了我们的教唆；他既然是被我们诱导坏了的，所以我们是罪魁祸首，应该负一切的责任。所以，贤侄，无论如何不要让哈利知道国王的条件吧。

凡　农　随您怎样说，我都照您的话说就是了。您的侄儿来啦。

　　　　霍茨波及道格拉斯上；军官兵士等随后。

霍茨波　我的叔父回来了；把威斯摩兰伯爵放了。叔父，什么消息？

华斯特　国王要和你立刻开战。

道格拉斯　叫威斯摩兰伯爵回去替我们下战书吧。

霍茨波　道格拉斯将军，就请您去这样告诉他。

道格拉斯　很好，我就去对他说。（下。）

华斯特　国王简直连一点表面上的慈悲都没有。

霍茨波　您向他要求慈悲吗？上帝不容许这样的事！

华斯特　我温和地告诉他我们的怨愤不平和他的毁誓背信，他却一味狡赖；他骂我们叛徒奸贼，说是要用盛大的武力痛惩我们这一个可恨的姓氏。

　　　　道格拉斯重上。

道格拉斯　拿起武器来,朋友们! 拿起武器来! 因为我已经向亨利王作了一次大胆的挑战,抵押在我们这儿的威斯摩兰已经把它带去了;他接到我们的挑战,一定很快就会来向我们进攻的。

华斯特　侄儿,那威尔士亲王曾经站在国王的面前,要求和你举行一次单独的决战。

霍茨波　啊! 但愿这一场争执是我们俩人的事,今天除了我跟哈利·蒙穆斯以外,谁都是壁上旁观的人。告诉我,告诉我,他挑战时候的态度怎样? 是不是带着轻蔑的神气?

凡　农　不,凭着我的灵魂起誓;像这样谦恭的挑战,我生平还是第一次听见,除非那是一个弟弟要求他的哥哥举行一次观摩的比武。他像一个堂堂男子似的向您表示竭诚的敬佩,用他尊贵的舌头把您揄扬备至,反复称道您的过人的才艺,说是任何的赞美都不能充分表现您的价值;尤其难得的,他含着羞愧自认他的缺点,那样坦白而直率地咎责他自己的少年放荡,好像他的一身中具备着双重的精神,一方面是一个疾恶如仇的严师,一方面是一个从善如流的学生。此外他没有再说什么话。可是让我告诉世人,要是他能够在这次战争中安然无恙,他就是英国历代以来一个最美妙的希望,同时也是因为他的放浪而受到世人最大的误解的一位少年王子。

霍茨波　老兄,我想你是对他的荒唐着了迷啦;我从来没有听见过哪一个王子像他这样放荡胡闹。可是不管他是怎样一个人,在日暮之前,我要用一个军人的手臂拥抱他,让他在我的礼貌之下消缩枯萎。举起武器来,举起武器来,赶快! 同胞们,兵士们,朋友们,我是个没有口才的人,不能用动人的言语鼓起你们的热血,你们还是自己考虑一下你们所应该做的事吧。

一使者上。

使　者　将军,这封信是给您的。

霍茨波　我现在没有工夫读它们。啊,朋友们! 生命的时间是短促的;
但是即使生命随着时钟的指针飞驰,到了一小时就要宣告结束,
要卑贱地消磨这段短时间却也嫌太长。要是我们活着,我们就该
活着把世上的君王们放在我们足下践踏;要是死了,也要让王子
们陪着我们一起死去,那才是勇敢的死! 我们举着我们的武器,
自问良心,只要我们的目的是正当的,不怕我们的武器不犀利。

另一使者上。

使　者　将军,预备起来;国王的军队马上就要攻过来了。

霍茨波　我谢谢他打断了我的话头,因为我声明过我不会说话。只有
这一句话:大家各自尽力。这儿我拔出这一柄剑,准备让它染上
今天这一场恶战里我所能遇到的最高贵的血液。好,潘西! 前进
吧。把所有的军乐大声吹奏起来,在乐声之中,让我们大家拥抱,
因为上天下地,我们中间有些人将要永远不再有第二次表示这样
亲热的机会了。(*喇叭齐鸣;众人拥抱,同下。*)

第三场　两军营地之间

双方冲突接战;吹战斗信号;道格拉斯及华特·勃伦特上,相遇。

勃伦特　你叫什么名字,胆敢在战场上这样拦住我的去路? 你想要在
我的头上追寻一些什么荣誉?

道格拉斯　告诉你吧,我就叫道格拉斯;我这样在战场上把你追随不
舍,因为有人对我说你是一个国王。

勃伦特　他们对你说得一点不错。

道格拉斯　史泰福勋爵因为模样和你仿佛,今天已经付了重大的代价

因为,哈利王,这一柄剑没有杀死你,却已经把他结果了。你也难免死在我的剑下,除非你束手投降,做我的俘虏。

勃伦特　我不是一个天生下来向人屈服的人,你这骄傲的苏格兰人,你瞧着吧,一个国王将要为史泰福勋爵的死复仇。(二人交战,勃伦特中剑死。)

　　　　霍茨波上。

霍茨波　啊,道格拉斯!要是你在霍美敦也打得这般凶狠,我再也不会战胜一个苏格兰人的。

道格拉斯　什么事都没有了,我们已经大获全胜;国王就在这儿毫无气息地躺着。

霍茨波　在哪儿?

道格拉斯　这儿。

霍茨波　这一个,道格拉斯!不;我很熟悉这一张脸;他是一个勇敢的骑士,他的名字是勃伦特,外貌上装扮得像国王本人一样。

道格拉斯　让愚蠢到处追随着你的灵魂!你已经用太大的代价买到了一个借来的名号;为什么你要对我说你是一个国王呢?

霍茨波　国王手下有许多人都穿着他的衣服临阵应战。

道格拉斯　凭着我的宝剑发誓,我要杀尽他的衣服,杀得他的御衣橱里一件不留,直到我遇见那个国王。

霍茨波　起来,去吧!我们的兵士今天打仗非常出力。(同下。)号角声。福斯塔夫上。

福斯塔夫　虽然我在伦敦喝酒从来不付账,这儿打起仗来可和付账不一样,每一笔都是往你的脑袋上记。且慢!你是谁?华特·勃伦特爵士!您有了荣誉啦!这可不是虚荣!我热得像在炉里熔化的铅块一般,我的身体也像铅块一般重;求上帝不要让铅块打进我的胸膛里!我自己的肚子已经够重了。我带着我这一群叫花兵上阵,一个个都给枪弹打了下来;一百五十个人中间,留着活命的不满三个,他们这一辈子是要在街头乞食过活的了。可是谁来啦?

> 亲王上。

亲　王　什么! 你在这儿待着吗? 把你的剑借我。多少贵人在骄敌的铁蹄之下捐躯,还没有人为他们复仇。请把你的剑借我。

福斯塔夫　啊,哈尔! 我求求你,让我喘一口气吧。谁也没有立过像我今天这样的赫赫战功。我已经教训过潘西,送他归了天啦。

亲　王　果真;他没有杀你,还不想就死呢。请把你的剑借我吧。

福斯塔夫　不,上帝在上,哈尔,要是潘西还没有死,你就不能拿我的剑去;要是你愿意的话,把我的手枪拿去吧。

亲　王　把它给我,嘿,它是在盒子里吗?

福斯塔夫　嗯,哈尔;热得很,热得很;它可以扫荡一座城市哩。(亲王取出一个酒瓶。)

亲　王　嘿,现在是开玩笑的时候吗? (掷酒瓶于福斯塔夫前,下。)

福斯塔夫　好,要是潘西还没有死,我要一剑刺中他的心窝。要是他碰到了我,很好;要是他碰不到我,可是我偏偏自己送上门去,就让他把我剁成一堆肉酱吧。我不喜欢华特爵士这一种咧着嘴的荣誉。给我生命吧。要是我能够保全生命,很好;要不然的话,荣誉不期而至,那也就算了。(下。)

第四场　战场上的另一部分

> 号角声,两军冲突。亨利王、亲王、约翰·兰开斯特及威斯摩兰上。

亨利王　哈利,你退下去吧;你流血太多了。约翰·兰开斯特,你陪着他去吧。

兰开斯特　我不去,陛下,除非我也流着同样多的血。

亲　王　请陛下快上前线去,不要让您的朋友们看见您的退却而惊惶。

亨利王　我这就去。威斯摩兰伯爵,你带他回营去吧。

威斯摩兰　来,殿下,让我带着您回到您的营帐里去。

亲　王　带我回去,伯爵?我用不着您的帮助;血污的贵人躺在地上受人践踏,叛徒的武器正在肆行屠杀,上帝不容许因为点小小的擦伤就把威尔士亲王逐出战场。

兰开斯特　我们休息得太长久了。来,威斯摩兰贤卿,这儿是我们应该走的路;为了上帝的缘故,来吧。(约翰·兰开斯特及威斯摩兰下。)

亲　王　上帝在上,兰开斯特,我一向错看了你了;想不到你竟有这样的肝胆。以前我因为你是我的兄弟而爱你,约翰,现在我却把你当作我的灵魂一般敬重你了。

亨利王　虽然他只是一个羽毛未丰的战士,可是我看见他和潘西将军奋勇相持,那种坚强的毅力远超过我的预料。

亲　王　啊!这孩子增添了我们每一个人的勇气。(下。)

　　　　号角声;道格拉斯上。

道格拉斯　又是一个国王!他们就像千首蛇的头一般生生不绝。我就是道格拉斯,穿着你身上这一种装束的人,谁都要死在我的手里。你是什么人,假扮着国王的样子?

亨利王　我就是国王本人;我从心底抱歉,道格拉斯,你遇见了这许多国王的影子,却还没有和真正的国王会过一面。我有两个孩子,正在战场上到处寻访潘西和你的踪迹;可是你既然凑巧遇到了我,我就和你交手一番吧,你可得好好防卫你自己。

道格拉斯　我怕你又是一个冒牌的;可是说老实话,你的神气倒像是一个国王;不管你是谁,总是我手里的人,瞧我怎样战胜你吧。(二人交战;亨利王陷于险境,亲王重上。)

亲　王　抬起你的头来,万恶的苏格兰人,否则你要从此抬不起头了！勇敢的萨立、史泰福和勃伦特的英灵都依附在我的两臂之上；在你面前的是威尔士亲王，他对人答应了的事总是要做到了才算的。(二人交战；道格拉斯逃走)鼓起勇气来，陛下；您安好吗？尼古拉斯·高绥爵士已经派人来求援了，克里福顿也派了人来求援，我马上援助克里福顿去。

亨利王　且慢，休息一会儿。你已经赎回了你失去的名誉，这次你救我脱险，足见你对我的生命还是有几分关切的。

亲　王　上帝啊！那些说我盼望您死的人们真是太欺人啦。要是果然有这样的事，我就该听任道格拉斯的毒手把您伤害！会很快结果您的生命，就像世上所有的毒药一样，也可以免得您的儿子亲自干那种叛逆的行为。

亨利王　快到克里福顿那儿去；我就去和尼古拉斯·高绥爵士相会。(下。)

　　　　霍茨波上。

霍茨波　要是我没有认错的话，你就是哈利·蒙穆斯。

亲　王　你说得仿佛我会否认自己的名字似的。

霍茨波　我的名字是哈利·潘西。

亲　王　啊，那么我看见一个名叫哈利·潘西的非常英勇的叛徒了，我是威尔士亲王；潘西，你不要再想平分我的光荣了吧：一个轨道上不能有两颗星球同时行动；一个英格兰也不能容纳哈利·潘西和威尔士亲王并峙称雄。

霍茨波　不会有这样的事，哈利；因为我们俩人中间有一个人的末日已经到了；但愿你现在也有像我这样伟大的威名！

亲　王　在我离开你以前，我要使我的威名比你更大；我要从你的头顶上剪下荣誉的花蕋，替我自己编一个胜利的荣冠。

霍茨波　我再也忍受不住你的狂妄的夸口了。(二人交战。)

福斯塔夫上。

福斯塔夫　说得好,哈尔! 出力,哈尔 ;哎,这儿可没有儿戏的事情哪,我可以告诉你们。

　　　　道格拉斯重上,与福斯塔夫交战,福斯塔夫倒地佯死,道格拉斯下。霍茨波受伤倒地。

霍茨波　啊,哈利! 你已经夺去我的青春了。我宁愿失去这脆弱易碎的生命,却不能容忍你从我手里赢得了不可一世的声名 ;它伤害我的思想,甚于你的剑伤害我的肉体。可是思想是生命的奴隶,生命是时间的弄人 ;俯瞰全世界的时间,总会有它的停顿。啊!倘不是死亡的阴寒的手已经压住我的舌头,我可以预言——不,潘西,你现在是泥土了,你是——(死。)

亲　王　蛆虫的食粮,勇敢的潘西。再会吧,伟大的心灵! 谬误的野心,你现在显得多么渺小! 当这个躯体包藏着一颗灵魂的时候,一个王国对于它还是太小的领域 ;可是现在几尺污秽的泥土就足够做它的容身之地。在这载着你的尸体的大地之上,再也找不到一个比你更刚强的壮士。要是你还能感觉到别人对你所施的敬礼,我一定不会这样热烈地吐露我的情怀 ;可是让我用一点纪念品遮住你的血污的双颊吧,同时我也代表你感谢我自己,能够向你表示这样温情的敬意。再会,带着你的美誉到天上去吧! 你的耻辱陪着你长眠在坟墓里,却不会铭刻在你的墓碑之上见福斯塔夫卧于地上! 呀! 老朋友! 在这一大堆肉体之中,却不能保留一丝小小的生命吗? 可怜的杰克,再会吧! 死了一个比你更好的人,也不会像死了你一样使我老大不忍。啊! 假如我真是那么一个耽于游乐的浪子,你的死对于我将是怎样重大的损失! 死神在今天的血战中,虽然杀死了许多优秀的战士,却不曾射中一头比你更肥胖的母鹿。你的脏腑不久就要被鸟兽掏空 ;现在你且陪着高贵的潘西躺在血泊里吧。（下。）

福斯塔夫　（起立）掏空我的脏腑！要是你今天掏空我的脏腑,明天我还要让你把我腌起来吃下去哩。他妈的！幸亏我假扮得好,不然那杀气腾腾的苏格兰恶汉早就把我的生命一笔勾销啦。假扮吗？我说谎,我没有假扮;死了才是假扮,因为他虽然样子像个人,却没有人的生命;活人扮死人却不算是假扮,因为他的的确确是生命的真实而完全的形体。智虑是勇敢的最大要素,凭着它我才保全了我的生命。他妈的！这火药般的潘西虽然死了,我见了他还是有些害怕;万一他也是诈死突然立起身来呢？凭良心说,我怕在我们这两个装死的人中间,他要比我强得多呢。所以我还是再戳他一剑,免生意外;对了,我要发誓说他是被我杀死的。为什么他不会像我一般站起来呢？只有亲眼瞧见的人,才可以驳斥我的虚伪,好在这儿一个人也没有;所以,小子,（刺霍茨波）让我在你的大腿上添加一个新的伤口,跟着我来吧。（负霍茨波于背。）

　　亲王及约翰·兰开斯特重上。

亲　　王　来,约翰老弟;你初次出战,已经充分表现了你的勇敢。

兰开斯特　可是且慢！这是什么人？您不是告诉我这胖子已经死了吗？

亲　　王　是的,我看见他死了,气息全无,流着血躺在地上。你是活人吗？还是跟我们的眼睛作怪的一个幻象？请你说句话:我们必须听见你的声音,才可以相信我们的眼睛。你不是我们所看见的那样一个东西。

福斯塔夫　那还用说吗？我不是一个两头四臂的人哩;可是我倘然不是杰克·福斯塔夫,我就是一个混小子。潘西就在这儿;（将尸体掷下）要是你的父亲愿意给我一些什么封赏,很好;不然的话,请他以后碰到第二个潘西的时候,自己去把他杀死吧。老实告诉你们,我希望我这一回不是晋封伯爵,就是晋封公爵哩。

亲　王　怎么,潘西是我自己杀死的,我也亲眼看见你死了。

福斯塔夫　真的吗?主啊,主啊!世人都是怎样善于说谎!我承认我倒在地上喘不过气来,他也是一样;可是后来我们俩人同时立起,恶战了足足一个钟头。要是你们相信我的话,很好;不然的话,让那些论功行赏的人们担负他们自己的罪恶吧,我到死都要说,他这大腿上的伤口是我给的;要是他活了过来否认这一句话,他妈的!我一定要叫他把我的剑吃下去。

兰开斯特　这是我所听到过的最奇怪的故事。

亲　王　这是一个最奇怪的家伙,约翰兄弟。来,把你那件东西勇敢地负在你的背上吧;拿我自己来说,要是一句谎话可以使你得到荣誉,我是很愿意用最巧妙的字句替你装点门面的。(吹归营号)喇叭在吹归营号;胜利已经属于我们。来,兄弟,让我们到战场上最高的地方去,看看我们的朋友哪几个还活着,哪几个已经死了。

(亲王及约翰·兰开斯特同下。)

福斯塔夫　我也要跟上去,正像人家说的,为的是要讨一些封赏。给我重赏的人,愿上帝也重赏他!要是我做起大人物来,我一定要把身体长得瘦一点儿;因为我要痛改前非,不再喝酒,像一个贵人一般过着清清白白的生活。(下。)

第五场　战场上的另一部分

喇叭齐鸣。亨利王、亲王、约翰·兰开斯特、威斯摩兰及余人等上;华斯特及凡农被俘随上。

亨利王　叛逆总是这样受到它的惩罚。居心不良的华斯特!我不是向你们全体提出仁慈的条件,很慷慨地允许赦免你们的过失吗?

你怎么敢伪传我的旨意,虚词谎报,辜负你侄儿对你的信任? 我
们这方面今天阵亡了三个骑士、一位尊贵的伯爵,还有许多卫国
的健儿;要是你像一个基督徒似的早早沟通了我们双方的真意,
他们现在还会好好地活着的。

华斯特　我所干的事,都是为我自己的安全打算;我安然忍受这一种
命运,因为它已无可避免地临到我的头上。

亨利王　把华斯特和凡农俩人带出去杀了;其余的罪犯待我斟酌定
罪。(卫士押华斯特、凡农下)战场上情形怎样?

亲　王　那高贵的苏格兰人道格拉斯因为看见战局不利,英勇的潘西
已经殒命,他手下的兵士一个个无心恋战,只好跟着其余的人一起
逃走;谁料一个失足,从一座山顶上跌了下来,身受重伤,被追兵擒
住了。道格拉斯现在就在我的帐内,请陛下准许我把他随意处置。

亨利王　可以可以。

亲　王　那么,约翰·兰开斯特兄弟,你去执行这一个光荣的慷慨的
使命吧。去把道格拉斯释放了,不要什么赎金;他今天对我们所
表现的勇气,已经教训我们即使从我们的敌人那里,像这样英武
的精神也是值得我们钦佩的。

兰开斯特　感谢殿下给我这一个荣幸,我就去执行您的意志。

亨利王　那么我们剩下来的工作,就是要分开我们的军队。你,约翰
我儿,跟威斯摩兰贤卿火速到约克去,讨伐诺森伯兰和那主教斯
克鲁普,照我们所听到的消息,他们正在那儿积极备战。我自己
和你,哈利我儿,就到威尔士去,向葛兰道厄和马契伯爵作战。叛
逆只要再遇到像今天这样一次重大的打击,就会在这国土上失掉
它的声势;让我们乘着战胜的威风,一鼓作气,继续取得我们全部
的胜利。(同下。)

William Shakespeare
COMPLETE WORKS

亨利四世下篇

朱生豪　译

莎士比亚
全集

剧中人物

谣言　在楔子中登场

亨利四世

亨利　威尔士亲王,即位后称亨利五世 ⎫

托马斯　克莱伦斯公爵 ｜

约翰·兰开斯特 ⎬ 亨利王之子

亨弗雷　葛罗斯特公爵 ⎭

华列克伯爵 ⎫

威斯摩兰伯爵 ｜

萨立伯爵 ⎬ 保王党

高厄 ｜

哈科特 ｜

勃伦特 ⎭

王家法庭大法官

大法官的仆人

诺森伯兰伯爵 ⎫

理查·斯克鲁普　约克大主教 ｜

毛勃雷勋爵 ⎬ 反王党

海司丁斯勋爵 ｜

巴道夫勋爵 ｜

约翰·科尔维尔爵士 ⎭

特拉佛斯 ⎫

毛顿 ⎬ 诺森伯兰的从仆

约翰·福斯塔夫爵士

福斯塔夫的侍童

巴道夫

毕斯托尔

波因斯

皮多

夏禄

赛伦斯 } 乡村法官

台维　夏禄之仆

霉老儿

影　子

肉　瘤 } 福斯塔夫招募的兵士

弱　汉

小公牛

爪牙

罗网 } 捕役

司阍

跳舞者　致收场白者

诺森伯兰夫人

潘西夫人

快嘴桂嫂　野猪头酒店女店主

桃儿·贴席

群臣、侍从、军官、兵士、使者、司阍、酒保、差役、内侍等

地　点

英国

楔子　华克渥斯。诺森伯兰城堡前

谣言上,脸绘多舌。

谣　言　张开你们的耳朵;当谣言高声讲话的时候,你们有谁肯掩住自己的耳朵呢? 我从东方到西方,借着天风做我的驿马,到处宣扬这地球上所发生的种种事情;我的舌头永远为诽谤所驾驭,我用每一种语言把它向世间公布,使每个人的耳朵里充满着虚伪的消息。当隐藏的敌意佯装着安全的笑容,在暗中伤害这世界的时候,我却在高谈和平;当人心惶惶的多事之秋、大家恐惧着战祸临头、实际却并没有这么一回事的时候,除了谣言,除了我,还有谁在那儿煽动他们招兵买马,设防备战? 谣言是一支凭着推测、猜疑和臆度吹响的笛子,它是那样容易上口,即使那长着无数头颅的卤莽的怪物,那永不一致的动摇的群众,也可以把它信口吹奏。可是我何必这样向自家人分析我自己呢? 谣言为什么来到这里? 我的目的是要趁哈利王的捷报没有传到以前,先弄一些玄虚。他在索鲁斯伯雷附近的一个血流遍野的战场上,已经打败了年轻的霍茨波和他的军队,用叛徒的血浇熄了叛逆的火焰。可是我为什么一开始就说真话呢? 我的使命是要向世人散播这样的消息:哈利·蒙穆斯已经在尊贵的霍茨波的宝剑的雄威之下殒命,国王当着道格拉斯的盛怒之前,也已经俯下他的受过膏沐的头,和死亡长眠在一起了。我从索鲁斯伯雷的战场上一路行来,已经把这样的谣言传遍了每一个乡村。现在来到这一座古老的顽石的城堡之前,正就是霍茨波的父亲老诺森伯兰诈病不出的所在。那些报信的使者,一个个拖着疲乏的脚步,他们的消息都是从我这儿探听到的。他们从谣言的嘴里带来了虚伪的喜讯,它将要比真实的噩耗给人更大的不幸。(下。)

第
一
幕

第一场　华克渥斯。诺森伯兰城堡前

巴道夫上。

巴道夫　看门的是哪一个？喂！（司阍开门）伯爵呢？

司　阍　请问您是什么人？

巴道夫　你去通报伯爵，说巴道夫勋爵在这儿恭候他。

司　阍　爵爷到花园里散步去了；请大人敲那边的园门，他自己会来
　　开门的。

诺森伯兰上。

巴道夫　伯爵来了。（司阍下。）

诺森伯兰　什么消息，巴道夫大人？现在每一分钟都会产生流血的事
　　件。时局这样混乱，斗争就像一匹喂得饱饱的脱缰的怒马，碰见
　　什么都要把它冲倒。

巴道夫　尊贵的伯爵，我报告您一些从索鲁斯伯雷传来的消息。

诺森伯兰　但愿是好消息！

巴道夫　再好没有。国王受伤濒死；令郎马到功成，已经把哈利亲王
　　杀了；两个勃伦特都死在道格拉斯的手里；小王子约翰和威斯摩
　　兰、史泰福，全逃得不知去向；哈利·蒙穆斯的伙伴，那胖子约翰
　　爵士，做了令郎的俘虏。啊！自从凯撒以来，像这样可以为我们
　　这时代生色的壮烈伟大的胜利，简直还不曾有过。

诺森伯兰　这消息是怎么得到的？您看见战场上的情形吗？您是从索鲁斯伯雷来的吗？

巴道夫　伯爵，我跟一个刚从那里来的人谈过话；他是一个很有教养名誉很好的绅士，爽直地告诉了我这些消息，说是完全确实的。

诺森伯兰　我的仆人特拉佛斯回来了，他是我在星期二差去探听消息的。

巴道夫　伯爵，我的马比他的跑得快，在路上追过了他；他除了从我嘴里偶然听到的一鳞半爪以外，并没有探到什么确实的消息。

　　　　特拉佛斯上。

诺森伯兰　啊，特拉佛斯，你带了些什么好消息来啦？

特拉佛斯　爵爷，我在路上碰见约翰·恩弗莱维尔爵士，他告诉我可喜的消息，我听见了就拨转马头回来；因为他的马比我的好，所以他比我先过去了。接着又一位绅士加鞭策马而来，因为急于赶路的缘故，显得疲乏不堪；他在我的身旁停了下来，休息休息他那满身浴血的马；他问我到彻斯特去的路，我也问他索鲁斯伯雷那方面的消息。他告诉我叛军已经失利，年轻的哈利·潘西的热血冷了。说了这一句话，等不及我追问下去，他就把缰绳一抖，俯下身去用马刺使劲踢他那匹可怜的马喘息未定的腹部，直到轮齿都陷进皮肉里去了，就这样一溜烟飞奔而去。

诺森伯兰　嘿！再说一遍，他说年轻的哈利·潘西的热血冷了吗？霍茨波死了吗？他说叛军已经失利了吗？

巴道夫　伯爵，我告诉您吧：要是您的公子没有得到胜利，凭着我的荣誉发誓，我愿意把我的爵位交换一个丝线的带穗。那些话理它作甚！

诺森伯兰　那么特拉佛斯在路上遇见的那个骑马的绅士为什么要说

那样丧气的话？

巴道夫　谁，他吗？他一定是个什么下贱的家伙，他所骑的那匹马准
　　　是偷来的；凭着我的生命发誓，他的话全是信口胡说。瞧，又有人
　　　带消息来了。

　　　　　毛顿上。

诺森伯兰　嗯，这个人的脸色就像一本书籍的标题页，预示着它的悲
　　　惨的内容；当蛮横的潮水从岸边退去，留下一片侵凌过的痕迹的
　　　时候，那种凄凉的景况，正和他脸上的神情相仿。说，毛顿，你是
　　　从索鲁斯伯雷来的吗？

毛　顿　启禀爵爷，我是从索鲁斯伯雷一路奔来的；可恶的死神戴上
　　　他的最狰狞的面具，正在那里向我们的军队大肆淫威。

诺森伯兰　我的儿子和弟弟怎么样了？你在发抖，你脸上惨白的颜
　　　色，已经代替你的舌头说明了你的来意。正是这样一个人，这样
　　　没精打采，这样垂头丧气，这样脸如死灰，这样满心忧伤，在沉寂
　　　的深宵揭开普里阿摩斯的帐子，想要告诉他他的半个特洛伊已经
　　　烧去；可是他还没有开口，普里阿摩斯已经看见火光了；你还没
　　　有告诉我你的消息，我已经知道我的潘西死了。你将要这样说，
　　　"您的儿子干了这样这样的事；您的弟弟干了这样这样的事；英
　　　武的道格拉斯打得怎样怎样勇敢，"用他们壮烈的行为充塞我
　　　的贪婪的耳朵；可是到了最后，你却要用一声叹息吹去这些赞
　　　美，给我的耳朵一下致命的打击，说，"弟弟、儿子和一切的人，全
　　　都死了。"

毛　顿　道格拉斯活着，您的弟弟也没有死；可是公子爷——

诺森伯兰　啊，他死了。瞧，猜疑有一条多么敏捷的舌头！谁只要一
　　　担心到他所不愿意知道的事情，就会本能地从别人的眼睛里知道
　　　他所忧虑的已经实现。可是说吧，毛顿，告诉你的伯爵说他的猜

测是错误的,我一定乐于引咎,并且因为你指斥我的错误而给你重赏。

毛　顿　我是一个太卑微的人,怎么敢指斥您的错误;您的预感太真实了,您的忧虑已经是太确定的事实。

诺森伯兰　可是,虽然如此,你不要说潘西死了。我看见你眼睛里流露出一种异常的神色,供认你所不敢供认的事情;你摇着头,害怕把真话说出,也许你以为那是罪恶。要是他果然死了,老实说吧;报告他的死讯的舌头是无罪的。用虚伪的谰言加在死者的身上才是一件罪恶,说已死的人不在人世,却不是什么过失。可是第一个把不受人欢迎的消息带了来的人,不过干了一件劳而无功的工作;他的舌头将要永远像一具悲哀的丧钟,人家一听见它的声音,就会记得它曾经报告过一个逝世的友人的噩耗。

巴道夫　伯爵,我不能想象令郎会这样死了。

毛　顿　我很抱歉我必须强迫您相信我的眼睛所不愿意看见的事情;可是我亲眼看见他血淋淋地在哈利·蒙穆斯之前力竭身亡,他的敌人的闪电般的威力,打倒了纵横无敌的潘西,从此他魂归泉壤,再也不会挺身而起了。总之,他的烈火般的精神,曾经燃烧起他的军中最冥顽的村夫的心灵,现在他的死讯一经传布,最勇锐的战士也立刻消失了他们的火焰和热力;因为他的军队是借着他的钢铁般的意志团结起来的,一旦失去主脑,就像一块块钝重的顽铅似的,大家各自为政;笨重的东西在巨大的压力之下,会用最大的速度飞射出去,我们的兵士失去霍茨波的指挥,他们的恐惧使他们的腿上生了翅膀,飞行的箭还不及他们从战场上逃得快。接着尊贵的华斯特又被捉了去;那勇猛的苏格兰人,嗜血的道格拉斯,他的所向披靡的宝剑曾经接连杀死了三个假扮国王的将士,这时他的勇气也渐渐不支,跟着其余的人一起转背逃走,在惊惶之中不慎失足，也被敌人捉去了。总结一句话，国王已经得胜，而且，爵爷，他已经派遣一支军队，在少年的兰开斯特和威斯摩兰的统率之下，迅速地要来向您进攻了。这就是我所知道的全部消息。

诺森伯兰　我将要有充分的时间为这些消息而悲恸，毒药有时也能治病；在我健康的时候，这些消息也许会使我害起病来；可是因为我现在有病。它们却已经把我的病治愈了几分，正像一个害热病的人。他的衰弱无力的筋骨已经像是破落的门枢，勉强撑持着生命的重担。但是在寒热发作的时候。也会像一阵火一般冲击他的看护者的手臂。我的肢体也是因忧伤而衰弱的，现在却因为被忧伤所激怒。平添了三倍的力气，所以。去吧。你纤细的拐杖！现在我的手上必须套起钢甲的臂鞲；去吧。你病人的小帽！你是个太轻薄的卫士。不能保护我的头颅。使它避免那些乘着战胜之威的王子们的锋刃，现在让钢铁包住我的额角，让这敌意的时代所能带给我的最恶劣的时辰向愤激的诺森伯兰怒目而视吧！让苍天和大地接吻！让造化的巨手放任洪水泛滥！让秩序归于毁灭！让这世界不要再成为一个相持不下的战场！让该隐的精神统治着全人类的心。使每个人成为嗜血的凶徒，这样也许可以提早结束这残暴的戏剧！让黑暗埋葬了死亡！

特拉佛斯　爵爷，这种过度的悲愤会伤害您的身体的。

巴道夫　好伯爵，不要让智慧离开您的荣誉。

毛　顿　您的一切亲爱的同伴们的生命，都依赖着您的健康；要是您在狂暴的感情冲动之下牺牲了您的健康，他们的生命也将不免于毁灭。我的尊贵的爵爷，您在说；让我们前进吧！以前，曾经考虑过战争的结果和一切可能的意外。您早就预料到公子爷也许会在无情的刀剑之下丧生；您知道他是在一道充满着危险的悬崖的

　　边上行走,多半会在中途失足;您明白他的肉体是会受伤流血的,

　　他的一往直前的精神会驱策他去冒出生入死的危险;可是您还

　　是说。"上去! 这一切有力的顾虑,都不能阻止你们坚决的行动。

　　这以后所发生的种种变化,这次大胆的冒险所招致的结果,哪一

　　桩不是在您的意料之中?

巴道夫　我们准备接受这种损失的人全都知道我们是在危险的海上

　　航行,我们的生命只有十分之一的把握;可是我们仍然冒险前进,

　　因为向往中的利益使我们不再顾虑可能的祸害;虽然失败了,还

　　是要再接再厉。来,让我们把身体财产一起捐献出来,重振我们

　　的声威吧。

毛　顿　这是刻不容缓的了。我的最尊贵的爵爷,我听到千真万确的

　　消息,善良的约克大主教已经征集了一支优秀的军队,开始行动;

　　他是一个能够用双重的保证约束他的部下的人。在公子爷手下

　　作战的兵士,不过是一些行尸走肉、有影无形的家伙,因为叛逆这

　　两个字横亘在他们的心头,就可以使他们的精神和肉体在行动上

　　不能一致;他们勉勉强强上了战阵,就像人们在服药的时候一般

　　做出苦脸,他们的武器不过是为我们虚张声势的幌子,可是他们

　　的精神和灵魂却像池里的游鱼一般,被这叛逆两字冻结了。可是

　　现在这位大主教却把叛乱变成了宗教的正义;他的虔诚圣洁为众

　　人所公认,谁都用整个的身心服从他的驱策;他从邦弗雷特的石

　　块上刮下理查王的血,加强他的起兵的理由;说他的行动是奉着

　　上天的旨意;他告诉他们,他要尽力拯救这一个正在强大的波林

　　勃洛克的压力之下奄奄垂毙的流血的国王;这样一来,已有不少

　　人归附他。

诺森伯兰　这我早就知道了;可是不瞒你们说,当前的悲哀已经把它

　　从我的脑中扫去。跟我进来,大家商量一个最妥当的自卫的计划

和复仇的方策。备好几匹快马，赶快写信，尽量罗致我们的友人；现在是我们最感到孤立、也最需要援助的时候。(同下。)

第二场　伦敦。街道

约翰·福斯塔夫上，其侍童持剑和盾后随。

福斯塔夫　喂，你这大汉，医生看了我的尿怎么说？

侍　童　他说，爵爷，这尿的本身是很好很健康的尿；可是撒这样尿的人，也许有比他所知道的更多的病症。

福斯塔夫　各式各样的人都把嘲笑我当作一件得意的事情；这一个愚蠢的泥块——人类——虽然长着一颗脑袋，除了我所制造的笑料和在我身上制造的笑料以外，却再也想不出什么别的笑话来；我不但自己聪明，并且还把我的聪明借给别人。这儿我走在你的前面，就像一头胖大的老母猪，把她整窠的小猪一起压死了，只剩一个在她的背后伸头探脑。那亲王叫你来侍候我，倘不是有意把你跟我作一个对比，就算我是个不会料事的人。你这婊子生的人参果，让你跟在我的背后，还不如把你插在我的帽子上。我活了这么大年纪，现在却让一颗玛瑙坠子做起我的跟班来；可是我却不愿意用金银把你镶嵌，我要叫你穿了一身污旧的破衣，把你当作一颗珠宝似的送还给你的主人，那个下巴上还没有生毛的小孩子，你那亲王爷。我的手掌里长出一根胡子来，也比他的脸上长出一根须快一些；可是他偏要说什么他的脸是一副君王之相；上帝也许会把它修改修改，现在它还没有失掉一根毛哩；他可以永远保存这一副君王之相，因为理发匠再也不会从它上面赚六个便士去；可是他却自鸣得意，仿佛他的父亲还是一个单身汉的时候他就是一个汉子了。他可以顾影自怜，可是他已经差不多完全失去我的好感了，我可以老实告诉他。唐勃尔顿对于我做短外套和套裤要用的缎子怎么说？

侍　童　他说，爵爷，您应该找一个比巴道夫更靠得住的保人；他不愿意接受你们俩人所立的借据；他不满意这一种担保。

福斯塔夫　让他落在饿鬼地狱里！愿他的舌头比饿鬼的舌头还要烫人！一个婊子生的魔鬼！一个嘴里喊着是呀是的恶奴！一个绅士照顾他的生意，他却要什么担保不担保。这种婊子生的油头滑脑的家伙现在都穿起高底靴来，腰带上挂着一串钥匙；谁要是凭信用向他们赊账，他们就向你要担保。与其让他们用担保堵住我的舌头，我宁愿他们把毒耗子的药塞在我的嘴里。凭着我的骑士的人格，我叫他送来二十二码缎子，他却用担保两字答复我。好，让他安安稳稳地睡在担保里吧；因为谁也不能担保他的妻子不偷汉子，头上出了角，自己还不知道哩。巴道夫呢？

侍　童　他到史密斯菲尔去给您老人家买马去了。

福斯塔夫　我从圣保罗教堂那里把他买来，他又要替我在史密斯菲尔买一匹马；要是我能够在窑子里再买一个老婆，那么我就跟班、马儿、老婆什么都有了。

　　　　　大法官及仆人上。

侍　童　爵爷，这儿来的这位贵人，就是把亲王监禁起来的那家伙，因为亲王为了袒护巴道夫而打了他。

福斯塔夫　你别走开；我不要见他。

大法官　走到那里去的是什么人？

仆　人　回大人，他就是福斯塔夫。

大法官　就是犯过盗案嫌疑的那个人吗？

仆　人　正是他，大人；可是后来他在索鲁斯伯雷立了军功，听人家说，现在正要带一支军队到约翰·兰开斯特公爵那儿去。

大法官　什么,到约克去吗?叫他回来。

仆　人　约翰·福斯塔夫爵士!

福斯塔夫　孩子,对他说我是个聋子。

侍　童　您必须大点儿声说,我的主人是个聋子。

大法官　我相信他是个聋子,他的耳朵是从来不听好话的,去,揪他袖
　　　　子一把,我必须跟他说话。

仆　人　约翰爵士!

福斯塔夫　什么!一个年轻的小子,却做起叫花来了吗?外边不是在
　　　　打仗吗?难道你找不到一点事情做?国王不是缺少着子民吗?
　　　　叛徒们不是需要着兵士吗?虽然跟着人家造反是一件丢脸的事,
　　　　可是做叫花比造反还要丢脸得多哩。

仆　人　爵士,您看错人了。

福斯塔夫　啊,难道我说你是个规规矩矩的好人吗?把我的骑士的身
　　　　份和军人的资格搁在一旁,要是我果然说过这样的话,我就是撒
　　　　了个大大的谎。

仆　人　那么,爵士,就请您把您的骑士身份和军人资格搁在一旁,允许我
　　　　对您说您撒了个大大的谎,要是您说我不是一个规规矩矩的好人。

福斯塔夫　我允许你对我说这样的话!我把我的天生的人格搁在一
　　　　旁!哼,就是绞死我,也不会允许你。你要想得到我的允许,还是
　　　　自己去挨绞吧!你这认错了方向的家伙,去!滚开!

仆　人　爵士,我家大人要跟您说话。

大法官　约翰·福斯塔夫爵士,让我跟您说句话。

福斯塔夫　我的好大人!上帝祝福您老人家!我很高兴看见您老人
　　　　家到外边来走走;我听说您老人家有病;我希望您老人家是听从
　　　　医生的劝告才到外面来走动走动的。您老人家虽说还没有完全
　　　　度过青春时代,可是总也算上了点年纪了,有那么点老气横秋的

味道。我要恭恭敬敬地劝告您老人家务必多多注意您的健康。

大法官　约翰爵士,在您出发到索鲁斯伯雷去以前,我曾经差人来请过您。

福斯塔夫　不瞒您老人家说,我听说王上陛下这次从威尔士回来,有点儿不大舒服。

大法官　我不跟您讲王上陛下的事。上次我叫人来请您的时候,您不愿意来见我。

福斯塔夫　而且我还听说王上陛下害的正是那种可恶的中风病。

大法官　好,上帝保佑他早早痊愈! 请您让我跟您说句话。

福斯塔夫　不瞒大人说,这一种中风病,照我所知道的! 是昏睡病的一种,是一种血液麻痹和刺痛的病症。

大法官　您告诉我这些话做什么呢? 它是什么病,就让它是什么病吧。

福斯塔夫　它的原因,是过度的忧伤和劳心,头脑方面受到太大的刺激。我曾经从医书上读到他的病源;害这种病的人,他的耳朵也会变聋。

大法官　我想您也害这种病了,因为您听不见我对您说的话。

福斯塔夫　很好,大人,很好。不瞒大人说,我害的是一种听而不闻的病。

大法官　给您的脚跟套上脚镣,就可以把您的耳病治好;我倒很愿意做一次您的医生。

福斯塔夫　我是像约伯① 一样穷的,大人,可是却不像他那样好耐性。您老人家因为看我是个穷光蛋,也许可以开下您的药方,把我监禁起来;可是我愿不愿意做一个受您诊视的病人,却是一个值得聪明人考虑一下的问题。

大法官　我因为您犯着按律应处死刑的罪案嫌疑,所以叫您来跟我

---

① 约伯（Job）,以忍耐贫穷著称的圣徒,见《圣经》约伯记。

谈谈。

福斯塔夫　那时候我因为听从我的有学问的陆军法律顾问的劝告,所以没有来见您。

大法官　好,说一句老实话,约翰爵士,您的名誉已经扫地啦。

福斯塔夫　我看我长得这样胖,倒是肚子快扫地啦。

大法官　您的收入虽然微薄,您的花费倒很可观。

福斯塔夫　我希望倒转过来就好了。我希望我的收入很肥,我的腰细一点。

大法官　您把那位年轻的亲王导入歧途。

福斯塔夫　不,是那位年轻的亲王把我导入歧途。我就是那个大肚子的家伙,他是我的狗。

大法官　好,我不愿意重新挑拨一个新愈的痛疮;您在索鲁斯伯雷白天所立的军功,总算把您在盖兹山前黑夜所干的坏事遮盖过去了。您应该感谢这动乱的时世,让您轻轻地逃过了这场官司。

福斯塔夫　大人!

大法官　可是现在既然一切无事,您也安分点儿吧;留心不要惊醒一头睡着的狼。

福斯塔夫　惊醒一头狼跟闻到一头狐狸是同样糟糕的事。

大法官　嘿!您就像一支蜡烛,大部分已经烧去了。

福斯塔夫　我是一支狂欢之夜的长明烛,人人,全是脂油做成的。——我说"脂油"一点也不假,我这股胖劲儿就可以证明。

大法官　您头上每一根白发都应该提醒您做一个老成持重的人。

福斯塔夫　它提醒我生命无常,应该多吃吃喝喝。

大法官　您到处跟随那少年的亲王,就像他的恶神一般。

福斯塔夫　您错了,大人;恶神是个轻薄小儿,我希望人家见了我,不用磅秤也可以看出我有多么重。可是我也承认在某些方面我不大吃得开，我也不知道是怎么回事。在这市侩得志的时代，美德是到处受人冷眼的。真正的勇士都变成了管熊的役夫；智慧的才人屈身为酒店的侍者，把他的聪明消耗在算账报账之中；一切属于男子的天赋的才能，都在世人的嫉视之下成为不值分文。你们这些年老的人是不会替我们这辈年轻人着想的；你们凭着你们冷酷的性格，评量我们热烈的情欲；我必须承认，我们这些站在青春最前列的人，也都是天生的荡子哩。

大法官　您的身上已经写满了老年的字样，您还要把您的名字登记在少年人的名单里吗？您不是有一双昏花的眼、一双干瘪的手、一张焦黄的脸、一把斑白的胡须、两条瘦下去的腿、一个胖起来的肚子吗？您的声音不是已经嘎哑，您的呼吸不是已经短促，您的下巴上不是多了一层肉，您的智慧不是一天一天空虚，您的全身每一部分不是都在老朽腐化，您却还要自命为青年吗？啐，啐，啐，约翰爵士！

福斯塔夫　大人，我是在下午三点钟左右出世的，一生下来就有一头白发和一个圆圆的肚子。我的喉咙是因为高声嚷叫和歌唱圣诗而嘎哑的。我不愿再用其他的事实证明我的年轻；说句老实话，只有在识见和智力方面，我才是个老成练达的人。谁要是愿意拿出一千马克来跟我赛跳舞，让他把那笔钱借给我，我一定奉陪。讲到那亲王给您的那记耳光，他打得固然像一个野蛮的王子，您挨他的打，却也不失为一个贤明的大臣。关于那回事情，我已经责备过他了，这头小狮儿也自知后悔；呃，不过他并不穿麻涂灰，却是用新鲜的绸衣和陈年的好酒表示他的忏悔。

大法官　好，愿上帝赐给亲王一个好一点的伴侣！

福斯塔夫　愿上帝赐给那伴侣一个好一点的亲王！我简直没有法子把他甩开。

大法官　好,王上已经把您和哈尔亲王两下分开了。我听说您正要跟
　　　随约翰·兰开斯特公爵去讨伐那大主教和诺森伯兰伯爵。

福斯塔夫　嗯,我谢谢您出这好聪明的主意。可是你们这些坐在家里
　　　安享和平的人们,你们应该祷告上天,不要让我们两军在大热的
　　　天气交战,因为凭着上帝起誓,我只带了两件衬衫出来,我是不
　　　预备流太多的汗的;要是碰着大热的天气,我手里挥舞的不是一
　　　个酒瓶,但愿我从此以后再不口吐白沫。只要有什么危险的行动
　　　胆敢探出头来,总是把我推上前去。好,我不是能够长生不死的。
　　　可是咱们英国人有一种怪脾气,要是他们有了一件好东西,总要
　　　使它变得平淡无奇。假如你们一定要说我是个老头子,你们就该
　　　让我休息。我但求上帝不要使我的名字在敌人的耳中像现在这
　　　样可怕;我宁愿我的筋骨在懒散中生锈而死去,不愿让不断的劳
　　　动磨空了我的身体。

大法官　好,做一个规规矩矩的好人;上帝祝福您出征胜利!

福斯塔夫　您老人家肯不肯借我一千镑钱,壮壮我的行色?

大法官　一个子儿也没有,一个子儿也没有。再见;请向我的表兄威
　　　斯摩兰代言致意。(大法官及仆人下。)

福斯塔夫　要是我会替你代言致意,让三个汉子用大槌把我捣烂吧。
　　　老年人总是和贪心分不开的,正像年轻人个个都是色鬼一样;可
　　　是一个因为痛风病而愁眉苦脸,一个因为杨梅疮而遍身痛楚,所
　　　以我也不用诅咒他们了。孩子!

侍　童　爵爷!

福斯塔夫　我钱袋里还有多少钱?

侍　童　七格罗①二便士。

①　格罗(Groat),英国古银币名,合四便士。

福斯塔夫　我这钱袋的消瘦病简直无药可医；向人告借，不过使它苟
　　　　延残喘，那病是再也没有起色的了。把这封信送给兰开斯特公爵；
　　　　这一封送给亲王；这一封送给威斯摩兰伯爵；这一封送给欧苏拉
　　　　老太太，自从我发现我的下巴上的第一根白须以后，我就每星期
　　　　发誓要跟她结婚。去吧，你知道什么地方可以找到我。(侍童下)
　　　　这该死的痛风！这该死的梅毒！不是痛风，就是梅毒，在我的大
　　　　拇脚趾上作怪。好，我就跛着走也罢；战争可以作为我的掩饰，我
　　　　拿那笔奖金理由也可以显得格外充足。聪明人善于利用一切；我
　　　　害了这一身病，非得靠它发一注利市不可。(下)

第三场　约克。大主教府中一室

约克大主教、海司丁斯、毛勃雷及巴道夫上。

约　　克　我们这一次起事的原因，你们各位都已经听见了；我们有多
　　　　少的人力物力，你们也都已知道了；现在，我的最尊贵的朋友们，
　　　　请你们坦白地发表你们对于我们这次行动前途的意见。第一，司
　　　　礼大人，您怎么说？

毛勃雷　我承认我们这次起兵的理由非常正大；可是我很希望您给我
　　　　一个明白的指示：凭着我们这一点实力，我们怎么可以大胆而无
　　　　畏地挺身迎击国王的声势浩大的军队。

海司丁斯　我们目前已经征集了二万五千名优秀的士卒；我们的后援
　　　　大部分依靠着尊贵的诺森伯兰，他的胸中正在燃烧着仇恨的怒火。

巴道夫　问题是这样的，海司丁斯勋爵：我们现有的二万五千名兵士，
　　　　要是没有诺森伯兰的援助，能不能支持作战？

海司丁斯　有他作我们的后援，我们当然可以支持作战。

巴道夫　嗯，对了，关键就在这里。可是假如没有他的援助，我们的实

力就会觉得过于微弱的话,那么,照我的意思看来,在他的援助没有到达以前,我们还是不要操之过急的好;因为像这样有关生死存亡的大事,是不能容许对于不确定的援助抱着过分乐观的推测和期待的。

约　　克　您说得很对,巴道夫勋爵;因为年轻的霍茨波在索鲁斯伯雷犯的就是这一种错误。

巴道夫　正是,大主教;他用希望增强他自己的勇气,用援助的空言作为他的食粮,想望着一支虚无缥缈的军队,作为他的精神上的安慰;这样,他凭着只有疯人才会有的广大的想象力,把他的军队引到死亡的路上,闭着眼睛跳下了毁灭的深渊。

海司丁斯　可是,恕我这样说,把可能的希望列入估计,总不见得会有什么害处。

巴道夫　要是我们把这次战争的运命完全寄托在希望上,那希望对于我们却是无益而有害的,正像我们在早春时候所见的初生的蓓蕾一般,希望不能保证它们开花结实,无情的寒霜却早已摧残了它们的生机。当我们准备建筑房屋的时候,我们第一要测量地基,然后设计图样;打好图样以后,我们还要估计建筑的费用,要是那费用超过我们的财力,就必须把图样重新改绘,设法减省一些人工,或是根本放弃这一项建筑计划。现在我们所进行的这件伟大的工作,简直是推翻一个旧的王国,重新建立一个新的王国,所以我们尤其应该熟察环境,详定方针,确立一个稳固的基础,询问测量师,明了我们自身的力量,是不是能够从事这样的工作,对抗敌人的压迫;否则要是我们徒然在纸上谈兵,把战士的名单代替了实际上阵的战士,那就像一个人打了一幅他的力量所不能建筑的房屋的图样,造了一半就中途停工,丢下那未完成的屋架子,让它去受凄风苦雨的吹淋。

海司丁斯　我们的希望现在还是很大的,即使它果然成为泡影,即使我们现有的人数已经是我们所能期待的最大限度的军力,我想凭着这一点力量,也尽可和国王的军队互相匹敌。

巴道夫　什么! 国王也只有二万五千个兵士吗?

海司丁斯　来和我们交战的军力不过如此;也许还不满此数哩,巴道夫勋爵。为了应付乱局,他的军队已经分散在三处:一支攻打法国,一支讨伐葛兰道厄,那第三支不用说是对付我们的这地位动摇的国王必须三面应敌,他的国库也已经罗掘俱空了。

约　克　他决不会集合他的分散的军力,向我们全力进攻,这一点我们是尽可放心的。

海司丁斯　要是他出此一策,他的背后毫无防御,法国人和威尔士人就会乘虚进袭;那是不用担心的。

巴道夫　看来他会派什么人带领他的军队到这儿来?

海司丁斯　兰开斯特公爵和威斯摩兰;他自己和哈利·蒙穆斯去打威尔士;可是我还没有得到确实的消息,不知道进攻法国的军队归哪一个人带领。

约　克　让我们前进,把我们起兵的理由公开宣布。民众已经厌倦于他们自己所选择的君王;他们过度的热情已经感到逾量的饱足。在群众的好感上建立自己的地位,那基础是易于动摇而不能巩固的。啊,你痴愚的群众! 当波林勃洛克还不曾得到你所希望于他的今日这一种地位以前,你曾经用怎样的高声喝彩震撼天空,为他祝福;现在你的愿望已经满足,你那饕餮的肠胃里却又容不下他,要把他呕吐出来了。你这下贱的狗,你正是这样把尊贵的理查吐出你的馋腹,现在你又想吞食你呕下的东西,因为找不到它而狺狺吠叫了。在这种覆雨翻云的时世,还有什么信义? 那些在理查活着的时候但愿他死去的人们,现在却对他的坟墓迷恋起来；当他跟随着为众人所爱慕的波林勃洛克的背后，长吁短叹地经过繁华的伦敦的时候，你曾经把泥土丢掷在他的庄严的头上，现在你却在高呼，"大地啊！把那个国王还给我们，把这一个拿去吧！"啊，可诅咒的人们的思想！过去和未来都是好的，现在的一切却为他们所憎恶。

毛勃雷　我们要不要就去把军队集合起来，准备出发？

海司丁斯　我们是受时间支配的，时间命令我们立刻前去。（同下）

第二幕

第一场　伦敦。街道

快嘴桂嫂率爪牙带一童儿上，罗网随后。

桂　嫂　爪牙大爷，您把状纸递上去没有？

爪　牙　递上去了。

桂　嫂　您那伙计呢？他是不是一个强壮的汉子？他不会给人吓退吗？

爪　牙　喂，罗网呢？

桂　嫂　主啊，噢！好罗网大爷！

罗　网　有，有。

爪　牙　罗网，咱们必须把约翰·福斯塔夫爵士逮捕起来。

桂　嫂　是，好罗网大爷；我已经把他和他的同党们一起告下啦。

罗　网　说不定咱们有人要送了性命，因为他会拔出剑来刺人的。

桂　嫂　哎哟！你们可得千万小心；他在我自己屋子里也会拔出剑来刺我，全然像一头畜生似的不讲道理。不瞒两位说，他只要一拔出他的剑，什么事情他都干得出来；他会像恶鬼一般逢人乱刺，无论男人、女人、孩子，他都会不留情的。

爪　牙　要是我能够和他交手，我就不怕他的剑有多么厉害。

桂　嫂　我也不怕；我可以在一旁帮您的忙。

爪　牙　我只要能揪住他，把他一把抓住——

桂　嫂　他这一去我就完啦；不瞒两位说，他欠我的账是算也算不清

的。好爪牙大爷,把他牢牢抓住;好罗网大爷,别让他逃走。不瞒
两位说,他常常到派亚街去买马鞍;那绸缎铺子里的史密斯大爷
今天请他在伦勃特街的野人头酒店里吃饭。我的状纸既然已经
递上去,这件官司闹得大家都知道了,千万求求两位把他送官究
办。一百个马克对于一个孤零零的苦女人是一笔太大的数目,欠
了不还,叫人怎么过日子? 我已经忍了又忍,忍了又忍;他却今天
推明天,明天推后天,一味胡赖,简直不要脸。这个人一点良心都
没有;女人又不是驴子,又不是畜生,可以给随便哪一个浑蛋欺负
的。那边来的就是他;那个酒糟鼻子的恶棍巴道夫也跟他在一起。
干你们的公事吧,干你们的公事吧,爪牙大爷和罗网大爷;替我,
替我,替我干你们的公事吧。

　　约翰·福斯塔夫、侍童及巴道夫上。

福斯塔夫　啊! 谁家的母马死了? 什么事?

爪　牙　约翰爵士,快嘴桂嫂把您告了,我要把您逮捕起来。

福斯塔夫　滚开,奴才! 拔出剑来,巴道夫,替我割下那浑蛋的头;把
　　　　　这泼妇扔在水沟里。

桂　嫂　把我扔在水沟里! 我才要把你扔在水沟里呢。你敢? 你敢?
　　　　你这不要脸的光棍! 杀人啦! 杀人啦! 啊,你这采花蜂! 你要杀
　　　　死上帝和王上的公差吗? 啊,你这害人的浑蛋! 你专会害人,你
　　　　要男人的命,也要女人的命。

福斯塔夫　别让他们走近,巴道夫。

爪　牙　劫犯人啦! 劫犯人啦!

桂　嫂　好人,快劫几个犯人来吧①! 你敢? 你敢? 你敢? 你敢? 好,
　　　　好,你这流氓! 好,你这杀人犯!

————————
① 桂嫂听不懂"劫犯人"这一法律用语,误以为是"找帮手",所以说"快劫几个犯人来吧"。

福斯塔夫　滚开,你这贱婆娘! 你这烂污货! 你这臭花娘! 我非得掏你后门不可!

　　　　大法官率侍从上。

大法官　什么事? 喂,不要吵闹!

桂　嫂　我的好老爷,照顾照顾我! 我求求您,帮我讲句公道话儿!

大法官　啊,约翰爵士! 怎么! 凭您这样的身份、年纪、职位,却在这儿吵架吗? 您早就应该到约克去了。站开,家伙;你为什么拉住他?

桂　嫂　啊,我的大老爷,启禀老爷,我是依斯特溪泊的一个穷苦的寡妇,我已经告了他一状,他们两位是来把他捉到官里去的。

大法官　他欠你多少钱?

桂　嫂　钱倒还是小事,老爷;我的一份家业都给他吃光啦。他把我的全部家私一起装进他那胖肚子里去;可是我一定要问你要回一些来,不然我会像噩梦一般缠住你不放的。

福斯塔夫　要是叫我占了上风,我还得缠住你呢。

大法官　怎么会有这样的事,约翰爵士? 哼! 哪一个好性子的人受得住这样的叫骂? 您把一个可怜的寡妇逼得走投无路,不觉得惭愧吗?

福斯塔夫　我一共欠你多少钱?

桂　嫂　呃,你要是有良心的话,你不但欠我钱,连你自己也是我的。在圣灵降临节①后的星期三那天,你在我的房间里靠着煤炉,坐在那张圆桌子的一旁,曾经凭着一盏金边的酒杯向我起誓;那时候你因为当着亲王的面前说他的父亲像一个在温莎卖唱的人,被他打破了头,我正在替你揩洗伤口,你就向我发誓,说要跟我结婚,叫我做你的夫人。你还赖得了吗? 那时候那个屠夫的妻子胖奶奶不是跑了进来,喊我快嘴桂嫂吗? 她来问我

---

② 圣灵降临节（Wheeson week）,复活节后第七个星期。

要点儿醋,说她已经煮好了一盆美味的龙虾;你听了就想分一点儿尝尝,我就告诉你刚受了伤,这些东西还是忌嘴的好;你还记得吗? 她下楼以后,你不是叫我不要跟这种下等人这样亲热,说是不久她们就要尊我一声太太吗? 你不是搂住我亲了个嘴,叫我拿三十个先令给你吗? 现在我要叫你按着《圣经》发誓,看你还能抵赖不能。

福斯塔夫　大人,这是一个可怜的疯婆子;她在市上到处告诉人家,说您像她的大儿子。她本来是个有头有脑的人,不瞒您说,是贫穷把她逼疯啦。至于这两个愚笨的公差,我要请您把他们重重惩处。

大法官　约翰爵士,约翰爵士,您这种颠倒是非的手段,我是素来领教的。一副若无其事的神气,一串厚颜无耻的谎话,都不能使我改变我的公正的立场。照我看来,是您用诡计欺骗了这个容易受骗的女人,一方面拐了她的钱,一方面奸占了她的身体。

桂　嫂　是的,一点不错,老爷。

大法官　你不要说话——把您欠她的钱还给她,痛痛快快地忏悔您对她所犯的罪恶。

福斯塔夫　大人,我不能默忍这样的辱骂。您把堂堂的直言叫作厚颜无耻,要是有人除了打躬作揖以外,一言不发,那才是一个正直的好人。不,大人,我知道我自己的身份,不敢向您有什么渎请;可是我现在王命在身,急如星火,请您千万叫这两个公差把我放了。

大法官　听您说来,好像您有干坏事的特权似的;可是为了您的名誉起见,还是替这可怜的女人想想办法吧。

福斯塔夫　过来,老板娘。(拉桂嫂至一旁。)

　　　　　高厄上。

大法官　啊,高厄先生! 什么消息?

高　厄　大人,王上和哈利亲王就要到来了;其余的话都写在这纸上。
（以信授大法官。）

福斯塔夫　凭着我的绅士的身份——

桂　嫂　哎,这些话您都早已说过了。

福斯塔夫　好了,那种事情咱们不用再提啦。

桂　嫂　凭着我脚底下踹着的这块天堂一般的土地起誓,我可非得把
　　　　我的盘子跟我那餐室里的织锦挂帏一起当掉不可啦。

福斯塔夫　留下几只杯子喝喝酒,也就够了。你的墙壁上要是需要一
　　　　些点缀,那么一幅水彩的滑稽画,或是浪子回家的故事,或是德国
　　　　人出猎的图画,尽可以抵得上一千幅这种破床帘和给虫咬过的挂
　　　　帏。你有本领就去当十镑钱吧,来,倘不是你的脾气太坏,全英国
　　　　都找不到一个比你更好的娘儿们。去把你的脸洗洗,把你的状纸
　　　　撤回来吧。来,你不能对我发这样的脾气;你还不知道我吗? 来,
　　　　来,我知道你这回一定是受了人家的撺掇。

桂　嫂　约翰爵士,您还是拿二十个诺勃尔①去吧。不瞒您说,我真舍
　　　　不得当掉我的盘子呢,上帝保佑我!

福斯塔夫　让它去吧;我会向别处设法的。你到底还是一个傻子。

桂　嫂　好,我一定如数给您,即使我必须当掉我的罩衫。我希望您
　　　　会到我家里来吃晚饭。您会一起还给我吗?

福斯塔夫　我不是死人,会骗你吗? （向巴道夫）跟她去,跟她去;盯
　　　　紧了,盯紧了。

桂　嫂　晚餐的时候您要不要叫桃儿·贴席来会会您?

福斯塔夫　不必多说叫她来吧。（桂嫂、巴道夫、捕役及侍童下。）

大法官　消息可不大好。

----

① 诺勃尔（Noble）,英国古金币名。

福斯塔夫　什么消息，我的好大人？

大法官　王上昨晚驻跸在什么地方？

高　厄　在巴辛斯多克，大人。

福斯塔夫　大人，我希望一切顺利；您听到什么消息？

大法官　他的军队全部回来了吗？

高　厄　不，一千五百个步兵，还有五百骑兵，已经调到兰开斯特公爵
　　　那里，帮着打诺森伯兰和那大主教去了。

福斯塔夫　王上从威尔士回来了吗，我的尊贵的大人？

大法官　我不久就把信写好给您。来，陪着我去吧，好高厄先生。

福斯塔夫　大人！

大法官　什么事？

福斯塔夫　高厄先生，我可以请您赏光陪我用一次晚餐吗？

高　厄　我已经跟这位大人有约在先了；谢谢您，好约翰爵士。

大法官　约翰爵士，您在这儿逗留得太久了，您是要带领军队出征去的。

福斯塔夫　您愿意陪我吃一顿晚饭吗，高厄先生？

大法官　约翰爵士，哪一个傻瓜老师教给您这些礼貌？

福斯塔夫　高厄先生，要是这些礼貌不合我的身份，那么教我这些礼
　　　貌的人一定是个傻瓜。（向大法官）比起剑来就是这个劲儿，大人，
　　　一下还一下，谁也不吃亏。

大法官　愿上帝开导你的愚蒙！你是个人大的傻瓜。（各下）

第二场　同前。另一街道

　　　　亲王及波因斯上。

亲　王　当着上帝的面前起誓，我真是疲乏极了。

波因斯　会有那样的事吗？我还以为疲乏是不敢侵犯像您这样一位

—117
莎士比亚
全集

血统高贵的人的。

亲　王　真的,它侵犯到我的身上了,虽然承认这一件事是会损害我的尊严的。要是我现在想喝一点儿淡啤酒,算不算有失身份?

波因斯　一个王子不应该这样自习下流,想起这种淡而无味的贱物。

亲　王　那么多半我有一副下贱的口味,因为凭良心说,我现在的确想起这贱东西淡啤酒。可是这种卑贱的思想,真的已经使我厌倦于我的高贵的地位了。记住你的名字,或是到明天还认识你的脸,这对于我是多么丢脸的事!还要记着你有几双丝袜:一双是你现在穿的,还有一双本来是桃红色的;或者你有几件衬衫:哪一件是穿着出风头的,哪一件是家常穿的!可是那网球场的看守人比我还要明白你的底细,因为你不去打球的日子,他就知道你正在闹着衬衫的恐慌;你的荷兰麻布衬衫已经遭到瓜分的惨祸,所以你也好久不上网球场去了。天晓得那些裹着你的破衬衫当尿布的小家伙们会不会继承王国;但是接生婆都说不是孩子的过错,这样一来世界人口自然不免增多,子弟们的势力也就越来越大了。

波因斯　您在干了那样辛苦的工作以后,却讲起这些无聊的废话来,真太不伦不类啦!告诉我,您的父亲现在病得这样厉害,有几个孝顺的少年王子会在这种时候像您一样跟人家闲聊天。

亲　王　我要不要告诉你一件事情,波因斯?

波因斯　您说吧,我希望它是一件很好的事情。

亲　王　对你这样低级的头脑来说,就得算不错了。

波因斯　得了,你要讲的不过一句话,我总还招架得住。

亲　王　好,我告诉你,现在我的父亲有病,我是不应该悲哀的;虽然我可以告诉你——因为没有更好的人,我只好把你当作朋友——我不是不会悲哀,而且的的确确是真心的悲哀。

波因斯　为了这样一个题目而悲哀,恐怕未必见得。

亲　王　哼,你以为我也跟你和福斯塔夫一样,立意为非,不知悔改,已经在魔鬼的簿上挂了名,再也没有得救的希望了;让结果评定一个人的真正价值吧。告诉你吧,我的心因为我的父亲害着这样的重病,正在悲伤泣血;可是当着你这种下流的伙伴的面前,我只好收起一切悲哀的外貌。

波因斯　请问您的理由?

亲　王　要是我流着眼泪,你会觉得我是一个何等之人?

波因斯　我要说您是一个最高贵的伪君子。

亲　王　每一个人都会这样想,你是一个有福的人,能够和众人思想一致;世上再没有人比你更善于随波逐流了。真的谁都要说我是个伪君子。什么理由使你的最可敬的思想中发生这一种意见呢?

波因斯　因为您素来的行为是那么放荡,老是跟福斯塔夫那种家伙在一起。

亲　王　还有你。

波因斯　天日在上,人家对于我的批评倒是很好的,我自己的耳朵还听得见呢;他们所能指出的我的最大的弱点,也不过说我是我的父亲的第二个儿子,而且我是一个能干的汉子;这两点我承认都是我无能为力的。啊,巴道夫来了。

　　　　　　巴道夫及侍童上。

亲　王　还有我送给福斯塔夫的那个童儿;我把他送去的时候,他还是个基督徒,现在瞧,那胖贼不是把他变成一头小猴子了吗?

巴道夫　上帝保佑殿下!

亲　王　上帝保佑你,最尊贵的巴道夫。

巴道夫　(向侍童)来,你这善良的驴子,你这害羞的傻瓜,干什么又要脸红了? 有什么难为情的? 你全然变成了个大姑娘般的骑士

　　　啦！喝了一口半口酒儿又有什么关系？

侍　童　殿下，他从一扇红格子窗里叫我，我望着窗口，怎么也瞧不清
　　　他的脸；好容易才被我发现了他的眼睛，我还以为他在卖酒婆子
　　　新做的红裙上剪了两个窟窿，他的眼睛就在那窟窿里张望着呢。

亲　王　这孩子不是进步了吗？

巴道夫　去你的，你这婊子养的两只腿站着的兔子，去你的。

侍　童　去你的，你这不成材的阿尔西亚的梦，去你的。

亲　王　给我们说说，孩子；什么梦，孩子？

侍　童　殿下，阿尔西亚不是梦见自己生下一个火把吗？所以我叫
　　　他阿尔西亚的梦。

亲　王　因为你说得好，赏你这一个克郎。拿去，孩子。（以钱给侍童。）

波因斯　啊！但愿这朵鲜花不要给毛虫蛀了。好，我也给你六便士。

巴道夫　你们总要叫他有一天陪着你们一起上绞架的。

亲　王　你的主人好吗？巴道夫？

巴道夫　很好，殿下。他听说殿下回来了，有一封信给您。

波因斯　这封信送得很有礼貌。你的肥猪主人好吗？

巴道夫　他的身体很健康，先生。

波因斯　呃，他的灵魂需要一个医生；可是他对于这一点却不以为意，
　　　灵魂即使有病也不会死的。

亲　王　这一块大肉瘤跟我亲热得就像他是我的狗儿一般；他不忘记
　　　他自己的身份，你瞧他怎样写着。

波因斯　"骑士约翰·福斯塔夫" —— 他一有机会，就向每一个人卖
　　　弄他这一个头衔；正像那些和国王有同宗之谊的人们一样，每一
　　　次刺伤了手指，就要说，"又流了一些国王的血了。"你要是假装
　　　不懂他的意思，问他为什么，他就会立刻回答你，正像人们要向
　　　别人借钱的时候连忙脱帽子一样爽快，"我是王上的不肖的侄

子,先生。"

亲　王　可不是吗?那帮人专门要和我们攀亲戚,哪怕得一直往上数到老祖宗雅弗。算了,读信吧。

波因斯　"骑士约翰·福斯塔夫爵士敬问皇太子威尔士亲王哈利安好。"哎哟,这简直是一张证明书。

亲　王　别插嘴!

波因斯　"我要效法罗马人的简洁。"——他的意思准是指说话接不上气,不是文章简洁——"我问候您,我赞美您,我向您告别。不要太和波因斯亲热,因为他自恃恩宠,到处向人发誓说您要跟他的妹妹耐儿结婚。有空请自己忏悔忏悔,再会了。您的朋友或者不是您的朋友,那要看您怎样对待他而定,杰克·福斯塔夫——这是我的知交们对我的称呼;约翰——我的兄弟姊妹是这样叫我的;约翰爵士——全欧洲都知道这是我的名号。"殿下,我要把这封信浸在酒里叫他吃下去。

亲　王　他是食言而肥的好手,吃几个字儿是算不了什么的。可是奈德,你也这样对待我吗?我必须跟你的妹妹结婚吗?

波因斯　但愿上帝赐给那丫头这么好的福气!可是我从来没有说过这句话。

亲　王　好,我们不要再像呆子一般尽在这儿浪费时间了,智慧的天使还坐在云端嘲笑我们呢。你的主人就在伦敦吗?

巴道夫　是,殿下。

亲　王　他在什么地方吃晚饭?那老野猪还是钻在他那原来的猪圈里吗?

巴道夫　还在老地方,殿下,依斯特溪泊。

亲　王　有些什么人跟他做伴?

侍　童　几个信仰旧教的酒肉朋友,殿下?

亲　王　有没有什么女人陪他吃饭？

侍　童　没有别人，殿下，只有桂大妈和桃儿·贴席姑娘。

亲　王　那是个什么娼妇？

侍　童　一个良家女子，殿下，她是我的主人的亲戚。

亲　王　正像教区的小母牛跟镇上的老公牛同样的关系。奈德，我们要不要趁他吃晚饭的时候偷偷地跑到他们那里去？

波因斯　我是您的影子，殿下；您到哪儿我就跟到哪儿。

亲　王　喂，孩子，巴道夫，不要对你们主人说我已经到了城里；这是赏给你们的闭口钱。(以钱给巴道夫及侍童。)

巴道夫　我是个哑巴，殿下。

侍　童　我管住我的舌头就是了，殿下。

亲　王　再见，去吧。(巴道夫及侍童下)这桃儿·贴席准是个婊子。

波因斯　不瞒您说，她正像圣奥尔本到伦敦之间的公路一般，什么人都跟她有来往的。

亲　王　我们今晚怎样可以看看福斯塔夫的本来面目，而不让他看见我们呢？

波因斯　各人穿一件皮马甲，披一条围裙，我们可以权充酒保，在他的桌子上侍候。

亲　王　朱庇特曾经以天神之尊化为公牛，一个重大的堕落！我现在从王子降为侍者，一个卑微的变化！这正是所谓但问目的，不择手段。跟我来，奈德。(同下)

第三场　华克渥斯。诺森伯兰城堡前

诺森伯兰、诺森伯兰夫人及潘西夫人上。

诺森伯兰　亲爱的妻子，贤惠的儿媳，请你们安安静静地让我去进行我的危险的任务；不要在你们的脸上反映这时代的骚乱，使我的烦杂的心绪受到更大的搅扰。

诺森伯兰夫人　我已经灰了心，不愿再说什么了。照您的意思干吧；让您的智慧指导您的行动。

诺森伯兰　唉！亲爱的妻子，我的荣誉已经发生动摇，只有奋身前去，才可以把它挽救回来。

潘西夫人　啊！可是为了上帝的缘故，不要去参加这种战争吧。公公，您曾经毁弃过对您自己更有切身关系的诺言；您的亲生的潘西，我那心爱的哈利，曾经好多次引颈北望，盼他的父亲带着援兵到来，可是他终于望了个空。那时候是谁劝您不要出兵的？两重的荣誉已经丧失了，您自己的荣誉和您儿子的荣誉，讲到您自己的荣誉，愿上帝扫清它的雾障吧！他的荣誉却是和他不可分的，正像太阳永远高悬在苍苍的天宇之上一样；全英国的骑士都在他的光辉鼓舞之下，表现了他们英雄的身手。他的确是高贵的青年们的一面立身的明镜；谁不曾学会他的步行的姿态，等于白生了两条腿；说话急速不清本来是他天生的缺点，现在却成为勇士们应有的语调，那些能够用低声而迂缓的调子讲话的人，都宁愿放弃他们自己的特长，模拟他这一种缺点；这样无论在语音上，在步态上，在饮食娱乐上，在性情气质上，在治军作战上，他的一言一动，都是他人效法的规范。然而他，啊，天神一般的他！啊，人类中的奇男子！这盖世无双的他，却得不到您的援助；你竟忍心让他在不利的形势中，面对着狰狞可怖的战神；让他孤军苦战，除了霍茨波的英名之外，再也没有可以抵御敌人的武力；您是这样离弃了他！千万不要，啊！千万不要再给他的亡魂这样的侮辱，把您对于别人的信誉看得比您对于他的信誉更重；让他们去吧。那司礼大臣和那大主教的实力是很强大的；要是我那亲爱的哈利有他们一半的军力,今天也许我可以攀住霍茨波的颈项,听他谈起蒙穆斯的死了。

诺森伯兰　哎哟,贤媳!你用这样悲痛的申诉重新揭发我的往日的过失,使我的心都寸寸碎裂了。可是我必须到那里去和危险面面相对,否则危险将要在更不利的形势之下找到我。

诺森伯兰　夫人啊!逃到苏格兰去,且待这些贵族和武装的民众们一度试验过他们的军力以后,再决定您的行止吧。

潘西夫人　要是他们能够占到国王的上风,您就可以加入他们的阵线,使他们的实力因为得到您这一支铁军的支持而格外坚强;可是为了我们对您的爱心,先让他们自己去试一下吧。您的儿子就是因为轻于尝试而惨遭牺牲,我也因此而成为寡妇;我将要尽我一生的岁月,用我的眼泪浇灌他的遗念,使它发芽怒长,高插云霄,替我那英勇的丈夫永远留下一个记忆。

诺森伯兰　来,来,跟我进去吧。我的心正像涨到顶点的高潮一般,因为极度的冲激,反而形成静止的状态,决不定行动的方向。我渴想着去和那大主教相会,可是几千种理由阻止我前往。我还是决定到苏格兰去吧;在那里权且栖身,等有利的形势向我招手的时候再作道理。(同下。)

第四场　依斯特溪泊。野猪头酒店中一室

二酒保上。

酒保甲　见鬼的,你拿了些什么来呀?干苹果吗?你知道约翰爵士见了干苹果就会生气的。

酒保乙　哎哟,你说得对。有一次亲王把一盘干苹果放在他面前,对他说又添了五位约翰爵士;他又把帽子脱下,说。"现在我要向你

们这六位圆圆的干瘪的老骑士告别了。"他听了这话好不生气；
可是现在他也把这回事情忘了。

酒保甲　好,那么铺上桌布,把那些干苹果放下来。你再去找找斯尼
　　　克的乐队；桃儿姑娘是要听一些音乐的。赶快；他们吃饭的房间
　　　太热啦,他们马上就要来的。

酒保乙　喂,亲王和波因斯大爷也就要到这儿来啦；他们要借咱们两
　　　件皮马甲和围裙穿在身上,可是不能让约翰爵士知道,巴道夫已
　　　经这样吩咐过了。

酒保甲　嘿,咱们又有热闹看啦；这准是一场有趣的恶作剧。

酒保乙　我去瞧瞧能不能把斯尼克找到。(下)

　　　　快嘴桂嫂及桃儿·贴席上。

桂　嫂　真的,心肝,我看你现在身体很好；你的脉搏跳得再称心没有
　　　了；你的脸色红得就像一朵玫瑰花；真的,我不骗你！可是我要
　　　说句老实话,你还是少喝一点儿卡那利酒的好,那是一种刺激性
　　　极强的葡萄酒,你还来不及嚷一声"什么",它早已通到你全身的
　　　血管里去了。你现在好吗?

桃　儿　比从前好一点儿了；呃哼！

桂　嫂　啊,那很好；一颗好心抵得过黄金。瞧！约翰爵士来啦。

　　　　福斯塔夫唱歌上。

福斯塔夫　(唱)"亚瑟登位坐龙廷,"—— 去把夜壶倒了。(酒保甲下)——
　　　　"圣明天子治凡民。"啊,桃儿姑娘！

桂　嫂　她闲着没事做,快要闷出病来啦,真的不骗您。

福斯塔夫　她们都是这样；只要一安静下来,就会害病的。

桃　儿　你这肮脏的坏家伙,这就是你给我的安慰吗?

福斯塔夫　咱们这种坏家伙都是被你们弄胖了的,桃儿姑娘。

桃　儿　我把你们弄胖了！谁叫你们自己贪嘴,又不知打哪儿染上了

一身恶病,弄成这么一副又胖又肿的怪样子;干我什么事!

福斯塔夫　我的馋嘴是给厨子害的,我的病是给你害的,桃儿;这病是你传的,我的可怜的名门闺秀,这你可不能否认。

桃　儿　不错,把我的链子首饰全传给你了。

福斯塔夫　(唱)"浑身珠宝遍身疮,"——你也知道交战要凶,走道就得瘸着腿;在关口冲杀得起劲,长枪就弯了;完了还得若无其事地去找医生,吃点苦头——

桃　儿　你去上吊吧,你这肮脏的老滑头,你去上吊吧!

桂　嫂　哎哟,你们老是这样子,一见面就要吵;真的,你们俩人的火性燥得就像两片烘干的面包,谁也容不得谁。这算什么呀!正像人家说的,女人是一件柔弱中空的器皿,你应该容忍他几分才是。

桃　儿　一件柔弱中空的器皿容得下这么一只满满的大酒桶吗?他那肚子里的波尔多酒可以装满一艘商船呢,无论哪一间船舱里都比不上他那样装得结结实实。来,杰克,我愿意跟你做个朋友;你就要打仗去了,咱们以后还有没有见面的日子,那是谁也不会关心的。

　　　　酒保甲重上。

酒保甲　爵爷,毕斯托尔旗官在下边,他要见您说话。

桃　儿　该死的装腔作势的家伙!别让他进来;他是全英国最会说坏话的恶棍。

桂　嫂　要是他装腔作势,别让他到这儿来;不,凭着我的良心发誓,我必须跟我的邻居们住在一起,我不能让装腔作势的人走进我的屋子,破坏我的清白的名声。把门关上;什么装腔作势的人都别让他进来。我活了这么大岁数,现在却要让人家在我的面前装腔作势吗?请你把门关了。

福斯塔夫　你听我说,老板娘。

桂　嫂　您不要吵,约翰爵士;装腔作势的人是不能走进这间屋子里来的。

福斯塔夫　你听我说啊；他是我的旗官哩。

桂　嫂　啐，啐！约翰爵士，您不用说话，您那装腔作势的旗官是不能走进我的屋子里来的。前天我碰见典狱长铁锡克大爷，他对我说——那句话说来不远，就在上星期三——"桂大嫂子，"他说；——咱们的牧师邓勃先生那时也在一旁；——"桂大嫂子，"他说，"你招待客人的时候，要拣那些文雅点儿的，因为，"他说，"你现在的名气不大好；"他说这句话，我知道是为了什么缘故；"因为，"他说，"你是一个规规矩矩的女人，大家都很看重你；所以你要留心你所招待的是些什么客人，不要，"他说，"不要让那种装腔作势的家伙走进你的屋子。"我不能让那种家伙到这儿来——听了他的话，才叫人佩服哩。不，我不能让装腔作势的家伙进来。

福斯塔夫　他不是个装腔作势的人，老板娘；凭良心说，他是个不中用的骗子，你可以轻轻地抚拍他，就像他是一个小狗一般。要是一只巴巴里母鸡竖起羽毛，表示反抗的样子，他也不会向它装腔作势。叫他上来，酒保。（酒保甲下。）

桂　嫂　您说他是个骗子吗？好人，骗子，我这儿一概来者不拒；可是不瞒你们说，我顶恨的是装腔作势；人家一说起装腔作势来我就受不了。列位瞧吧，我全身都在发抖，真的不骗你们。

桃　儿　你真的在发抖哩，店主太太。

桂　嫂　真的吗？是呀，我的的确确在发抖，就像一片白杨树叶似的；我一听见装腔作势就受不了。

　　　　　毕斯托尔、巴道夫及侍童上。

毕斯托尔　上帝保佑您，约翰爵士！

福斯塔夫　欢迎，毕斯托尔旗官。来，毕斯托尔，这儿我倒下一杯酒，你去劝我那店主太太喝了。

毕斯托尔　我要请她吃两颗子弹哩,约翰爵士。

福斯塔夫　她是不怕子弹的,伙计。她决不会在乎。

桂　　嫂　哼,我也不要吃子弹,也不要喝酒;我爱喝就喝,不爱喝就不喝,完全听我自己的便。

毕斯托尔　那么你来,桃儿姑娘;我就向你进攻。

桃　　儿　向我进攻! 我瞧不起你,你这下流的家伙! 嘿! 你这穷鬼、贱奴、骗子,没有衬衫的光棍! 滚开,你这倒霉的无赖! 滚开! 我是你主人嘴里的肉,你不要发昏吧。

毕斯托尔　我认识你就是啦,桃儿姑娘。

桃　　儿　滚开,你这扒手! 你这龌龊的小贼,滚开! 凭着这一杯酒发誓,要是你敢对我放肆无礼,我要把我的刀子插进你那倒霉的嘴巴里去。滚开,你这酒鬼! 你这耍刀弄剑的老江湖骗子,你! 从什么时候起你学会这么威风的,大爷? 天晓得,肩膀上又添了两根带子了,真了不起!

毕斯托尔　我不撕碎你的绉领,上帝不让我活命!

福斯塔夫　别闹了,毕斯托尔,我不准你在这儿闹事。离开我们,毕斯托尔。

桂　　嫂　不,好毕斯托尔队长;不要在这儿闹事,好队长。

桃　　儿　队长! 你这可恶的该死的骗子! 你好意思听人家叫你队长吗? 队长们要是都和我一样的心,他们一定会用军棍把你打出队伍,因为你胆敢冒用他们的称呼。你是个队长,你这奴才! 你立下什么功劳,做起队长来啦? 因为你在酒店里扯碎一个可怜的妓女的绉领吗? 他是个队长! 哼,恶棍! 他是靠着发霉的煮熟梅子和干面饽饽过活的。一个队长! 天哪,这些坏人们是会把队长两个字变成和“干事”一样难听。“干事”原来也是正正经经的话,后来全让人给用臭了。队长们可得留意点儿才是。

巴道夫　请你下去吧,好旗官。

福斯塔夫　你过来听我说,桃儿姑娘。

毕斯托尔　我不下去;我告诉你吧,巴道夫伍长,我可以把她撕成片片。我一定要向她复仇。

侍　童　请你下去吧。

毕斯托尔　我要先看她掉下地狱里去,到那阴司的寒冰湖里,叫她尝尝各种毒刑的味道。抓紧鱼钩和线,我说。下去吧,下去吧,畜生们;下去吧,命运。希琳不在这儿吗?

桂　嫂　好毕色尔队长,不要闹;天色已经很晚啦,真的。请您消一消您的怒气吧。

毕斯托尔　好大的脾气,哼!日行三十英里的下乘驽马,都要自命为凯撒、坎尼保①和特洛的希腊人了吗?还是让看守地狱的三头恶狗把它们咬死了吧。我们必须为了那些无聊的东西而动武吗?

桂　嫂　真的,队长,您太言重啦。

巴道夫　去吧,好旗官;这样下去准会闹出一场乱子来的。

毕斯托尔　让人们像狗一般死去!让王冠像别针一般可以随便送人!希琳不在这儿吗?

桂　嫂　不瞒您说,队长,这儿实在没有这么一个人。真是呢!您想我会不放她进来吗?看在上帝的面上,静一静吧!

毕斯托尔　那么吃吃喝喝,把你自己养得胖胖的,我的好人儿。来,给我点儿酒。"人生不得意,借酒且浇愁。"怕什么排阵的大炮?不,让魔鬼向我们开火吧。给我点儿酒;心肝宝剑,你躺在这儿吧。(将剑放下)事情就这样完了,没有下文吗?

---

①　毕斯托尔误将罗马大将汉尼拔(Hannibal)说成坎尼保(cannibal),意思变成了"吃人者"。

福斯塔夫　毕斯托尔，我看你还是安静点儿吧。

毕斯托尔　亲爱的骑士，我吻你的拳头。嘿！咱们是见过北斗七星的呢。

桃　　儿　为了上帝的缘故，把他丢到楼底下去吧！我受不了这种说大
　　　　话的恶棍。

毕斯托尔　"把他丢到楼底下去！"这小马好大的威风！

福斯塔夫　巴道夫，像滚铜子儿一般把他推下去吧。哼，要是他一味
　　　　胡说八道，咱们这儿可容不得他。

巴道夫　来，下去下去。

毕斯托尔　什么！咱们非动武不可吗？非流血不可吗？（将剑攫入手
　　　　中）那么愿死神摇着我安眠，缩短我的悲哀的生命吧！让伤心惨
　　　　目的创伤解脱命运女神的束缚！来吧，阿特洛波斯①！

桂　　嫂　事情闹得越来越大啦！

福斯塔夫　把我的剑给我，孩子。

桃　　儿　我求求你，杰克，我求求你，不要拔出剑来。

福斯塔夫　给我滚下去。（拔剑。）

桂　　嫂　好大的一场乱子！我从此以后，再不开什么酒店啦，这样的
　　　　惊吓我可受不了。这一回准要弄出人命来。唉！唉！收起你们
　　　　的家伙，收起你们的家伙吧！（巴道夫、毕斯托尔下。）

桃　　儿　我求求你，杰克，安静下来吧；那坏东西已经去了。啊！你这
　　　　婊子生的勇敢的小杂种，你！

桂　　嫂　您那大腿弯儿里有没有受伤？我好像看见他向您的肚子下
　　　　面戳了一剑。

　　　　　　　巴道夫重上。

福斯塔夫　你把他撵到门外去没有？

────────

①　阿特洛波斯（Atropos），希腊神话中三命运女神之一。

巴道夫　是,爵爷;那家伙喝醉了。您伤了他的肩部,爵爷。

福斯塔夫　混账东西,当着我面前撒起野来!

桃　儿　啊,你这可爱的小流氓,你!唉,可怜的猴子,你流多少汗哪!来,让我替你擦干了脸;来呀,你这婊子生的。啊,坏东西!真的,我爱你。你就像特洛伊的赫克托一般勇敢,抵得上五个阿伽门农,比九大伟人还要胜过十倍。啊,坏东西!

福斯塔夫　混账的奴才!我要把他裹在毯子里抛出去。

桃　儿　好的,要是你有这样的胆量;你要是把他裹在毯子里抛出去,我就把你裹在被子里卷起来。

　　　　　乐队上。

侍　童　乐队来了,爵爷。

福斯塔夫　叫他们奏起来。列位,奏起来吧。坐在我的膝盖上,桃儿。好一个说大话的混账奴才!这恶贼见了我逃得就像水银一般快。

桃　儿　真的,你追赶他却像一座教堂一般动都不动。你这婊子生的漂亮的小野猪,什么时候你才白天不吵架,晚上不使剑,收拾起你的老皮囊来归天去呢?

　　　　　亲王及波因斯乔装酒保自后上。

福斯塔夫　闭嘴,好桃儿!不要讲这种丧气话,不要向我提醒我的结局。

桃　儿　喂,那亲王是怎么一副脾气?

福斯塔夫　一个浅薄无聊的好小子;叫他在伙食房里当当差倒很不错,他一定会把面包切得好好的。

桃　儿　他们说波因斯有很好的才情。

福斯塔夫　他有很好的才情!哼,这猴子!他的才情有一粒芥末子那么大呢。要是他会思想,一根木棒也会思想了。

桃　儿　那么亲王为什么这样喜欢他呢?

福斯塔夫　因为他们两人的腿长得一般粗细;他掷得一手好铁环儿;他

爱吃鳗鱼和茴香；他会玩吞火龙的戏法；他会跟孩子们踏跷跷板；他会跳凳子；他会发漂亮的誓；他的靴子擦得很亮，好像替他的腿做招牌似的；讲起那些不雅的故事来，他总是津津不倦；诸如此类的玩意儿，都是他的看家本领，它们表现着一颗孱弱的心灵和一副强壮的身手，因为亲王也正是这样一个人，所以才把他引为同调。把他们两人放在天平上秤起来，正是一个半斤，一个八两。

亲　王　这家伙想要叫人家割掉他的耳朵吗？

波因斯　咱们当着他那婊子的面前揍他一顿吧。

亲　王　瞧这老头儿心痒难熬，把他的头发都搔得像鹦鹉头上的羽毛似的根根直竖了。

波因斯　一个已经多年不行此道的人，情欲还这样旺盛，这不是很奇怪的事吗？

福斯塔夫　吻我，桃儿。

亲　王　今年土星和金星①双星聚会！历书上怎么说？

波因斯　你看，侍候他的那个火光腾腾的红鼻子的第三颗行星也在跟主人的心腹、记事本和老鸨子说知心话呢。

福斯塔夫　你这样吻我，真使我受宠若惊了。

桃　儿　凭着我的良心发誓，我是用一颗不变的真心吻你的。

福斯塔夫　我老了，我老了。

桃　儿　我爱你胜过无论哪一个没出息的毛头小子。

福斯塔夫　你要用什么料子做裙子？我星期四就可以拿到钱，明天就给你买一顶帽子。唱一支快乐的歌儿！来，天已经很晚，咱们可以上床了。我走了以后，你会忘记我的。

桃　儿　凭着我的良心发誓，你要是说这样的话，我可要哭啦。在你

_____

① 古代认为是相距最远的两颗行星。

没有回来以前,你瞧我会不会打扮得整整齐齐的。好,咱们日久见人心。

福斯塔夫　拿点儿酒来,弗兰西斯!

亲　王
波因斯　(上前)就来,就来,先生。

福斯塔夫　嘿!一个当今王上的私生子?你不是波因斯的兄弟吗?

亲　王　哼,你这满载着罪恶的地球!你在过着什么样的一种生活呀!

福斯塔夫　比你好一点儿;我是个绅士,你是个酒保。

亲　王　好一个绅士!我要揪住你的耳朵拉你出去。

桂　嫂　啊!上帝保佑殿下!凭着我的良心发誓,欢迎你回到伦敦来。上帝祝福你那可爱的小脸儿!耶稣啊!您是从威尔士来的吗?

福斯塔夫　你这下流的疯王子,凭着这一块轻狂淫污的血肉,(指桃儿)我欢迎你。

桃　儿　怎么,你这胖傻瓜!你是什么东西?

波因斯　殿下,要是您不趁此教训他一顿,他会用一副嬉皮笑脸把您的火气消下去,把一切变成一场玩笑的。

亲　王　你这下流的烛油矿,你,你胆敢当着这一位贞洁贤淑、温柔文雅的姑娘面前把我信口滥骂!

桂　嫂　祝福您的好心肠!凭着我的良心发誓,她真的是一位好姑娘哩。

福斯塔夫　我的话都给你听见了吗?

亲　王　是的,而且正像你在盖兹山下逃走的时候一样,你明明知道我在你的背后,却故意用这种话惹我生气。

福斯塔夫　不,不,不,不是这样;我没想到你会听见我的话。

亲　王　那么我要叫你承认存心把我侮辱,我知道怎样处置你。

福斯塔夫　凭着我的荣誉起誓,哈尔,一点没有侮辱的意思,一点没有

William Shakespeare
COMPLETE WORKS

侮辱的意思。

亲　　王　用不堪入耳的话诽谤我,说我是个伙食房里的听差,切面包的侍者,以及诸如此类的谩骂,这还不算侮辱吗?

福斯塔夫　不是侮辱,哈尔。

波因斯　不是侮辱!

福斯塔夫　不是侮辱,奈德;一点也没有侮辱的意思,好奈德。我当着恶人的面前诽谤他,为的是不让那些恶人爱上他,这是尽我一个关切的朋友和忠心的臣下的本分,你的父亲应该因此而感谢我的。不是侮辱,哈尔;不是侮辱,奈德,一点没有侮辱的意思;不,真的,孩子们,一点也没有侮辱的意思。

亲　　王　瞧,恐惧和怯懦不是使你为了取得我们谅解的缘故,竟把这位贤淑的姑娘都任意侮蔑起来了吗?难道她也是个恶人吗?难道你这位店主太太也是个恶人吗?你的童儿也是个恶人吗?正直的巴道夫,他的一片赤心在他的鼻子上发着红光,难道他也是个恶人吗?

波因斯　回答吧,你这枯树,回答吧。

福斯塔夫　魔鬼已经选中巴道夫,再也没法挽回了;他的脸是路锡福的私厨,他专爱在那儿烤酒鬼吃。讲到那童儿,他的身边是有一个善良的天使,可是魔鬼也已经出高价把他收买去了。

亲　　王　那么这两个女人呢?

福斯塔夫　一个已经在地狱里了,用她的孽火燃烧可怜的灵魂。还有一个我欠着她钱,不知道她会不会因此下地狱。

桂　　嫂　不,您放心吧。

福斯塔夫　不,我想你不会的;我想你干了这件好事,一定可以超登天堂。呃,可是你还有一个罪名,就是违法犯禁,让人家在你屋子里吃肉;为了这一件罪恶,我想你还是免不了要在地狱里号啕痛哭。

-134
莎士比亚
全集

桂　嫂　哪一家酒店菜馆不卖肉？四旬斋的时候吃一两片羊肉，又有什么关系？

亲　王　你,姑娘——

桃　儿　殿下怎么说？

福斯塔夫　这位殿下嘴里所说的话,都是跟他肉体上的冲动相反的。

（内敲门声）

桂　嫂　谁在那儿把门打得这么响？到门口瞧瞧去,弗兰西斯。皮多上。

亲　王　皮多,怎么啦! 什么消息？

皮　多　您的父王在威司敏斯特;那边有二十个精疲力竭的急使刚从北方到来;我一路走来的时候,碰见十来个军官光着头,满脸流汗,敲着一家家酒店的门,逢人打听约翰·福斯塔夫的所在。

亲　王　天哪,波因斯,骚乱的狂飙像一阵南方的恶风似的挟着黑雾而来,已经开始降下在我们毫无防御的头上了,我真不该这样无聊地浪费着宝贵的时间。把我的剑和外套给我。福斯塔夫,晚安!

（亲王、波因斯、皮多及巴道夫同下。）

福斯塔夫　现在正是一夜中间最可爱的一段时光,我们却必须辜负这大好的千金一刻。（内敲门声）又有人打门啦!

巴道夫重上。

福斯塔夫　啊! 什么事？

巴道夫　爵爷,您必须赶快上宫里去;十几个军官在门口等着您哩。

福斯塔夫　（向侍童）小子,把乐工们的赏钱发了。再会,老板娘;再会,桃儿! 你们瞧,我的好姑娘们,一个有本领的人是怎样的被人所求;庸庸碌碌的家伙可以安心睡觉,干事业的人却连打瞌睡的工夫也没有。再会,好姑娘们。要是他们不叫我马上出发,我在动身以前还会来瞧你们一次的。

桃　儿　我话都说不出来啦；要是我的心不会立刻碎裂——好，亲爱的杰克，你自己保重吧。

福斯塔夫　再会，再会！（福斯塔夫及巴道夫下。）

桂　嫂　好，再会吧；到了今年豌豆生荚的时候，我跟你算来也认识了二十九个年头啦；可是比你更老实，更真心的汉子——好，再会吧！

巴道夫　（在内）桃儿姑娘！

桂　嫂　什么事？

巴道夫　（在内）叫桃儿姑娘出来见我的主人。

桂　嫂　啊！快跑，桃儿，快跑；快跑，好桃儿。（各下）

第
三
幕

第一场　威司敏斯特。宫中一室

亨利王披寝衣率侍童上。

亨利王　你去叫萨立伯爵和华列克伯爵来；在他们未来以前，先叫他
们把这封信读一读，仔细考虑一下。快去。（侍童下）我的几千个
最贫贱的人民正在这时候酣然熟睡！睡眠啊！柔和的睡眠啊！
大自然的温情的保姆，我怎样惊吓了你，你才不愿再替我闭上我
的眼皮，把我的感觉沉浸在忘河之中？为什么，睡眠，你宁愿栖身
在烟熏的茅屋里，在不舒适的草荐上伸展你的肢体，让嗡嗡做声
的蚊虫催着你入梦，却不愿偃息在香雾氤氲的王侯的深宫之中，
在华贵的宝帐之下，让最甜美的乐声把你陶醉？啊，你冥漠的神
灵！为什么你在污秽的床上和下贱的愚民同寝，却让国王的卧榻
变成一个表盒子或是告变的警钟？在巍峨高耸惊心眩目的桅杆
上，你不是会使年轻的水手闭住他的眼睛吗？当天风海浪做他的
摇篮，那巨大的浪头被风卷上高高的云端，发出震耳欲聋的喧声，
即使死神也会被它从睡梦中惊醒的时候。啊，偏心的睡眠！你能
够在那样惊险的时候，把你的安息给予一个风吹浪打的水手，可
是在最宁静安谧的晚间，最温暖舒适的环境之中，你却不让一个
国王享受你的厚惠吗？那么，幸福的卑贱者啊，安睡吧！戴王冠
的头是不能安于他的枕席的。

—137
莎士比亚
全集

华列克及萨立上。

华列克　陛下早安！

亨利王　现在是早上了吗,两位贤卿?

华列克　已经敲过一点钟了。

亨利王　啊,那么早安,两位贤卿。你们读过我给你们的信没有?

华列克　我们读过了,陛下。

亨利王　那么你们已经知道我们国内的情形是多么恶劣;这一个王国正在害着多么危险的疾病,那毒气已经逼近它的心脏了。

华列克　它正像一个有病之身,只要遵从医生的劝告,调养得宜,略进药饵,就可以恢复原来的康健。诺森伯兰伯爵虽然参加逆谋,可是他的热度不久就会冷下来的。

亨利王　上帝啊！要是一个人可以展读命运的秘籍,预知时序的变迁将会使高山夷为平地,使大陆化为沧海！要是他知道时间同样会使环绕大洋的沙滩成为一条太宽的带子,束不紧海神消瘦的腰身！要是他知道机会将要怎样把人玩弄,生命之杯里满注着多少不同的酒液！啊！要是这一切能够预先见到,当他遍阅他自己的一生经历,知道他过去有过什么艰险,将来又要遭遇什么挫折,一个最幸福的青年也会阖上这一本书卷,坐下来安心等死的。不满十年以前,理查和诺森伯兰还是一对很好的朋友,常常在一起饮宴,两年以后,他们就以兵戎相见;仅仅八年之前,这潘西是我的最亲密的心腹,像一个兄弟一般为我尽瘁效劳,把他的忠爱和生命呈献在我的足下,为了我的缘故,甚至于当着理查的面前向他公然反抗。可是那时候你们两人中间哪一个在场? （向华列克）你,纳维尔贤卿,我记得是你。理查受到诺森伯兰的责骂以后,他含着满眶的眼泪,曾经说过这样的话,现在他的预言已经证实了:"诺森伯兰,"他说,"你是一道阶梯,我的族弟波林勃洛克凭着你升上我的王座。"虽然那时候上帝知道,我实在没有那样的存心,可是形势上的必要使我不得不接受这一个尊荣的地位。"总有一天,"他接着说,"总有一天卑劣的罪恶将会化脓而溃烂。"这样他继续说下去,预言着今天的局面和我们俩人友谊的破裂。

华列克　各人的生命中都有一段历史,观察他以往的行为的性质,便可以用近似的猜测,预断他此后的变化,那变化的萌芽虽然尚未显露,却已经潜伏在它的胚胎之中。凭着这一种观察的方式,理查王也许可以作一个完全正确的推测,因为诺森伯兰既然在那时不忠于他,那奸诈的种子也许会长成更大的奸诈,而您就是他移植他的奸诈的一块仅有的地面。

亨利王　那么这些事实都是必然的吗?让我们就用无畏的态度面对这些必然的事实吧。他们说那主教和诺森伯兰一共有五万军力。

华列克　不会有的事,陛下!谣言会把人们所恐惧的敌方军力增加一倍,正像回声会把一句话化成两句一样。请陛下还是去安睡一会儿吧。凭着我的灵魂起誓,陛下,您已经派出去的军队,一定可以不费力地克奏肤功。我再报告陛下一个好消息,我已经得到确讯,葛兰道厄死了。陛下这两星期来御体违和,这样深夜不睡,对于您的病体是很有妨害的。

亨利王　我愿意听从你的劝告,要是这些内战能够平定下来,两位贤卿,我们就可以远征圣地了。(同下。)

第二场　葛罗斯特郡。夏禄法官住宅前庭院

　　　　夏禄及赛伦斯自相对方向上:霉老儿、影子、肉瘤、弱汉、小公牛及
众仆等随后。

夏　　禄　来,来,来,兄弟,把您的手给我,兄弟,把您的手给我,兄弟。

凭着十字架起誓,您起来得真早! 我的赛伦斯贤弟,近来好吗?

赛伦斯　早安,夏禄老兄。

夏　禄　我那位贤弟妇,您的尊阃好吗? 您那位漂亮的令爱也就是我的干女儿爱伦好吗?

赛伦斯　唉! 一只小鸟雀儿,夏禄老兄!

夏　禄　一定的,兄弟,我敢说我的威廉侄儿是个很有学问的人啦。他还是在牛津,不是吗?

赛伦斯　正是,老哥,我在他身上花的钱可不少哪。

夏　禄　那么他一定快要进法学院了。我从前是在克里门学院的,我想他们现在还在那边讲起疯狂的夏禄呢。

赛伦斯　那时候他们是叫您"浪子夏禄"的,老哥。

夏　禄　老实说,我什么绰号都被他们叫过;真的,我哪一件事情不会干,而且要干就要干得痛快。那时候一个是我,一个是史泰福郡的小约翰·杜易特,一个是黑乔治·巴恩斯,一个是弗兰西斯·匹克蓬,还有一个是考兹华德的威尔·斯奎尔,你在所有的法学院里再也找不出这么四个胡闹的朋友来。我可以告诉你,我们知道什么地方有花姑娘,顶好的几个都是给我们包定了的。现在已经成为约翰爵士的杰克·福斯塔夫,那时候还只是一个孩子,在诺福克公爵托马斯·毛勃雷的身边当一名侍童。

赛伦斯　这一位约翰爵士,老哥,就是要到这儿来接洽招兵事情的那个人吗?

夏　禄　正是这个约翰爵士,正是他。我看见他在学院门前打破了史谷根的头,那时候他还是个不满这么高的小顽皮鬼哩;就在那一天,我在葛雷学院的后门跟一个卖水果的参孙·斯多克菲希打架。耶稣! 耶稣! 我从前过的是多么疯狂的日子! 多少的老朋友我亲眼看见他们一个个地死了啦!

赛伦斯　我们大家都要跟上去的,老哥。

夏　禄　正是,一点不错;对得很,对得很。正像写诗篇的人说的,人生不免一死;大家都要死的。两头好公牛在斯丹福市集上可以卖多少钱?

赛伦斯　不骗您,老哥,我没有到那儿去。

夏　禄　死是免不了的。你们贵镇上的老德勃尔现在还活着吗?

赛伦斯　死了,老哥。

夏　禄　耶稣! 耶稣! 死了! 他拉得一手好弓;死了! 他射得一手好箭。约翰·刚特非常喜欢他,曾经在他头上下过不少赌注。死了! 他会在二百四十步以外射中红心,瞧着才叫人佩服哩。二十头母羊现在要卖多少钱?

赛伦斯　要看情形而定,二十头好母羊也许可以值十镑钱。

夏　禄　老德勃尔死了吗?

赛伦斯　这儿来了两个人,我想是约翰·福斯塔夫爵士差来的。

　　　　　巴道夫及另一人上。

巴道夫　早安,两位正直的绅士;请问哪一位是夏禄法官?

夏　禄　我就是罗伯特·夏禄,本郡的一个卑微的乡绅,忝任治安法官之职;尊驾有什么见教?

巴道夫　先生,咱们队长向您致意;咱们队长约翰·福斯塔夫爵士,凭着上天起誓,是个善战的绅士,最勇敢的领袖。

夏　禄　有劳他的下问。我知道他是一位用哨棒的好手,这位好骑士安好吗? 我可以问问他的夫人安好吗?

巴道夫　先生,请您原谅,军人志不在家室。

夏　禄　您说得很好,真的,说得很好。"志不在家室!"好得很;真的,那很好;名言佳句,总是值得赞美的。"志不在家室,"这是有出典的,称得起是一句名言。

巴道夫　恕我直言,先生。我这话也是听来的。您管它叫"名言"吗?
老实讲,我不懂得什么名言;可是我要凭我的剑证明那是合乎军
人身份的话,是很正确的指挥号令的话。"家室"—— 这就是说,
一个人有了家室,或者不妨认为他有了家室,反正怎么都挺好。

夏　禄　说得很对。

　　　　福斯塔夫上。

夏　禄　瞧,好约翰爵士来啦。把您的尊手给我,把您的尊手给我。
不说假话,您的脸色很好,一点不显得苍老。欢迎,好约翰爵士。

福斯塔夫　我很高兴看见您安好,好罗伯特·夏禄先生,这一位是修
尔卡德先生吧?

夏　禄　不,约翰爵士;他是我的表弟赛伦斯,也是我的同僚。

福斯塔夫　好赛伦斯先生,失敬失敬,您作治安工作再好没有。

赛伦斯　贵人光降,欢迎得很。

福斯塔夫　哎呀! 这天气好热,两位先生。你们替我找到五六个壮丁
没有?

夏　禄　呃,找到了,爵士。您请坐吧。

福斯塔夫　请您让我瞧瞧他们。

夏　禄　名单呢? 名单呢? 名单呢? 让我看,让我看,让我看。唔。唔,
唔,唔,唔,唔,唔;好。霉老儿劳夫! 我叫到谁的名字谁就出来,
叫到谁的名字谁就出来。让我看,霉老儿在哪里?

霉老儿　有,老爷。

夏　禄　您看怎么样,约翰爵士? 一个手脚粗健的汉子;年轻力壮,他
的亲友都很靠得住。

福斯塔夫　你的名字就叫霉老儿吗?

霉老儿　正是,回老爷。

福斯塔夫　那么你应该多让人家用用才是。

夏　禄　哈哈哈！好极了！真的！不常用的东西容易发霉;妙不可言。您说得真妙,约翰爵士;说得好极了。

福斯塔夫　取了他。

霉老儿　我已经当过几次兵了,您开开恩,放了我吧。我一去之后,再没有人替我的老娘当家干活了,叫她怎么过日子？您不用取我;比我更掮得起枪杆的人多着呢。

福斯塔夫　得啦,吵些什么,霉老儿！你必须去。也该叫你伸伸腿了。

霉老儿　伸伸腿？

夏　禄　别闹,家伙,别闹！站在一旁。你知道你在什么地方吗？还有几个,约翰爵士,让我看。影子西蒙！

福斯塔夫　好,他可以让我坐着避避太阳。只怕他当起兵来也是冷冰冰的。

夏　禄　影子在哪里？

影　子　有,老爷。

福斯塔夫　影子,你是什么人的儿子？

影　子　我的母亲的儿子,老爷。

福斯塔夫　你的母亲的儿子！那倒还是事实,而且你是你父亲的影子;女人的儿子是男人的影子,实在的情形往往是这样的,儿子不过是一个影子,在他身上找不出他父亲的本质。

夏　禄　您喜欢他吗,约翰爵士？

福斯塔夫　影子在夏天很有用处;取了他,因为在我们的兵员册子上,有不少影子充着数哩。

夏　禄　肉瘤托马斯！

福斯塔夫　他在哪儿？

肉　瘤　有,老爷。

福斯塔夫　你的名字叫肉瘤吗？

肉　瘤　是,老爷。

福斯塔夫　你是一个很难看的肉瘤。

夏　禄　要不要取他,约翰爵士?

福斯塔夫　不用;队伍里放着像他这样的人,是会有损军容的。

夏　禄　哈哈哈! 您说得很好,爵士;您说得很好,佩服,佩服。弱汉
弗兰西斯!

弱　汉　有,老爷。

福斯塔夫　你是做什么生意的,弱汉?

弱　汉　女服裁缝,老爷。

夏　禄　要不要取他,爵士?

福斯塔夫　也好。可是他要是个男装裁缝,早就自动找上门来了。你
会不会在敌人的身上戳满窟窿,正像你在一条女裙上所刺的针孔
那么多?

弱　汉　我愿意尽我的力,老爷。

福斯塔夫　说得好,女服裁缝! 说得好,勇敢的弱汉! 你将要像暴怒
的鸽子或是最雄伟的小鼠一般勇猛。把这女服裁缝取了;好,夏
禄先生。把他务必取上,夏禄先生。

弱　汉　老爷,我希望您也让肉瘤去吧。

福斯塔夫　我希望你是一个男人的裁缝,可以把他修改得像样点儿。
现在他带着臭虫的队伍已经上千上万了,哪里还能派作普通士兵
呢? 就这样算了吧,勇气勃勃的弱汉!

弱　汉　好吧,算了,老爷!

福斯塔夫　我领情了,可敬的弱汉。底下该谁了?

夏　禄　小公牛彼得!

福斯塔夫　好,让我们瞧瞧小公牛。

小公牛　有,老爷。

福斯塔夫　凭着上帝起誓,好一个汉子! 来,把小公牛取了,瞧他会不会叫起来。

小公牛　主啊! 我的好队长爷爷——

福斯塔夫　什么! 我们还没有牵着你走,你就叫起来了吗?

小公牛　哎哟,老爷! 我是一个有病的人。

福斯塔夫　你有什么病?

小公牛　一场倒霉的伤风,老爷,还带着咳嗽。就是在国王加冕那天我去打钟的时候得的,老爷。

福斯塔夫　来。你上战场的时候披上一件袍子就得了;我们一定会把你的伤风赶走。我可以想办法叫你的朋友们给你打钟,全都齐了吗?

夏　禄　这儿已经比您所需要的数目多两个人了,在我们这儿您只要取四个人就够啦,爵士;所以请您跟我进去用餐吧。

福斯塔夫　来,我愿意进去陪您喝杯酒儿,可是我没有时间等候用餐。我很高兴看见您,真的,夏禄先生。

夏　禄　啊,约翰爵士,您还记得我们睡在圣乔治乡下的风车里那一晚吗?

福斯塔夫　别提起那句话了,好夏禄先生,别提起那句话了。

夏　禄　哈! 那真是一个有趣的晚上。那个琴·耐特渥克姑娘还活着吗?

福斯塔夫　她还活着,夏禄先生。

夏　禄　她总是想撵我走,可就是办不到。

福斯塔夫　嗷,嗷,她老是说她受不了夏禄先生的轻薄。

夏　禄　真的,我会逗得她发起怒来。那时候她是一个花姑娘。现在怎么样啦?

福斯塔夫　老了,老了,夏禄先生。

夏　禄　噢,她一定老了;她不能不老,她当然要老的;她跟她的前夫
　　　生下罗宾的时候,我还没有进克里门学院哩。

赛伦斯　那是五十五年以前的事了。

夏　禄　哈!赛伦斯兄弟,你才想不到这位骑士跟我当时所经历过的
　　　种种事情哩。哈!约翰爵士,我说得对吗?

福斯塔夫　我们曾经听过半夜的钟声,夏禄先生。

夏　禄　正是,正是,正是;真的,约翰爵士,我们曾经听过半夜的钟
　　　声。我们的口号是"哼,孩子们!"来,我们用餐去吧;来,我们用
　　　餐去吧。耶稣,我们从前过的是些什么日子;来,来。(福斯塔夫、夏
　　　禄、赛伦斯同下。)

小公牛　好巴道夫伍长大爷,帮帮忙,我送您这四个十先令的法国克
　　　郎。不瞒您说,大爷,我宁愿给人吊死,大爷,也不愿去当兵;虽然
　　　拿我自己来说,大爷,我倒是满不在乎的;可是因为想着总有些不
　　　大愿意,而且拿我自己来说,我也很想跟我的亲友们住在一块儿;
　　　要不然的话,大爷,拿我自己来说,我倒是不大在乎的。

巴道夫　好,站在一旁。

霉老儿　好伍长爷爷,看在我那老娘的面上,帮帮忙吧;我一去以后,
　　　再也没有人替她作事了;她年纪这么老,一个人怎么过得了日
　　　子?我也送给您四十先令,大爷。

巴道夫　好,站在一旁。

弱　汉　凭良心说,我倒并不在乎;死了一次不死第二次,我们谁都欠
　　　着上帝一条命。我决不存那种卑劣的心思;死也好,活也好,一切
　　　都是命中注定。为王上效劳是每一个人的天职;无论如何,今年
　　　死了明年总不会再死。

巴道夫　说得好;你是个好汉子。

弱　汉　真的,我可不存那种卑劣的心思。

福斯塔夫及二法官重上。

福斯塔夫　来,先生,我应该带哪几个人去?

夏　禄　四个,您可以随意选择。

巴道夫　(向福斯塔夫)爵爷,跟您说句话。我已经从霉老儿和小公牛那里拿到三镑钱,他们希望您把他们放走。

福斯塔夫　(向巴道夫)好的。

夏　禄　来,约翰爵士,您要哪四个人?

福斯塔夫　您替我选吧。

夏　禄　好,那么,霉老儿,小公牛,弱汉,影子。

福斯塔夫　霉老儿,小公牛,你们两人听着:你,霉老儿,好好住在家里,等过了兵役年龄再说吧;你,小公牛,等你长大起来,够得上兵役年龄的时候再来吧;我不要你们。

夏　禄　约翰爵士,约翰爵士,您别弄错了;他们是您的最适当的兵丁,我希望您手下都是些最好的汉子。

福斯塔夫　夏禄先生,您要告诉我怎样选择一个兵士吗?我会注意那些粗壮的手脚、结实的肌肉、高大的身材、雄伟的躯干和一副庞然巨物的外表吗?我要的是精神,夏禄先生。这儿是肉瘤,您瞧他的样子多么寒碜;可是他向你攻击起来,就会像锡镴匠的锤子一般敏捷,一来一往,比辘轳上的吊桶还快许多。还有这个阴阳怪气的家伙,影子,我要的正是这样的人;他不会被敌人认作目标,敌人再也瞄不准他,正像他们瞄不准一柄裁纸刀的锋口一般。要是在退却的时候,那么这女服裁缝弱汉逃走起来一定是多么迅速! 啊! 给我那些瘦弱的人,我不要高大的汉子。拿一杆枪给肉瘤,巴道夫。

巴道夫　拿着,肉瘤,冲上去;这样,这样,这样。

福斯塔夫　来,把你的枪拿好了。嗯,很好,很好,好得很。啊,给我一个瘦小苍老、皱皮秃发的射手,这才是我所需要的。说得好,真的,肉瘤;你是个好家伙,拿着,这是赏给你的六便士。

夏　禄　　他不懂得拿枪的技术,他的姿势完全不对。我记得我在克里门学院的时候,在迈伦德草场上—— 那时我在亚瑟王的戏剧里扮演着窦谷纳特爵士—— 有一个小巧活泼的家伙,他会这样举起他的枪,走到这儿,走到那儿;他会这样冲过去,冲过去,嘴里嚷着"啦嗒嗒,砰! 砰!"一下子他又去了,一下子他又来了;我再也看不到像他这样一个家伙。

福斯塔夫　　这几个人很不错,夏禄先生。上帝保佑您,赛伦斯先生,我知道您不爱说话,所以也不跟您多说了。再会,两位绅士;我谢谢你们;今晚我还要赶十二英里路呢。巴道夫,把军衣发给这几个兵士。

夏　禄　　约翰爵士,上帝祝福您,帮助您得胜荣归! 上帝赐给我们和平! 您回来的时候,请到我们家里来玩玩,重温我们旧日的交情;也许我会跟着您一起上一趟宫廷哩。

福斯塔夫　　但愿如此,夏禄先生。

夏　禄　　好,那么一言为定。上帝保佑您!

福斯塔夫　　再会,善良的绅士们! (夏禄、赛伦斯下)巴道夫,带着这些兵士们前进。(巴道夫及新兵等同下)我回来的时候,一定要把这两个法官收拾一下;我已经看透了这个夏禄法官。主啊,主啊! 我们有年纪的人多么容易犯这种说谎的罪恶。这个干瘦的法官一味向我夸称他年轻时候的放荡,每三个字里头就有一个是谎,送到人耳朵里比给土耳其苏丹纳贡还要快。我记得他在克里门学院的时候,他的样子活像一个晚餐以后用干酪削成的人型;是脱光了衣服,他简直是一根有丫杈的萝卜,上面安着一颗用刀子刻的稀奇古怪的头颅。他瘦弱得那样厉害,眼睛近视的人简直瞧不见他的形状。他简直是个饿鬼,可是却像猴子一般贪淫。在时髦的事情上他样样落伍;他把从车夫们嘴里学来的歌曲唱给那些老吃鞭子的婆婆奶奶们听,发誓说那是他所中意的曲子。现在这一柄小丑手里的短剑却做起乡绅来了,他提起约翰·刚特,亲密得好像是他的把兄弟一般;我可以发誓说他只在比武场上见过他一次,而且那时候他因为在司礼官的卫士身边挤来挤去,还被他们打破了头哩。我亲眼看见的,还和约翰·刚特说他尽管瘦也还是赶不上夏禄,因为你可以把他连衣服带身体一起塞进一条鳗鲡皮里;一管高音笛的套子对于他就是一所大厦,一座宫殿;现在他居然有田有地,牛羊成群了。好,要是我万一回来,我要跟他结识结识;我要叫他成为我的点金石。既然大鱼可以吞食小鱼,按照自然界的法则,我想不出为什么我不应该抽他几分油水。让时间安排一切吧,我就言止于此。(下)

第四幕

第一场　约克郡一森林

约克大主教、毛勃雷、海司丁斯及余人等上。

约　克　这座森林叫什么名字？

海司丁斯　这是高尔特里森林，大主教。

约　克　各位贵爵，让我们就在这儿站住，打发几个探子去探听我们
　　　　敌人的数目。

海司丁斯　我们早已叫人探听去了。

约　克　那很好。我的共襄大举的朋友和同志们，我必须告诉你们我
　　　　已经接到诺森伯兰新近寄出的信，那语气十分冷淡，大意是这样
　　　　说的；他希望他能够征集一支实力强大的军队，亲自带领到我们
　　　　这儿来；可是这目的并不能达到，所以他已经退避到苏格兰去，在
　　　　那里伺机而动；最后他诚心祈祷我们能够突破一切危险和敌人的
　　　　可怕的阻力，实现我们的企图。

毛勃雷　这样说来，我们寄托在他身上的希望，已经坠地而化为粉碎了。

　　　　　　一使者上。

海司丁斯　现在你有什么消息？

使　者　在这森林之西不满一里路以外，军容严整的敌人正在向前推
　　　　进；根据他们全军所占有的地面计算，我推测他们的人数大约在
　　　　三万左右。

毛勃雷　那正是我们所估计的数目。让我们迅速前进,和他们在战场
　　上相见

　　　　威斯摩兰上。

约　克　哪一位高贵的使臣访问我们来了?

毛勃雷　我想那是威斯摩兰伯爵。

威斯摩兰　我们的主帅兰开斯特公爵约翰王子敬问你们各位安好。

约　克　威斯摩兰伯爵,请您和平地告诉我们您的来意。

威斯摩兰　那么,大主教,我要把您作为我的发言的主要的对象。要
　　是叛乱不脱它的本色,不过是一群乌合之众的暴动,在少数嗜杀
　　好乱的少年领导之下,获得那些无赖贱民的拥护;要是它果然以
　　这一种适合于它的本性的面目出现,那么您,可尊敬的神父,以及
　　这几位尊贵的勋爵,决不会厕身于他们的行列,用你们的荣誉替
　　卑劣残暴的叛徒丑类张目。您,大主教,您的职位是借着国内的
　　和平而确立的,您的须髯曾经为和平所吹拂,您的学问文章都是
　　受着和平的甄陶,您的白袍象征着纯洁、圣灵与和平的精神,为什
　　么您现在停止您的优美的和平的宣讲,高呼着粗暴喧嚣的战争的
　　口号,把经典换了甲胄,把墨水换了鲜血,把短笔换了长枪,把神
　　圣的辩舌化成了战场上的号角?

约　克　为什么我要采取这样的行动? 这是您对我所发的疑问。我
　　的简单的答案是这样的;我们都是害着重病的人;过度的宴乐和
　　荒淫已经使我们遍身像火烧一般发热,我们必须因此而流血;我
　　们的前王理查就是因为染上这一种疾病而不治身亡的。可是,我
　　的最尊贵的威斯摩兰伯爵,我并不以一个医生自任,虽然我现在
　　置身在这些战士们的中间,我并不愿做一个和平的敌人;我的意
　　思不过是暂时借可怖的战争为手段,强迫被无度的纵乐所靡烂的
　　身心得到一些合理的节制,对那开始扼止我们生命活力的障碍作

一番彻底的扫除。再听我说得明白一些 ;我曾经仔细衡量过我们的武力所能造成的损害和我们自己所身受的损害,发现我们的怨愤比我们的过失更重。我们看见时势的潮流奔赴着哪一个方向,在环境的强力的挟持之下,我们不得不适应大势,离开我们平静安谧的本位。我们已经把我们的不满列为条款 ;在适当的时间,我们将要把它们公开宣布。这些条款在很久以前,我们曾想呈递给国王,但多方祈求仍不能邀蒙接受。当我们受到侮辱损害,准备申诉我们的怨苦的时候,我们总不能得到面谒国王的机会,而那些阻止我们看见他的人,也正就是给我们最大的侮辱与损害的人。新近过去的危机——它的用血写成的记忆还留着鲜明的印象—— 以及当前每一分钟所呈现的险象,使我们穿起了这些不合身的武装 ;我们不是要破坏和平,是要确立一个名实相符的真正和平。

威斯摩兰　你们的请求什么时候曾经遭到拒绝？王上有什么对不起你们的地方？哪一个贵族曾经把你们排挤倾轧,使你们不得不用神圣的钤印,盖在这一本非法流血的叛逆的书册上,把暴动的残酷的锋刃当作了伸张正义的工具？

约　克　我要解除我的同胞民众在他们自己家国之内所忍受的痛苦与迫害。

威斯摩兰　这一种拯救是不需要的,而且那也不是您的责任。

毛勃雷　这是他,也是我们大家的责任,因为我们都是亲身感觉到往日的创伤,而现今的局面又在用高压的手段剥夺我们每个人的荣誉。

威斯摩兰　啊！我的好毛勃雷勋爵,您只要把这时代中所发生的种种不幸解释为事实上不可避免的结果,您就会说,您所受到的伤害,都是时势所造成,不是国王给予您的。可是照我看来,无论对于王上或是对于当前的时势,您个人都没有任何可以抱怨的理由。

您的高贵而遗念尚新的令尊诺福克公爵的采地,不是已经全部归还您了吗?

毛勃雷　我的父亲从来不曾丧失过他的尊荣,有什么必须在我身上恢复的? 当初先王对他十分爱重,可是为了不得已的原因把他放逐;那时哈利·波林勃洛克和他都已经跃马横枪,顶盔披甲,他们的眼睛里放射着火光,高声吹响的喇叭催召他们交锋,什么都不能阻止我的父亲把枪尖刺进波林勃洛克的胸中;啊! 就在那时候,先王掷下了他的御杖,他自己的生命也就在这一掷之中轻轻断送;他不但抛掷了自己的生命,无数的生命也相继在波林勃洛克的暴力之下成为牺牲。

威斯摩兰　毛勃雷勋爵,您现在都不知道自己在说些什么了。海瑞福德公爵当时在英国被认为是最勇敢的骑士的,谁知道那时候命运会向什么人微笑? 可是即使令尊在那次决斗中得到胜利,他也决不能把他的胜利带出科文特里以外去;因为全国人民都要一致向他怒斥,他们虔诚的祈祷和爱戴的忠诚,完全倾注在海瑞福德的身上,他受到人民的崇拜和祝福远过于那时的国王。可是这些都是题外闲文,和我此来的使命无涉。我奉我们高贵的主帅之命,到这儿来询问你们有什么愤懑不平;他叫我告诉你们,他准备当面接见你们,要是你们的要求在他看来是正当的,他愿意给你们满足,一切敌意的芥蒂都可以置之不问。

毛勃雷　这是他被迫向我们提出的建议,只是出于一时的权谋,并没有真实的诚意。

威斯摩兰　毛勃雷,你抱着这样的见解,未免太过于自负了。这一个建议是出于慈悲的仁心,并不是因为恐惧而提出的,瞧,你们一眼望去,就可以看见我们的大军,凭着我的荣誉发誓,他们都抱着无限的自信,决不会让一丝恐惧的念头进入他们的心中。我们的队

伍里拥有着比你们更多的知名人物,我们的兵士受过比你们更完
善的训练,我们的甲胄和你们同样坚固,我们的名义是堂堂正正
的,那么为什么我们的勇气会不及你们呢? 不要说我们是因被迫
而向你们提出这样的建议。

毛勃雷　好,我们拒绝谈判,这是我的意思。

威斯摩兰　那不过表明你们罪恶昭彰,因为理屈词穷,才会这样一意
孤行。

海司丁　斯约翰王子是不是有充分的权力,可以代表他的父亲对我们
所提的条件作完全的决定?

威斯摩兰　凭着主将的身份,他当然有这样的权力。我奇怪您竟会发
出这样琐细的问题。

约　克　那么,威斯摩兰伯爵,就烦您把这张单子带去,那上面载明着
我们全体的怨愤。照着我们在这儿所提出的每一个条款,给我们
适当的补偿;凡是参加我们这次行动的全体人员,不论以往现在,
必须用确切可靠的形式,赦免他们的罪名;把我们的愿望立刻付
之实行,我们就会重新归返臣下恭顺的本位,集合我们的力量,确
保永久的和平。

威斯摩兰　我就把这单子拿去给主将看。请各位大人当着我们两军
的阵前跟我们相会;但愿上帝帮助我们缔结和平,否则我们必须
用武力解决彼此的争端。

约　克　伯爵,我们一定出场就是了。(威斯摩兰下。)

毛勃雷　我的心头有一种感觉告诉我,我们的和平条件是不能成立的。

海司丁斯　那您不用担心;要是我们能够在我们所坚持的那种范围广
大的条件上缔结和平,并且努力坚持它们的实现,我们的和平一
定可以像山岩一般坚固。

毛勃雷　是的,可是我们决不会得到信任;今后一切无聊的挑拨和借

端寻衅的指控都会使国王回忆起这次事件。即使我们是为王室而殉身的忠臣义士,在暴风的簸扬之下,我们的谷粒和糠秕将要不分轻重,善恶将要混淆无别。

约　　克　　不,不,大人。注意这一点:国王已经厌倦于这种吹毛求疵的责难,他发现杀死一个他所疑虑的人,反而在活人中间树立了两个更大的敌人;所以他要扫除一切芥蒂,免得不快的记忆揭起他失败的创伤;因为他充分明白他不能凭着一时的猜疑,把国内的敌对势力根除净尽;他的敌人和他的友人是固结而不可分的,拔去一个敌人,也就是使一个友人离心。正像一个被他的凶悍的妻子所激怒的丈夫一样,当他正要动手打她的时候,她却把他的婴孩高高举起,使他不能不存着投鼠忌器的戒心。

海司丁斯　　而且,国王最近因为诛锄异己,耗尽了他所有的力量,现在已经连惩罚的工具都没有了;正像一头失去爪牙的雄狮,不再有扑人的能力。

约　　克　　您说得很对;所以放心吧,我的好司礼大人,要是我们现在能够取得我们满意的补偿,我们的和平一定会像一条重新接合的断肢折臂,因为经过一度的折断而长得格外坚韧。

毛勃雷　　但愿如此。威斯摩兰伯爵回来了。

　　　　　　威斯摩兰重上。

威斯摩兰　　王子就在附近专候大驾,请大主教在两军阵地之间和他会面。

毛勃雷　　那么凭着上帝的名义,约克大主教,您就去吧。

约　　克　　请阁下先生去向王子殿下致意,我们就来了。(各下。)

第二场　森林的另一部分

　　毛勃雷、约克大主教、海司丁斯及余人等自一方上；约翰·兰开斯特、威斯摩兰、将校及侍从等自另一方上。

兰开斯特　久违了，毛勃雷贤卿；你好，善良的大主教？你好，海司丁斯勋爵？祝各位日安！约克大主教，当你的信徒们听见钟声的呼召，围绕在你的周围，虔诚地倾听你宣讲经文的时候，谁不敬仰你是一个道高德重的圣徒？现在你却在这儿变成一个武装的战士，用鼓声激励一群乌合的叛徒，把《圣经》换了宝剑，把生命换了死亡，这和你的身份未免太不相称了。那高坐在一个君王的心灵深处，仰沐着他的眷宠的阳光的人，要是一旦和他的君王翻脸为仇，唉！凭借他那种尊荣的地位，他会造成多大的祸乱。对于你，大主教，情形正是这样。谁不曾听人说起你是多么深通上帝的经典？于我们，你就是上帝的发言人，是用天堂的神圣庄严开启我们愚蒙的导师。啊！谁能相信你竟会误用你的崇高的地位，像一个奸伪的宠人僭窃他君王的名义一般，把上天的意旨作为非法横行的借口？你凭着一副假装对于上帝的热烈的信心，已经煽动了上帝的代理人——我的父亲——的臣民，驱使他们到这儿来破坏上帝和他们的君王的和平。

约　克　我的好兰开斯特公爵，我不是到这儿来破坏你父亲的和平；可是我已经对威斯摩兰伯爵说过了，这一种颠倒混乱的时势，使我们为了图谋自身的安全起见，不得不集合群力，采取这种非常的行动。我已经把我们的种种不满，也就是酿成这次战事的原因，开列条款，送给殿下看过了，它们都是曾经被朝廷所蔑视不顾的；

要是我们正当的要求能够邀蒙接受,这一场战祸就可以消弭于无

形,我们将要恢复我们臣下的常道,克尽我们忠诚服从的天职。

毛勃雷　要不然的话,我们准备一试我们的命运,不惜牺牲到最后一人。

海司丁斯　即使我们这一次失败了,我们的后继者将要为了贯彻我们

的初衷而再接再厉;他们失败了,他们的后继者仍然会追踪他们

而崛起;英国民族一天存在,这一场祸乱一天不会终止,我们的子

子孙孙将要继续为我们的权利而力争。

兰开斯特　你这种见解太浅薄了,海司丁斯,未来的演变决不像你所

想象的那样。

威斯摩兰　请殿下直接答复他们,您对于他们的条件有什么意见。

兰开斯特　它们都很使我满意;凭着我的血统的荣誉起誓,我的父亲

是受人误会了的,他的左右滥窃威权,曲解上意,才会造成这样不

幸的后果。大主教,你们的不满将要立刻设法补偿;凭着我的荣

誉起誓,它们一定会得到补偿。要是这可以使你们认为满意,就

请把你们的士卒各自遣还乡里,我们也准备采取同样的措置;在

这儿两军之间,让我们杯酒言欢,互相拥抱,使他们每个人的眼睛

里留下我们复归和好的印象,高高兴兴地回到他们的家里去。

约　克　我信任殿下向我们提出的尊贵的诺言。

兰开斯特　我已经答应了你们,决不食言。这一杯酒敬祝阁下健康!

海司丁斯　(向·将佐)去,队长,把这和平的消息传告全军;让他们领

到饷银,各自回家;我知道他们听见了一定非常高兴。快去,队长。

(将佐下。)

约　克　这一杯酒祝尊贵的威斯摩兰伯爵健康!

威斯摩兰　我还敬阁下这一杯;要是您知道我曾经受了多少辛苦,造

成这一次和平,您一定会放怀痛饮;可是我对于您的倾慕之诚,今

后可以不用掩饰地向您表白出来了。

约　　克　我诚心感佩您的厚意。

威斯摩兰　辱蒙见信，欣愧交并。我的善良的表弟毛勃雷勋爵，祝您健康！

毛勃雷　您现在祝我健康，真是适当其时；因为我忽然觉得有点不舒服起来。

约　　克　人们在遭逢厄运以前，总是兴高采烈；喜事临头的时候，反而感觉到郁郁不快。

威斯摩兰　所以高兴起来吧，老弟；因为突然而至的悲哀，正是喜事临头的预兆。

约　　克　相信我，我的精神上非常愉快。

毛勃雷　照您自己的话说来，这就是不祥之兆了。（内欢呼声。）

兰开斯特　和平的消息已经宣布；听，他们多么热烈地欢呼着！

毛勃雷　在胜利以后，这样的呼声才是快乐的。

约　　克　和平本身就是一种胜利，因为双方都是光荣的屈服者，可是谁也不曾失败。

兰开斯特　去，贵爵，把我们的军队也遣散了。（威斯摩兰下）大主教，如果你同意，我想叫双方军队从这里开过，我们也好看一看贵军的阵容。

约　　克　去，好海司丁斯勋爵，在他们没有解散以前，叫他们排齐队伍，巡行一周。（海司丁斯下。）

兰开斯特　各位大人，我相信我们今晚可以在一处安顿了。

　　　　　　威斯摩兰重上。

兰开斯特　贤卿，为什么我们的军队站住不动？

威斯摩兰　那些军官们因为奉殿下的命令坚守阵地，必须听到殿下亲口宣谕，才敢离开。

兰开斯特　他们知道他们的本分。

海司丁斯重上。

海司丁斯　大主教,我们的军队早已解散了;像一群松了轭的小牛,他们向东西南北四散奔走;又像一队放了学的儿童,回家的回家去了,玩耍的玩耍去了,走得一个也不剩。

威斯摩兰　好消息! 司丁斯勋爵;为了你叛国的重罪,反贼,我逮捕你;还有你,大主教阁下,你,毛勃雷勋爵;你们都是叛逆要犯,我把你们俩人一起逮捕。

毛勃雷　这是正大光明的手段吗?

威斯摩兰　你们这一伙人的集合是正大光明的吗?

约　克　你愿意这样毁弃你的信义吗?

兰开斯特　我没有用我的信义向你担保。我答应你们设法补偿你们所申诉的种种不满,凭着我的荣誉起誓,我一定尽力办到。可是你们这一群罪在不赦的叛徒,却必须受到你们应得的处分。你们愚蠢地遣散你们自己的军队,这正是你们轻举妄动的下场。敲起我们的鼓来! 驱逐那些散乱的逃兵;今天并不是我们,而是上帝奠定了这次胜利。来人,把这几个反贼押上刑场,那是叛逆者最后归宿的眠床。(同下。)

第三场　森林的另一部分

号角声;两军冲突。福斯塔夫及科尔维尔上,相遇。

福斯塔夫　尊驾叫什么名字? 请问你是个何等之人? 出身何处?

科尔维尔　我是个骑士,将军;我的名字叫科尔维尔,出身山谷之间。

福斯塔夫　好,那么科尔维尔是你的名字,骑士是你的品级,你的出身的所在是山谷之间;科尔维尔将要继续做你的名字,叛徒是你新添的头衔,牢狱是你安身的所在,它是像山谷一般幽深的,所以你仍然是山谷里的科尔维尔。

科尔维尔　您不是约翰·福斯塔夫爵士吗？

福斯塔夫　不管我是谁，我是跟他同样的一条好汉。你愿意投降呢，还是一定要我为你而流汗？要是我流起汗来，那是你亲友们的眼泪，悲泣着你的死亡。所以提起你的恐惧来，向我颤栗求命吧。

科尔维尔　我想您是约翰·福斯塔夫爵士，所以我向您投降。

福斯塔夫　我这肚子上长着几百条舌头，每一条舌头都在通报我的名字。要是我有一个平平常常的肚子，我就是全欧洲最活动的人物；都是我这肚子，我这肚子，我这肚子害了我。咱们的主将来啦。

约翰·兰开斯特、威斯摩兰、勃伦特及余人等上。

兰开斯特　激战已经过去，现在不用再追赶他们了。威斯摩兰贤卿，你去传令各军归队。（威斯摩兰下）福斯塔夫，你这些时候躲在什么地方？等到事情完结，于是你就来了。像你这样玩忽军情，总有一天会有一座绞架被你压坏的。

福斯塔夫　对您说的这番话，殿下，我早就有心理准备；我知道谴责和非难永远是勇敢的报酬。您以为我是一只燕子、一支箭或是一颗弹丸吗？像我这样行动不便的老头子，也会像思想一般飞奔吗？我已经用尽我所有的能力赶到这儿来；我已经坐翻了一二百匹驿马；经历了这样的征途劳苦，我还居然凭着我的纯洁无瑕的勇气，一手擒获了约翰·科尔维尔爵士，一个最凶猛的骑士和勇敢的敌人。可是那算得了什么？他一看见我就吓得投降了；我正可以像那个罗马的鹰勾鼻的家伙一般说着这样的豪语，"我来，我看见，我征服。"

兰开斯特　那多半是他给你的面子，未必是你自己的力量。

福斯塔夫　我不知道。这儿就是他本人，我把他交给您了；请殿下把这件事情写在今天的记功簿上；否则上帝在上，我要把它编成一首歌谣,封面上印着我自己的肖像,科尔维尔跪着吻我的脚。要是我被迫采取这一种办法,你们大家在相形之下,都要变成不值钱的镀金赝币,我要在荣誉的晴空之中用我的光芒掩盖你们,正像一轮满月使众星黯然无光一样;否则你们再不用相信一个高贵的人所说的话。所以让我享受我的应得的权利,让有功的人高步青云吧。

兰开斯特　你的身子太重了,我看你爬不上去。

福斯塔夫　那么让我的功劳大放光明吧。

兰开斯特　你的皮太厚了,透不出光明来。

福斯塔夫　无论如何,我的好殿下,让我因此而得到一些好处吧。

兰开斯特　你的名字就叫科尔维尔吗?

科尔维尔　正是,殿下。

兰开斯特　你是一个有名的叛徒,科尔维尔。

福斯塔夫　一个有名的忠臣把他捉住了。

科尔维尔　殿下,我的行动是受比我地位更高的人所支配的;要是他们听从我的指挥,你们这一次未必就会这么容易得到胜利。

福斯塔夫　我不知道他们是怎样出卖了自己的;可是你却像一个好心的汉子一般,把你自己白送给了我,我真要谢谢你的厚赐哩。

　　　　威斯摩兰重上。

兰开斯特　你已经吩咐他们停止追逐了吗?

威斯摩兰　将士们已经各自归队,囚犯们等候着处决。

兰开斯特　把科尔维尔和他的同党一起送到约克去,立刻处死。勃伦特,你把他带走,留心别让他逃了。(勃伦特及余人等押科尔维尔下)现在,各位大人,我们必须赶快到宫廷里去;我听说我的父王病得很重;我们的消息必须在我们未到以前传进他的耳中,贤卿,(向威斯摩兰)烦你先走一步,把这喜讯带去安慰安慰他,我们跟着就可以从从容容地奏凯归朝。

福斯塔夫　殿下,请您准许我取道葛罗斯特郡回去;您一到了宫里,我
的好殿下,千万求您替我说两句好话。

兰开斯特　再会,福斯塔夫;我在我的地位上,将要给你超过你所应得
的揄扬。(除福斯塔夫外均下。)

福斯塔夫　我希望你有一点儿才情;那是比你公爵的地位好得多的。
说老实话,这个年轻冷静的孩子对我并没有好感;谁也不能逗他
发笑,不过那也不足为奇,因为他是不喝酒的。这种不苟言笑的
孩子们从来不会有什么出息;因为淡而无味的饮料冷却了他们
的血液,他们平常吃的无非是些鱼类,所以他们都害着一种贫血
症;要是他们结起婚来,也只会生下一些女孩子。他们大多是愚
人和懦夫;倘不是因为有什么东西燃烧我们的血液,我们中间有
些人也免不了要跟他们一样。一杯上好的白葡萄酒有两重的作
用。它升上头脑,把包围在头脑四周的一切愚蠢沉闷混浊的乌烟
瘴气一起驱散,使它变得敏悟机灵,才思奋发,充满了活泼热烈而
有趣的意象,把这种意象形之唇舌,便是绝妙的辞锋。好白葡萄
酒的第二重作用,就是使血液温暖;一个人的血液本来是冰冷而
静止的,他的肝脏显着苍白的颜色,那正是孱弱和怯懦的标记;可
是白葡萄酒会使血液发生热力,使它从内部畅流到全身各处。它
会叫一个人的脸上发出光来,那就像一把烽火一样,通知他全身
这一个小小的王国里的所有人民武装起来;那时候分散在各部分
的群众,无论是适处要冲的或者是深居内地的细民、贱隶,都会集
合在他们的主帅心灵的麾下,那主帅拥有这样雄厚的军力,立刻
精神百倍,什么勇敢的事情都做得出来;而这一种勇气却是从白
葡萄酒得来的。所以武艺要是没有酒,就不算一回事,因为它是
靠着酒力才会发挥它的威风的;学问不过是一堆被魔鬼看守着的

黄金,只有好酒才可以给它学位,把它拿出来公之人世。所以哈利亲王是勇敢的;因为他从父亲身上遗传来的天生的冷血,像一块瘦瘠不毛的土地一般,已经被他用极大的努力,喝下很好很多的白葡萄酒,作为灌溉的肥料,把它耕垦过了,所以他才会变得热烈而勇敢。要是我有一千个儿子,我所要教训他们的第一条合乎人情的原则,就是戒绝一切没有味道的淡酒,把白葡萄酒作为他们终身的嗜好。

　　　　巴道夫上。

福斯塔夫　怎么啦,巴道夫?

巴道夫　军队已经解散,全体回去了。

福斯塔夫　让他们去吧。我要经过葛罗斯特郡,拜访拜访那位罗伯特·夏禄先生;我已经可以把他放在我的指掌之间随意搓弄,只消略费工夫,准叫他落进我的圈套。来。(同下。)

第四场　威司敏斯特。耶路撒冷寝宫

　　　　亨利王、克莱伦斯、葛罗斯特、华列克及余人等上。

亨利王　各位贤卿,要是上帝使这一场在我们的门前流着热血的争执得到一个圆满的结果,我一定要领导我们的青年踏上更崇高的战场,让我们的刀剑只为护持圣教而高挥。我们的战舰整装待发,我们的军队集合待命,我离国以后的摄政人选也已确定,一切都符合我的意愿。现在我只需要一点身体上的健康,同时还要等待这些作乱的叛徒们束手就缚的消息。

华列克　我们深信陛下在这两方面不久都可以如愿以偿。

亨利王　亨弗雷我儿,你的亲王哥哥呢?

葛罗斯特　陛下,我想他到温莎打猎去了。

亨利王　哪几个人陪伴着他?

葛罗斯特　我不知道,陛下。

亨利王　他的兄弟托马斯·克莱伦斯不跟他在一起吗?

葛罗斯特　不,陛下;他在这儿。

克莱伦斯　父王有什么吩咐?

亨利王　没有什么,我只希望你好,托马斯·克莱伦斯。你怎么不跟你的亲王哥哥在一起? 他爱你,你却这样疏远他,克莱伦斯。你在你的兄弟们中间是他最喜欢的一个,你应该珍重他对你的这番心意,我的孩子,也许我死了以后,你可以在他的尊荣的地位和你的其余的兄弟们之间尽你调和沟通的责任;所以不要疏远他,不要冷淡了他对你的好感,也不要故意漠视他的意志,他的恩眷是不可失去的。只要他的意志被人尊重,他就是一个宽仁慈爱的人,他有为怜悯而流的眼泪,也有济弱扶困的慷慨的手;可是谁要是激怒了他,他就会变成一块燧石,像严冬一般阴沉,像春潮的冰雪一般翻脸无情。所以你必须留心看准他的脾气。当他心里高兴的时候,你可以用诚恳的态度指斥他的过失;可是在他心情恶劣的时候,你就该让他逞意而行,直到他的怒气发泄完毕,正像一条离水的鲸鱼在狂跳怒跃以后,终于颓然倒卧一样。听我的话,托马斯,你将要成为你的友人的庇护者、一道结合你的兄弟们的金箍,这样尽管将来不免会有恶毒的谗言倾注进去,和火药或者乌头草一样猛烈,你们骨肉的血液也可以永远汇合在一起,毫无渗漏。

克莱伦斯　我一定尽心尽力尊敬他就是。

亨利王　你为什么不跟他一起到温莎去,托马斯?

克莱伦斯　他今天不在那里;他要在伦敦用午餐。

亨利王　什么人和他做伴? 你知道吗?

克莱伦斯　还是波因斯和他那批寸步不离的随从们。

亨利王　最肥沃的土壤上最容易生长莠草；他，我的青春的高贵的影子，是被莠草所掩覆了；所以我不能不为我的身后而忧虑。当我想象到我永离人世、和列祖同眠以后，你们将要遇到一些什么混乱荒唐的日子，我的心就不禁悲伤而泣血。因为他的任性的胡闹要是不知检束，一味逞着他的热情和血气，一旦大权在握，可以为所欲为，啊！那时候他将要怎样地张开翅膀，向迎面而来的危险和灭亡飞扑过去。

华列克　陛下，您太过虑了。亲王跟那些人在一起，不过是要观察观察他们的性格行为，正像研究一种外国话一样，为了精通博谙起见，即使最秽亵的字眼也要寻求出它的意义，可是一朝通晓以后，就会把它深恶痛绝，不再需用它，这点陛下当然明白。正像一些粗俗的名词那样，亲王到了适当的时候，一定会摒弃他手下的那些人们；他们的记忆将要成为一种活的标准和量尺，凭着它他可以评断世人的优劣，把以往的过失作为有益的借镜。

亨利王　蜜蜂把蜂房建造在腐朽的死尸躯体里，恐怕是不会飞开的。

　　　　　威斯摩兰上。

亨利王　这是谁？威斯摩兰！

威斯摩兰　敬祝吾王健康，当我把我的喜讯报告陛下以后，愿新的喜事接踵而至！约翰王子敬吻陛下御手。毛勃雷、斯克鲁普主教、海司丁斯和他们的党徒已经全体受到陛下法律的惩治。现在不再有一柄叛徒的剑拔出鞘外，和平女神已经把她的橄榄枝遍插各处。这一次讨乱的经过情形，都详详细细写在这一本奏章上，恭呈御览。

亨利王　啊，威斯摩兰！你是一只报春的候鸟，总是在冬残寒尽的时候，歌唱着阳春的消息。

　　　　　哈科特上。

亨利王　瞧！又有消息来了。

哈科特　上天保佑陛下不受仇敌的侵凌；当他们向您反抗的时候，愿他们遭到覆亡的命运，正像我所要告诉您的那些人们一样！诺森伯兰伯爵和巴道夫勋爵带着一支英国人和苏格兰人的大军，图谋不轨，却被约克郡的郡吏一举击败。战争的经过情形，都写明在这本奏章上，请陛下御览。

亨利王　为什么这些好消息却使我不舒服呢？难道命运总不会两手挟着幸福而来，她的喜讯总是用最恶劣的字句写成的吗？她有时给人很好的胃口，却不给他食物，这是她对健康的穷人们所施的恩惠；有时给人美味的盛筵，却使他食欲不振，这是富人们的情形，有了充分的福泽不能享受。我现在应该为这些快乐的消息而高兴，可是我的眼前一片模糊，我的头脑摇摇欲晕。哎哟！你们过来，我可支持不住了。

葛罗斯特　陛下宽心。

克莱伦斯　啊，我的父王！

威斯摩兰　陛下，提起您的精神，抬起您的头来！

华列克　安心吧，各位王子；你们知道这是陛下常有的病象。站开一些，给他一些空气，他一会儿就会好的。

克莱伦斯　不，不，他不能把这种痛苦长久支持下去；不断的忧虑和操心把他心灵的护墙打击得这样脆弱，他的生命将要突围而出了。

葛罗斯特　民间的流言使我惊心，他们已经看到自然界反常可怖的现象。季候起了突变，仿佛一下子跳过了几个月似的。

克莱伦斯　河水三次涨潮，中间并没有退落；那些饱阅沧桑的老年人都说在我们的曾祖父爱德华得病去世以前，也发生过这种现象。

华列克　说话轻一些，王子们，王上醒过来了。

葛罗斯特　这一次中风病准会送了他的性命。

亨利王　请你们扶我起来，把我搀到另外一个房间里去。轻轻地。

　　（同下。）

第五场　另一寝宫

　　　亨利王卧床上；克莱伦斯、葛罗斯特、华列克及余人等侍立。

亨利王　不要有什么声音，我的好朋友们，除非有人愿意为我的疲乏
　　　的精神轻轻奏一些音乐。

华列克　叫乐工们在隔室奏乐。

亨利王　替我把王冠放在我的枕上。

克莱伦斯　他的眼睛凹陷，他大大变了样了。

华列克　轻点儿声，轻点儿声！

　　　　　亲王上。

亲　王　谁看见克莱伦斯公爵吗？

克莱伦斯　我在这儿，哥哥，心里充满着悲哀。

亲　王　怎么！外边好好的天气，屋里倒下起雨来了？王上怎么样啦？

葛罗斯特　病势非常险恶。

亲　王　他听到好消息没有？告诉他。

葛罗斯特　他听到捷报，人就变了样子。

亲　王　要是他因为乐极而病，一定可以不药而愈。

华列克　不要这样高声谈话，各位王子们。好殿下，说话轻点儿声；您
　　　的父王想睡一会儿。

克莱伦斯　让我们退到隔室里去吧。

华列克　殿下也愿意陪我们同去吗？

亲　王　不，我要坐在王上身边看护他。（除亲王外均下）这一顶王冠为
　　　什么放在他的枕上，扰乱他魂梦的安宁？啊，光亮的烦恼！金色的

忧虑！你曾经在多少觉醒的夜里，打开了睡眠的门户！现在却和它同枕而卧！可是那些戴着粗劣的睡帽鼾睡通宵的人们，他们的睡眠是要醋畅甜蜜得多了。啊，君主的威严！你是一身富丽的甲胄，在骄阳的逼射之下，灼痛了那披戴你的主人。在他的嘴边有一根轻柔的绒毛，静静地躺着不动；要是他还有呼吸，这绒毛一定会被他的气息所吹动。我的仁慈的主！我的父亲！他真的睡熟了；这一种醋睡曾经使多少的英国国王离弃这一顶金冠。我所要报答你的，啊，亲爱的父亲！是发自天性至情和一片孺爱之心的大量的热泪和沉重的悲哀。你所要交付我的，就是这一顶王冠；因为我是你的最亲近的骨肉，这是我当然的权利。瞧！它戴在我的头上，（以冠戴于头上）上天将要呵护它；即使把全世界所有的力量集合在一只雄伟的巨臂之上，它也不能从我头上夺去这一件世袭的荣誉。你把它传给我，我也要同样把它传给我的子孙。（下。）

亨利王　（醒）华列克！葛罗斯特！克莱伦斯！

　　　　华列克、葛罗斯特、克莱伦斯及余人等重上。

克莱伦斯　王上在叫吗？

华列克　陛下有什么吩咐？您安好吗？

亨利王　你们为什么丢下我一个人在这儿？

克莱伦斯　我们出去的时候，陛下，我的亲王哥哥答应在这儿坐着看护您。

亨利王　亲王！他在哪儿？让我见见他。他不在这儿。

华列克　这扇门开着；他是打这儿出去的。

葛罗斯特　他没有经过我们所在的那个房间。

亨利王　王冠呢？谁把它从我的枕上拿去了？

华列克　我们出去的时候，陛下，它还好好地放在这儿。

亨利王　一定是亲王把它拿去了；快去找他来。难道他这样性急，看见我睡着,就以为我死了吗? 找他去,华列克贤卿;把他骂回来。(华列克下)我害着不治的重病,他还要这样气我,这明明是催我快死。瞧,孩子们,你们都是些什么东西! 亮晃晃的黄金放在眼前,天性就会很快地变成悖逆了! 那些痴心溺爱的父亲们魂思梦想,绞尽脑汁,费尽气力,积蓄下大笔肮脏的家财,供给孩子们读书学武,最后不过落得这样一个下场;正像采蜜的工蜂一样,它们辛辛苦苦地采集百花的精髓,等到满载而归,它们的蜜却给别人享用,它们自己也因此而丧了性命。

华列克重上。

亨利王　啊,那个等不及让疾病把我磨死的家伙在什么地方?

华列克　陛下,我看见亲王在隔壁房间里,非常沉痛而悲哀地用他真诚的眼泪浴洗他的善良的面颊,即使杀人不眨眼的暴君,看了他那种样子,也会让温情的泪滴沾上他的刀子的。他就来了。

亨利王　可是他为什么把王冠拿去呢?

亲王重上。

亨利王　瞧,他来了。到我身边来,哈利。你们都出去,让我们俩人在这儿谈谈。(华列克及余人等下。)

亲　　王　我再也想不到还会听见您说话。

亨利王　你因为存着那样的愿望,哈利,所以才会发生那样的思想;我耽搁得太长久,害你等得厌倦了。难道你是那样贪爱着我的空位,所以在时机还没有成熟以前,就要攫取我的尊荣吗? 啊,傻孩子! 你所追求的尊荣,是会把你压倒的。略微再等一会儿;因为我的尊严就像一片乌云,只有一丝微风把它托住,一下子就会降落下来;我的白昼已经昏暗了。你所偷去的东西,再过几小时就可以名正言顺地归你所有;可是你却在我临死的时候,充分证实了我对你的想法。你的平生行事,都可以表明你没有一点爱父之心,现在我离死不远了,我还要向我证实你的不孝。你把一千柄利刃藏在你的思想之中,把它们在你那石块一般的心上磨得雪亮锋快,要来谋刺我的只剩半小时的生命。嘿!难道你不能容忍我再活半小时吗?那么你就去亲手掘下我的坟墓吧;叫那快乐的钟声响起来,报知你加冕的喜讯,而不是我死亡的噩耗。让那应该洒在我的灵榇上的所有的眼泪,都变成涂抹你的头顶的圣油;让我和被遗忘的泥土混合在一起,把那给你生命的人丢给蛆虫吧。贬斥我的官吏,废止我的法令,因为一个无法无天的新时代已经到来了。哈利五世已经加冕为王!起来吧,浮华的淫乐!没落吧,君主的威严!你们一切深谋远虑的老臣,都给我滚开!现在要让四方各处游手好闲之徒聚集在英国的宫廷里了!邻邦啊,把你们的莠民败类淘汰出来吧;你们有没有什么酗酒谩骂、通宵作乐、杀人越货、无所不为的流氓恶棍?放心吧,他不会再来烦扰你们了;英国将要给他不次的光荣,使他官居要职,爵登显秩,手握大权,因为第五代的哈利将要松开奢淫这条野犬的羁勒,让它向每一个无辜的人张牙舞爪了。啊,我的疮痍未复的可怜的王国!我用尽心力,还不能戡定你的祸乱;在朝纲败坏、法纪荡然的时候,你又将怎样呢?啊!你将要重新变成一片荒野,豺狼将要归返它们的故居。

亲　王　啊!恕我,陛下;倘不是因为我的眼泪使我哽咽得说不出话来,我决不会默然倾听您这番沉痛的严训而不加分辩的。这儿是您的王冠;但愿永生的上帝保佑您长久享有它!要是我对它怀着私心,并不只是因为它是您的尊荣的标记而珍重它,让我跪在地上,永远站不起来。上帝为我作证,当我进来的时候,看见陛下的嘴里没有一丝气息,我是怎样的感到寒心!要是我的悲哀是虚伪的,啊!让我就在我现在这一种荒唐的行为中死去,再没有机会给世人看看我将要怎样洗心革面，做一个堂堂的人物。我因为进来探望您，看见您仿佛死了的样子，我自己，主上，也几乎因悲痛而死去，当时我就用这样的话责骂这顶王冠，就像它是有知觉的一般，我说："追随着你的烦恼已经把我的父亲杀害了；所以你这最好的黄金却是最坏的黄金；别的黄金虽然在质地上不如你，却可以炼成祛病延年的药水，比你贵重得多了；可是你这最纯粹的，最受人尊敬重视的，却把你的主人吞噬下去。"我一面这样责骂它，陛下，一面就把它试戴在我的头上，认为它是当着我的面前杀死我的父亲的仇敌，我作为忠诚的继承者应该要和它算账。可是假如它使我的血液中感染着欢乐，或是使我的精神上充满着骄傲，假如我的悖逆虚荣的心灵对它抱着丝毫爱悦的情绪，愿上帝永远不让它加在我头上，使我像一个最微贱的奴隶一般向着它颤栗下跪！

亨利王　啊，我儿！上帝让你把它拿了去，好叫你用这样贤明的辩解，格外博取你父亲的欢心。过来，哈利，坐在我的床边，听我这垂死之人的最后的遗命。上帝知道，我儿，我是用怎样诡诈的手段取得这一顶王冠；我自己也十分明白，它戴在我的头上，给了我多大的烦恼；可是你将要更安静更确定地占有它，不像我这样遭人嫉视，因为一切篡窃攘夺的污点，都将随着我一起埋葬。它在人们的心目之中，不过是我用暴力攫取的尊荣；那些帮助我得到它的人都在指斥我的罪状，他们的愿望每天都在酿成斗争和流血，破坏这粉饰的和平。你也看见我曾经冒着怎样的危险，应付这些大胆的威胁，我做了这么多年的国王，不过在反复串演着这一场争杀的武戏。现在我一死之后，情形就可以改变过来了，因为在我是用非法手段获得的，在你却是合法继承的权利。可是你的地位虽然可以比我稳定一些，然而人心未服，余憾尚新，你的基础还没有十分巩固。那些拥护我的人们，也就是你所必须认为朋友的，他们的锐牙利刺还不过新近拔去;他们用奸险的手段把我扶上高位,我不能不对他们怀着疑虑,怕他们会用同样的手段把我推翻;为了避免这一种危机,我才多方剪除他们的势力,并且正在准备把许多人带领到圣地作战,免得他们在国内闲居无事,又要发生觊觎王座的图谋。所以,我的哈利,你的政策应该是多多利用对外的战争,使那些心性轻浮的人们有了向外活动的机会,不至于在国内为非作乱,旧日的不快的回忆也可以因此而消失。我还有许多话要对你说,可是我的肺力不济,再也说不下去了。上帝啊!恕宥我用不正当的手段取得这一顶王冠;愿你能够平平安安享有它!

亲　王　陛下,您好容易挣来这一顶王冠,好容易把它保持下来,现在您把它给了我,我当然对它有合法的所有权;我一定要用超乎一切的努力,不让它从我的手里失去。

　　　　约翰·兰开斯特上。

亨利王　瞧,瞧,我的约翰儿来了。

兰开斯特　祝我的父王健康,平安和快乐!

亨利王　你带来了快乐和平安,我儿约翰;可是健康,唉,它已经振起青春的羽翼,从我这枯萎的衰躯里飞出去了。现在我看见了你,我在这世上的事情也可以告一段落。华列克伯爵呢?

亲　王　华列克伯爵!

　　　　华列克及余人等重上。

亨利王　我刚才晕眩过去的那间屋子叫什么名字?

华列克　那是耶路撒冷寝宫,陛下。

亨利王　赞美上帝!我必须还在那边等候死亡。多年以前,有人向我预言我将要死在耶路撒冷,我的愚妄的猜想还以为他说的是圣地。可是抬我到那间屋子里去睡吧,哈利必须在耶路撒冷终结他的生命。(同下。)

第五幕

第一场　葛罗斯特郡。夏禄家中厅堂

夏禄、福斯塔夫、巴道夫及侍童上。

夏　禄　　凭着鸡肉和面饼起誓，爵士，今晚一定不放您去。喂！台维！

福斯塔夫　　您必须原谅我，罗伯特·夏禄先生。

夏　禄　　我不能原谅您；您不能得到我的原谅，什么原谅的话我都不要听；一切原谅的话都是白说；您不能得到我的原谅。喂，台维！

台维上。

台　维　　有，老爷。

夏　禄　　台维，台维，台维，台维，让我想一想，台维；让我想一想。啊，对了，你去把那厨子威廉叫来。约翰爵士，您不能得到我的原谅。

台　维　　呃，老爷，那几张传票无法送达；还有，老爷，我们要不要在田边的空地上种些小麦？

夏　禄　　种些赤小麦吧，台维。可是问一声厨子威廉，小鸽子还有没有？

台　维　　是，老爷。这儿是铁匠送来的装马蹄铁和打犁头的账单。

夏　禄　　算算多少钱，付给他。约翰爵士，您不能得到我的原谅。

台　维　　老爷，吊桶上要换一节新的链子；还有，老爷，威廉前天在辛克雷市场上失掉一个口袋，您要不要扣减他的工钱？

夏　禄　　那是一定要他赔的。台维，告诉厨子威廉，叫他预备几只鸽子、一对矮脚母鸡、一大块羊肉，再作几样无论什么可口一点儿的菜。

台　维　那位军爷要在这儿过夜吗,老爷?

夏　禄　是的,台维。我要好好招待他。宫廷里的朋友胜过口袋里的
　　　　金钱。不要怠慢了他的跟班,台维,因为他们都是惹不得的坏人,
　　　　他们会在背后骂人的。

台　维　老爷,我看还是叫他们看看自己的背上吧,他们的衬衫都脏
　　　　得不成样子哩。

夏　禄　说得好,台维。干你的事情去吧,台维。

台　维　老爷,关于温科特村的威廉·维泽和山上的克里门·珀克斯
　　　　涉讼的案件,请您对维泽多多照应。

夏　禄　我已经接到很多控诉这维泽的呈文,台维;照我所知道的,这
　　　　维泽是个大大的坏人。

台　维　老爷说得不错,他是个坏人;可是老爷,一个坏人要是有朋友
　　　　替他说情,是应该得到贵人的照应的。一个好人,老爷,可以为他
　　　　自己辩护,坏人可不能。我已经忠心侍候您老爷八年了;要是在
　　　　两三个月里帮一个坏人一两次忙都做不到,那您老爷真太信不
　　　　过我啦。这坏人是我的好朋友,老爷,所以请老爷千万照应照应
　　　　他。

夏　禄　得啦,我一定不冤屈他就是了。你到各处照料照料。(台维下)
　　　　您在哪儿,约翰爵士? 来,来,来;脱下您的靴子。把你的手给我,
　　　　巴道夫朋友。

巴道夫　我很高兴看见您老人家。

夏　禄　多谢多谢,好巴道夫朋友。(向侍童)欢迎,我的高大的汉子。
　　　　来,约翰爵士。

福斯塔夫　我就来,好罗伯特·夏禄先生。(夏禄下)巴道夫,照料照
　　　　料我们的马儿。(巴道夫及侍童下)要是把我的身体一条一条锯解
　　　　下来,也可以锯成四五十根像这位夏禄先生一般的叫花棒儿。

奇怪的是他的仆人们的性格简直跟他一模一样;他们因为看惯他的日常的举动,所以都沾上了几分愚蠢的法官的神气;他因为每天跟他们谈话,受了他们的同化,也已经变成了法官似的奴才。他们在彼此互相感应之下,他们的精神完全若合符节,正像一群雁子一般,一只飞到东,大家都跟着飞到东,一只飞到西,大家都跟着飞到西。要是我有什么事情请托夏禄先生,我只要奉承奉承他的仆人,说他们是他的亲信;要是我要烦劳他的仆人们替我做事,我只要恭维恭维夏禄先生,说谁也不及他那样御下有方。正像瘟疫一般,智慧的外表和愚鲁的神情都是会互相传染的,所以人们必须留心他们的伴侣。我要从这夏禄的身上想出许多新鲜的把戏,让哈利亲王笑个不停,一直笑到流行的时尚换过了六种花样, —— 这也就是说等于法院开庭的四个季度,或者两场官司的时间——并且笑起来要中间没有间断。啊!用一句无足重轻的誓撒下的谎,或是一个板起了面孔讲的笑话,对于一个从来不曾害过腰酸背痛的人,多么容易逗得他捧腹大笑。啊!他一定会笑得满脸淌着眼泪,就像一件皱成一团的湿淋淋的外套一般。

夏　　禄　(在内)约翰爵士!

福斯塔夫　我来了,夏禄先生;我来了,夏禄先生。(下。)

第二场　威司敏斯特。宫中一室

华列克及大法官上。

华列克　啊,法官大人!您到哪儿去?

大法官　王上怎么样啦?

华列克　很好,他的烦恼现在已经全都消灭了。

大法官　我希望他还没有死吧？

华列克　他已经踏上了人生必经之路；在我们看来,他已经不再生存了。

大法官　我希望王上临死的时候招呼我一声,好让我跟着他同去；我
　　　　在他生前尽忠服务,得罪了多少人,现在谁都可以加害于我了。

华列克　真的,我想新王对您很是不满。

大法官　我知道他不满意我,我已经准备迎接这一种新的环境了,它
　　　　总不会比我所想象的更为可怕。

　　　　　　　兰开斯特、克莱伦斯、葛罗斯特、威斯摩兰及余人等上。

华列克　这儿来了已故的哈利的悲哀的后裔；啊！但愿现存的哈利有
　　　　这三位王子中间脾气最坏的一位王子的性格,那么多少的贵族将
　　　　要保全他们的位置,不至于向卑贱的人们俯首听命！

大法官　上帝啊,我怕一切都要推翻了。

兰开斯特　早安,华列克贤卿,早安。

葛罗斯特
　　　　　早安,华列克。
克莱伦斯

兰开斯特　我们面面相对,就像一班忘记了说话的人们一样。

华列克　我们并没有忘记；可是我们的话题太伤心了,使我们不忍多言。

兰开斯特　好,愿那使我们伤心的人魂魄平安！

大法官　愿平安也和我们同在,不要使我们遭逢更大的悲哀！

葛罗斯特　啊！我的好大人,您真的失去一位朋友了；我敢发誓您这
　　　　满脸的悲哀确实是您真情的流露,不是假装出来的。

兰开斯特　虽然谁也不能确定他自己将要得到怎样的恩眷,您的希望
　　　　是十分冷淡的。我很为您抱憾,但愿事实不是如此。

克莱伦斯　好,您现在必须奉承奉承约翰·福斯塔夫爵士,这和您的
　　　　性格当然是格格不入的。

大法官　亲爱的王子们,我所干的事,都是一秉至公,受我的良心的驱

使 ;你们决不会看见我向人面见颜求怜,要是忠直不能见容,我宁
愿追随先王于地下,告诉他是谁驱我前来。

华列克　亲王来了。

　　　　　亨利五世率侍从上。

大法官　早安,上帝保佑陛下!

亨利五世　这一件富丽的新衣,国王的尊号,我穿着并不像你们所想
象的那样舒服。兄弟们,你们在悲哀之中夹杂着几分恐惧 ;这是
英国,不是土耳其的宫廷,不是阿木拉继承另一个阿木拉①,而是
哈利继承哈利。可是悲哀吧,好兄弟们,因为说老实话,那是很适
合你们的身份的 ;你们所表现的崇高的悲感,使我深受感动,我将
要在心头陪着你们哀悼。所以悲哀吧,好兄弟们 ;可是你们应该
把这一种悲哀认为我们大家共同的负担,不要独自悲哀过分。凭
着上天起誓,我要你们相信我将要同时做你们的父亲和长兄 ;让
我享有你们的爱,我愿意为你们任劳任苦。为哈利的死而痛哭吧,
我也要一挥我的热泪 ;可是活着的哈利将要把每一滴眼泪变成一
个幸福的时辰。

兰开斯特　这正是我们所希望于陛下的。

亨利五世　你们大家都用异样的神情望着我 ;(向大法官)尤其是你,我
想你一定以为我对你很为不满。

大法官　要是我能得到公正评断,陛下是没有理由恨我的。

亨利五世　没有! 像我这样以堂堂亲王之尊,受到你那样重大的侮
辱,难道是可以轻易忘记的吗? 嘿! 你把我申斥辱骂不算,竟敢
把英国的储君送下监狱! 这是一件小事,可以用忘河之水把它洗
涤掉的吗?

────────────

① 阿木拉(Amurath),土耳其皇帝,一五九五年登位时,数兄弟都被绞死。

大法官　那时候我是运用着您父王所赋予我的权力,代表您父王本人;陛下在我秉公执法的时候,忘记我所处的地位,公然蔑视法律的尊严和公道的力量,凌辱朝廷的命官,在我的审判的公座上把我殴打;我因为陛下犯了对您父王大不敬的重罪,所以大胆执行我的权力,把您监禁起来。要是我在这一件事情上做错了,那么请陛下想一想,陛下现在继登大位,假如陛下也有一个儿子,把陛下的律令视若弁髦,把陛下的法官拖下公座,违法乱纪,破坏治安,蔑视陛下神圣的威权,陛下能不能对他默然容忍?请陛下设身处地,假定您自己是有这样一个儿子的父亲,听见您自己的尊严受到这样的亵渎,看见您神圣的法律受到这样的轻蔑,您自己的儿子公然对您这样侮谩,然后再请陛下想象我为了尽忠于陛下的缘故,运用您的权力,给您儿子的暴行以温和的制裁;在这样冷静的思考以后,请给我一个公正的判决,凭着您的君王的身份,告诉我我在什么地方犯了渎职欺君的罪恶。

亨利五世　你说得有理,法官;你能够衡量国法私情的轻重,所以继续执行你的秉持公道、挫折强梁的职务吧;但愿你的荣誉日增月进,直到有一天你看见我的一个儿子因为冒犯了你而向你服罪,正像我对你一样。那时候我也可以像我父亲一样说:"我何幸而有这样勇敢的一个臣子,敢把我的亲生的儿子依法定罪;我又何幸而有这样一个儿子,甘于放弃他的尊贵的身份,服从法律的制裁。"因为你曾经把我下狱监禁,所以我仍旧把你一向佩带着的无瑕的宝剑交在你的手里,愿你继续保持你的勇敢公正而无私的精神,正像你过去对待我一样。这儿是我的手;你将要成为我的青春的严父,我愿意依照你的提示发号施令,我愿意诚恳服从你的贤明的指导。各位王弟们,请你们相信我,我的狂放的感情已经随着我的父亲同时下葬,他的不死的精神却继续存留在我的身上,我要一反世人的期待,推翻一切的预料,把人们凭着我的外表所加于我的诽谤扫荡一空。今日以前,我的热血的浪潮是轻浮而躁进的;现在它已经退归大海,和浩浩的巨浸合流,从此以后,它的动荡起伏,都要按着正大庄严的节奏。现在我们要召集最高议会,让我们选择几个老成谋国的枢辅,使我们这伟大的国家可以和并世朝政清明的列邦媲美,无论战时平时,都可以应付裕如;你,老人家,将要受到我最大的倚重。加冕典礼举行过了以后,我就要大集臣僚,临朝视政;愿上帝鉴察我的诚意,不让一个王裔贵族找到任何理由,诅咒哈利早离人世。(同下)

第三场　葛罗斯特郡。夏禄家中的花园

福斯塔夫、夏禄、赛伦斯、巴道夫、侍童及台维上。

夏　禄　不,您必须瞧瞧我的园子,我们可以在那儿的一座凉亭里吃几个我去年手种的苹果,另外再随便吃些香菜子之类的东西;来吧,赛伦斯兄弟;然后再去睡觉。

福斯塔夫　上帝在上,您有一所很富丽的屋子哩。

夏　禄　简陋得很,简陋得很,简陋得很;我们都是穷人,我们都是穷人,约翰爵士。啊,多好的空气!铺起桌子来,台维;铺起桌子来,台维。好,台维。

福斯塔夫　这个台维对您很有用处;他是您的仆人,也给您照管田地。

夏　禄　一个好仆人,一个好仆人,一个很好的仆人,约翰爵士。真的,我在晚餐的时候酒喝得太多啦;一个好仆人。现在请坐,请坐。来,兄弟。

赛伦斯　啊,好小子! 我们要(唱)

　　一天到晚吃喝玩笑,

　　感谢上帝,无愁无恼 ;

　　佳人难得,美肴易求,

　　青春年少随处嬉游。

　　快乐吧,

　　永远地快乐吧。

福斯塔夫　好一个快乐的人! 好赛伦斯先生,等会儿我一定要敬您一
　　杯哩。

夏　禄　台维,给巴道夫大哥倒一些酒。

台　维　好大哥,请坐 ;我去一下就来 ;最亲爱的大哥,请坐。小兄弟,
　　好兄弟,您也请坐。请! 请! 虽然没有美肴,酒是尽你们喝的 ;请
　　你们莫嫌怠慢,接受我的一片诚心。(下)

夏　禄　快乐吧,巴道夫大哥 ;还有我那位小军人,你也快乐吧。

赛伦斯　(唱)

　　家有悍妻,且寻快活 ;

　　哪个女人不是长舌!

　　良友相逢,摇头摆脑,

　　满室生春,一堂欢笑 ;

　　快乐吧,

　　快乐吧,快乐吧。

福斯塔夫　我想不到赛伦斯先生也会有这样的豪情逸兴。

赛伦斯　谁,我吗? 我以前也曾快乐过一两次哩。

　　台维重上。

台　维　请您尝尝这一盆粗皮苹果。(以盆置巴道夫前。)

夏　禄　台维!

台　维　老爷! —— 我一会儿就来奉陪。——您要一杯酒吗,老爷?

赛伦斯　(唱)

> 一杯好酒浓烈清香,
>
> 奉祝情人永驻韶光;
>
> 何以长年? 大笑千场。

福斯塔夫　说得好,赛伦斯先生。

赛伦斯　现在正是良宵美景,我们应该痛痛快快乐一·番。

福斯塔夫　祝您长生健康,赛伦斯先生!

赛伦斯　(唱)

> 斟满酒杯递过来,
>
> 让我喝个满开怀。

夏　禄　好巴道夫,欢迎! 你要是需要什么东西,尽管开口好了。(向侍童)欢迎,我的小贼,欢迎欢迎! 我要向巴道夫大哥和一切伦敦的好汉们奉敬一杯。

台　维　我希望在未死之前见一见伦敦。

巴道夫　也许咱们可以在伦敦会面,台维 ——

夏　禄　啊,你们一定会在一块儿痛饮一场的 ;哈! 不是吗,巴道夫大哥?

巴道夫　是呀,老爷,我们要用大杯子喝个痛快哩。

夏　禄　那好极了。这家伙一定会一步也不离开你,那是我可以向你保证的 ;他不会丢弃他的朋友,他的心肠是很忠实的。

巴道夫　我也不愿离开他,老爷。

夏　禄　啊,那真像是一个国王说的话。随便请用吧,不要客气。(内敲门声)瞧瞧谁在门口。喂! 谁打门呀? (台维下。)

福斯塔夫　(向赛伦斯)好,真有你的,这才喝得痛快。

赛伦斯　(唱)

愿得醉乡封骑士,

不羡他人万户侯。

您说可不是吗?

福斯塔夫　正是。

赛伦斯　是吗? 那么您可以说,我这老头儿还不肯示弱哩。

台维重上。

台　维　禀老爷,有一个叫作毕斯托尔的,从宫廷里带了消息来了。

福斯塔夫　从宫廷里来! 让他进来。

毕斯托尔上。

福斯塔夫　啊,毕斯托尔!

毕斯托尔　约翰爵士,上帝保佑您!

福斯塔夫　什么风把你吹到这儿来了,毕斯托尔?

毕斯托尔　不是拔山倒树的狂风,也不是伤人害畜的瘴风。亲爱的骑士,你现在是国内最伟大的一个人物了!。

赛伦斯　凭着圣母起誓,我想除了庄稼汉泼夫,他的确可以算最肥大的。

毕斯托尔　泼夫! 呸,你这卑怯的下贱的懦夫! 约翰爵士,我是你的毕斯托尔,你的朋友,我急急忙忙地骑马而来,带给你非常的消息、幸运的欢乐、黄金的时代和无价的喜讯。

福斯塔夫　请你用世人通用的语言把它们说出来吧。

毕斯托尔　哼,我才瞧不起下贱的世人哩! 我说的是非洲的宝山和黄金的欢乐。

福斯塔夫　啊,下贱的亚述骑士,有什么消息? 请对考菲秋国王细讲
　　　一番。

赛伦斯　(唱)

　　　　　罗宾汉、约翰和红衣。

毕斯托尔　粪堆上的野狗敢和诗神赌赛吗? 传达好消息要受到扰乱
　　　吗? 好,毕斯托尔,该你发火的时候了。

夏　禄　老兄,我不知道您的来历。

毕斯托尔　那该你自怨命蹇。

夏　禄　对不起,您这位大哥,要是您从宫廷里带了消息来,那么照我
　　　的愚见,您只有两个办法,不是把消息宣布出来,就是把它隐瞒起
　　　来。不瞒您说,我在王上手下也是有几分权力的。

毕斯托尔　在哪一个王上手下,老奴? 说出来,不然就叫你死。

夏　禄　在哈利王手下。

毕斯托尔　哈利四世还是哈利五世?

夏　禄　哈利四世。

毕斯托尔　呸,谁稀罕你这过时的官儿! 约翰爵士,你那小羔羊儿现
　　　在做了国王啦;哈利五世是当今的王上。我说的是真话;要是毕
　　　斯托尔撒了谎,你们把我当作吹牛的西班牙人一般取笑吧。

福斯塔夫　什么! 老王死了吗?

毕斯托尔　死得直挺挺的,就像门上的钉子一般;我说的话都是真的。

福斯塔夫　去,巴道夫! 把我的马儿备好。罗伯特·夏禄先生,拣选你
　　　自己的官职吧,一切包在我身上。毕斯托尔我要给你双倍的尊荣。

巴道夫　啊,快活的日子! 我才不高兴做一个起码的骑士哩。

毕斯托尔　嘿! 我带来的不是好消息吗?

福斯塔夫　把赛伦斯先生搀到床上去。夏禄先生,我的夏禄大人,你

可以随心所欲,命运女神请我做她的管家去了。穿上你的靴子；
咱们要骑着马赶整夜的路呢。啊,亲爱的毕斯托尔！去,巴道夫！
(巴道夫下)来,毕斯托尔,告诉我更多的事情；仔细想一想你自己
希望得到些什么好处。穿起靴子来,穿起靴子来,夏禄先生；我知
道那小王正在想我想得好苦呢。不管是谁的马,咱们骑了就走；
英国的法律都在我的支配之下。那些跟我要好的人有福了,咱们
那位大法官老爷这回却要大倒其霉！

毕斯托尔　　让饿鹰把他的肺抓了去吧！人家说,"我以往所过的那种
生活呢？"喏,它就在这儿。欢迎这些快乐的日子！（同下。）

第四场　伦敦。街道

差役等拉快嘴桂嫂及桃儿·贴席上。

桂　嫂　不,你这恶人；我但愿自己死了,好让你抵我的命；你把我的
肩胛骨都拉断了。

差役甲　巡官们把她交给了我,她少不了要挨一顿鞭子,最近有一两
个人为她送了命呢。

桃　儿　差人,差人,你说谎！来,我告诉你吧,你这该死的丑鬼,要是
我这肚里的孩子小产下来,那可比打你自己的母亲还要罪孽深重
哩,你这纸糊面孔的坏人！

桂　嫂　主啊！但愿约翰爵士来了就好了；他今天要是在场,一定会
叫什么人流血的。但愿上帝能让她肚里的孩子小产下来。

差役甲　要是小产下来,你就又得揣起一打枕头了,这会儿才不过揣
着十一个。来,我命令你们两人跟着我去；因为被你们和毕斯托
尔殴打的那个人已经死了。

桃　儿　我告诉你吧,你这刻在香炉脚下的枯瘦的人像,我一定会让

你知道点厉害,叫你挨一顿痛打的,你这青衣的恶汉! 你这饿鬼般的肮脏的刽子手! 要是你逃得过这一顿打,我也从此以后不穿短裙了。

差役甲　来,来,你这雌儿骑士,来。

桂　嫂　啊! 公理竟会压倒强权吗? 好,做人总要吃些苦,才会有舒服的日子过。

桃　儿　来,你这恶汉,来,带我去见官吧。

桂　嫂　嗯,来吧,你这凶恶的饿狗!

桃　儿　死鬼! 枯骨!

桂　嫂　你这没有皮肉的尸骸,你!

桃　儿　来,你这瘦东西,来,你这坏人!

差役甲　很好。(同下。)

第五场　威司敏斯特寺附近广场

　　　　二内侍上,以蔺草铺地。

内侍甲　再拿些蔺草来,再拿些蔺草来。

内侍乙　喇叭已经吹过两次了。

内侍甲　等他们加冕典礼完毕以后出来,总要过两点钟了。赶快,赶快。(同下。)

　　　　福斯塔夫、夏禄、毕斯托尔、巴道夫及侍童上。

福斯塔夫　站在我的一旁,罗伯特·夏禄先生;我要叫王上赐给您大大的恩宠。当他走近的时候,我要向他使一个眼色;留心看他会给我怎样一副面孔。

毕斯托尔　上帝祝福你,好骑士!

福斯塔夫　过来,毕斯托尔,站在我的背后。啊! 要是我有时间做几套新的制服,我一定会把您借给我的一千镑钱花在衣服上面的。可是那没有关系,还是这样好,衣服虽然破旧,更可以显出我急于看见他的一片热忱。

夏　禄　　正是。

福斯塔夫　　那可以表现我的爱慕的诚意。

夏　禄　　正是。

福斯塔夫　　我的忠心。

夏　禄　　正是,正是,正是。

福斯塔夫　　为了瞻望他的颜色,不分昼夜地策马驰驱,不曾想到,不曾记起,也根本没有余暇更换我的装束。

夏　禄　　一点不错。

福斯塔夫　　征尘污面、汗流遍体的我,站在这儿一心一意地恭候着他,把世间万事一齐置于脑后,仿佛除了瞻望他以外,再没有什么应该做的事情。

毕斯托尔　　正所谓念兹在兹,不知其他;那便是一切的一切。

夏　禄　　正是,正是。

毕斯托尔　　我的骑士,我要煽起你的高贵的肝火,使你勃然大怒。你的桃儿,你那高贵的心灵中的美人,被他们监禁在污秽恶臭的牢狱里了;最下贱而龌龊的手把她抓了去。从幽暗的洞府里唤醒那手持毒蛇的复仇女神吧,因为桃儿被他们抓去了。毕斯托尔说的完全是真话。

福斯塔夫　　我会叫你们释放她出来。（内欢呼及喇叭声。）

毕斯托尔　　海水在那儿咆哮,喇叭吹奏出嘹亮的声音。

　　　　　　亨利五世率扈从上,大法官亦在其内。

福斯塔夫　　上帝保佑陛下,哈尔吾王! 我的庄严的哈尔!

毕斯托尔　　上天呵护你照顾你,最尊荣高贵的小子!

福斯塔夫　上帝保佑你，我的好孩子！

亨利五世　大法官，你去对那狂妄的家伙说话？

大法官　你疯了吗？你知道你自己在说些什么话？

福斯塔夫　我的王上！我的天神！我在对你说话，我的心肝！

亨利五世　我不认识你，老头儿。跪下来向上天祈祷吧；苍苍的白发罩在一个弄人小丑的头上，是多么不称它的庄严！我长久梦见这样一个人，这样肠肥脑满，这样年老而邪恶；可是现在觉醒过来，我就憎恶我自己所做的梦。从此以后，不要尽让你的身体肥胖，多多勤修你的德行吧；不要贪图口腹之欲，你要知道坟墓张着三倍大的阔口在等候着你。现在你也不要用无聊的谐谑回答我；不要以为我还跟从前一样，因为上帝知道，世人也将要明白，我已经丢弃了过去的我，我也要同样丢弃过去跟我在一起的那些伴侣。当你听见我重新恢复了我原来的本色的时候，你再来见我吧，你将要仍旧和从前一样，成为我的放荡行为的教师和向导；在那一天没有到来以前，你必须像其他引导我为非作歹的人们一样，接受我的放逐的宣判，凡是距离我所在的地方十英里之内，不准你停留驻足，倘敢妄越一步，一经发觉，就要把你处死。我可以供给你相当限度的生活费用，以免手头没钱驱使你们去为非作歹。要是我听见你果然悔过自新，我也可以按照你的能力和资格，把你特加拔擢。贤卿，就请你负责执行我的命令。去吧！（亨利五世及扈从下。）

福斯塔夫　夏禄先生，我欠您一千镑钱。

夏　禄　嗯，正是，约翰爵士；请您现在还给我，让我带回去吧。

福斯塔夫　那可办不到，夏禄先生。您不用因此懊恼；他就会暗地里叫我去见他的。您瞧，他必须故意装出这一副样子，遮掩世人的耳目。您的升官晋爵是不成问题的；我一定可以叫您做一个大人物。

夏　禄　我不知道我怎么大得起来,除非您把您那件紧身衣借给我穿上,再用些稻草塞在里面。约翰爵士,请您在我那一千镑之中先还我五百吧。

福斯塔夫　老兄,我的话不会有错;您刚才所听见的话,不过是一种烟幕。

夏　禄　我怕您会死在这种烟幕里面,约翰爵士。

福斯塔夫　不用害怕烟幕;陪我吃饭去吧。来,毕斯托尔副官;来,巴道夫。今晚我一定就会被召进宫。

　　　　约翰·兰开斯特及大法官重上,警吏等随上。

大法官　来,把约翰·福斯塔夫爵士送到弗利特监狱里去;把他同伙的那班人也一起抓起来。

福斯塔夫　大人,大人!

大法官　现在我不能跟你说话,等会儿再听你说吧。把他们带下去。

毕斯托尔　人生不得意,借酒且浇愁。(福斯塔夫、夏禄、毕斯托尔、巴道夫、侍童及警吏等同下。)

兰开斯特　我很满意王上这一次贤明的处置。他本来的意思是要使他的旧日的同伴们个个得到充分的赡养;可是现在他决定把他们一起放逐,直到他们一反过去的言行,自知检束为止。

大法官　正是这样。

兰开斯特　王上已经召集议会了,大人。

大法官　正是。

兰开斯特　我可以打赌,在这一年终结以前,我们将要把国内的刀剑和民族的战火带到法国去。我听见一只小鸟这样歌唱,它的歌声仿佛使王上听了十分快乐。来,请吧。(同下)

收场白

——跳舞者登场致辞。

第一,我的忧虑;第二,我的敬礼;最后,我的致辞。我的忧虑是怕各位看过了这出戏会生气;我的敬礼是我的应尽的礼貌;我的致辞是要请各位原谅,要是你们现在等着听一段漂亮的话,那可难为了我啦;因为我所要说的话,都是我自己杜撰出来的,我怕它会叫我遭到一场大大的没趣。可是闲话少说,我就冒这么一次险吧。奉告各位——虽然是明人不必细说——我在不久之前赶上了一出枯燥无味的戏剧的结局,当时我请求各位多多包涵,还答应你们再编一出好一点儿的给你们看。我的原意是就用这出戏抵账了。如果这笔买卖也赔钱了,我当然是破产了,你们,我的好心肠的债主们,也要大失所望。可是我既然答应在这儿露面,所以我在这儿愿意把我这一身悉听各位的处置;要是你们慈悲为怀,肯对我略加宽待,那么我也可以打个折扣偿还你们,并且像大多数的借债人一样,给你们无穷无尽的允诺。

要是我的舌头不能请求你们宽待我,那么你们肯不肯命令我用我的双腿向你们乞恕?虽然跳一下舞就可以把债务轻轻跳去,世上没有这样容易的事,可是只要在良心上并不亏负人家,什么事情都是可以通融的,我也就这么办吧。这儿在座的各位夫人小姐都已经宽恕我了;要是在座的各位先生不肯饶我,那么各位先生就是和各位夫人小姐意见不合,在这样的佳宾盛会之中,这一种怪事是未之前闻的。

我还要请各位耐心听我说一句话。要是你们的胃口还没有对肥肉生厌,我们的卑微的著者将要把本剧的故事继续搬演下去,让约翰爵士继续登场,还要贡献你们一位有趣的角色,法国的美貌的凯瑟琳公主。照我所知道的,福斯塔夫将要出汗而死,除非你们无情的批判早已把他杀死;因为欧尔卡苏①是为宗教而殉身的,我们演的不是他。我的舌头已经疲乏了;等我的腿儿也跳得不能动弹的时候,我要敬祝各位晚安。现在我就长跪在你们的面前,为我们的女王陛下祈祷康宁。

① 欧尔卡苏,(Oldcastle),十五世纪英国罗拉教派的领袖,亨利五世早年的伴侣,福斯塔夫的性格据说是依据他塑造的。

William Shakespeare
COMPLETE WORKS

特洛伊罗斯与克瑞西达

朱生豪　译

莎士比亚
全集

剧中人物

普里阿摩斯　特洛伊国王

赫克托

特洛伊罗斯

帕里斯　　　普里阿摩斯之子

得伊福玻斯

赫勒诺斯

玛伽瑞隆　普里阿摩斯的庶子

特洛伊将领

埃涅阿斯

安忒诺

卡尔卡斯　特洛伊祭司,投降于希腊

潘达洛斯　克瑞西达的舅父

阿伽门农　希腊主帅

墨涅拉俄斯　阿伽门农之弟

阿喀琉斯

埃阿斯

俄底修斯

希腊将领

涅斯托

狄俄墨得斯

帕特洛克罗斯

忒耳西忒斯　丑陋而好谩骂的希腊人

亚历山大　克瑞西达的仆人

特洛伊罗斯的仆人

帕里斯的仆人

狄俄墨得斯的仆人

海伦　墨涅拉俄斯之妻

安德洛玛刻　赫克托之妻

卡珊德　拉普里阿摩斯之女,能预知未来

克瑞西达　卡尔卡斯之女

特洛伊及希腊兵士、侍从等

地　点

特洛伊;特洛伊郊外的希腊营地

开场白

　　这一场戏的地点是在特洛伊。一群心性高傲的希腊王子,怀着满腔的愤怒,把他们满载着准备一场恶战的武器的船舶会集在雅典港口;六十九个戴着王冠的武士,从雅典海湾浩浩荡荡向弗里吉亚出发;他们立誓荡平特洛伊,因为在特洛伊的坚强的城墙内,墨涅拉俄斯的王妃,失了身的海伦,正在风流的帕里斯怀抱中睡着;这就是引起战衅的原因。他们到了忒涅多斯,从庞大的船舶上搬下了他们的坚甲利兵;这批新上战场未临矢石的希腊人,就在达耳丹平原上扎下他们威武的营寨。普里阿摩斯的城市的六个城门,达耳丹、丁勃里亚、伊里亚斯、契他斯、特洛琴和安替诺力第斯,都用重重的铁锁封闭起来,关住了特洛伊的健儿。一边是特洛伊人,一边是希腊人,两方面各自提心吊胆,不知道谁胜谁败;正像我这念开场白的人,又要担心编剧的一只笔太笨拙,又要担心演戏的嗓子太坏,不知道这本戏究竟演得像个什么样子。在座的诸位观众,我要声明一句,我们并不从这场战争开始的时候演起,却是从中途开始的;后来的种种事实,都尽量在这出戏里表演出来。诸位欢喜它也好,不满意也好,都随诸位的高兴;本来胜败兵家常事,万一我们演得不好,也是不足为奇的呀。

第
一
幕

第一场 特洛伊。普里阿摩斯王宫门前

特洛伊罗斯披甲胄上,潘达洛斯随上。

特洛伊罗斯　叫我的仆人来,我要把盔甲脱下了。我自己心里正在发生激战,为什么还要到特洛伊的城外去作战呢? 让每一个能够主宰自己的心的特洛伊人去上战场吧:唉! 特洛伊罗斯的心早就不属于他自己了。

潘达洛斯　您不能把您的精神振作起来吗?

特洛伊罗斯　希腊人又强壮、又有智谋,又凶猛、又勇敢;我却比妇人的眼泪还柔弱,比睡眠还温驯,比无知的蠢汉还痴愚,比夜间的处女还怯懦,比不懂事的婴儿还笨拙。

潘达洛斯　好,我的话也早就说完了;我自己实在不愿再多管什么闲事。一个人要吃面饼,总得先等把麦子磨成了面粉。

特洛伊罗斯　我不是已经等过了吗?

潘达洛斯　嗯,您已经等到麦子磨成了面粉;可是您必须再等面粉放在筛里筛过。

特洛伊罗斯　那我不是也已经等过了吗?

潘达洛斯　嗯,您已经等到面粉放在筛里筛过;可是您必须再等它发起酵来。

特洛伊罗斯　那我也已经等过了。

潘达洛斯 嗯,您已经等它发过酵了;可是以后您还要等面粉搓成了
面团,炉子里生起了火,把面饼烘熟;就是烘熟以后,您还要等它
凉一凉,免得烫痛了您的嘴唇。

特洛伊罗斯 忍耐的女神也没有遭受过像我所遭受的那么多的苦难
的煎熬。我坐在普里阿摩斯的华贵的食桌前,只要一想起美丽的
克瑞西达——该死的家伙!"只要一想起"!什么时候她离开过
我的脑海呢?

潘达洛斯 嗯,我从来没有看见过她像昨天晚上那样美丽,她比无论
哪一个女人都美丽。

特洛伊罗斯 我要告诉你:当我那颗心好像要被叹息劈成两半的时
候,为了恐怕被赫克托或是我的父亲觉察,我不得不把这叹息隐
藏在笑纹的后面,正像懒洋洋的阳光勉强从阴云密布的天空探出
头来一样;可是强作欢娱的忧伤,是和乐极生悲同样使人难堪的。

潘达洛斯 她的头发倘不是比海伦的头发略微黑了点儿——嗯,那也
不用说了,她们两个人是不能相比的;可是拿我自己来说,她是我
的外甥女,我当然不好意思像人家所说的那样过分夸奖她,不过
我倒很希望有人听见她昨天的谈话,就像我听见的一样。令姊卡
珊德拉的口才固然很好,可是——

特洛伊罗斯 啊,潘达洛斯!我对你说,潘达洛斯——当我告诉你我
的希望沉没在什么地方的时候,你不该回答我它们葬身的深渊有
多么深。我告诉你,我为了爱克瑞西达都快发疯了;你却回答我
她是多么美丽,把她的眼睛、她的头发、她的面庞、她的步态、她的
语调,尽量倾注在我心头的伤口上。啊!你口口声声对我说,一
切洁白的东西,和她的玉手一比,都会变成墨水一样黝黑,写下它
们自己的谴责;比起她柔荑的一握来,天鹅的绒毛是坚硬的,最敏
锐的感觉相形之下,也会迟钝得好像农夫的手掌。当我说我爱她

的时候,你这样告诉我;你的话并没有说错,可是你不但不替我在爱情所加于我的伤痕上敷抹油膏,反而用刀子加深我的一道道伤痕。

潘达洛斯　我说的不过是真话。

特洛伊罗斯　你的话还没有说到十分。

潘达洛斯　真的,我以后不管了。随她美也好,丑也好,她果然是美的,那是她自己的福气;要是她不美,也只好让她自己去设法补救。

特洛伊罗斯　好潘达洛斯,怎么啦,潘达洛斯!

潘达洛斯　我为你们费了许多的气力,她也怪我,您也怪我,在你们两人中间跑来跑去,今天一趟,明天一趟,也不曾听见一句感谢的话。

特洛伊罗斯　怎么!你生气了吗,潘达洛斯?怎么!生我的气吗?

潘达洛斯　因为她是我的亲戚,所以她就比不上海伦美丽;倘使她不是我的亲戚,那么她穿着平日的衣服也像海伦穿着节日的衣服一样美丽。可是那跟我有什么相干呢!即使她是个又黑又丑的人,也不关我的事。

特洛伊罗斯　我说她不美吗?

潘达洛斯　您说她美也好,说她不美也好,我都不管。她是个傻瓜,不跟她父亲去,偏要留在这儿;让她到希腊人那儿去吧,下次我看见她的时候,一定这样对她说。拿我自己来说,那么我以后可再也不管人家的闲事了。

特洛伊罗斯　潘达洛斯——

潘达洛斯　我什么都不管。

特洛伊罗斯　好潘达洛斯——

潘达洛斯　请您别再跟我多说了!言尽于此,我还是让一切照旧的好。(潘达洛斯下,号角声。)

特洛伊罗斯　　别吵,你们这些聒耳的喧哗! 别吵,粗暴的声音! 两方面都是些傻瓜! 无怪海伦是美丽的,因为你们每天用鲜血涂染着她的红颜。我不能为了这一个理由去和人家作战;它对于我的剑是一个太贫乏的题目。可是潘达洛斯——老天爷! 您怎么这样作弄我! 我要向克瑞西达传达我的情愫,只有靠着潘达洛斯的力量,可是求他去说情,他自己就是这么难说话,克瑞西达又是那么凛若冰霜,把一切哀求置之不闻。阿波罗,为了你对达芙妮的爱,告诉我,克瑞西达是什么,潘达洛斯是什么,我们都是些什么;她的眠床就是印度;她睡在上面,是一颗无价的明珠;一道汹涌的波涛隔开在我们的中间;我是个采宝的商人,这个潘达洛斯便是我的不可靠的希望,我的载登彼岸的渡航。

　　　　　　号角声。埃涅阿斯上。

埃涅阿斯　　啊,特洛伊罗斯王子! 您怎么不上战场去?

特洛伊罗斯　　我不上战场就是因为我不上战场:这是一个娘儿们的答案,因为不上战场就不是男子汉的行为。埃涅阿斯,战场上今天有什么消息?

埃涅阿斯　　帕里斯受了伤回来了。

特洛伊罗斯　　谁伤了他,埃涅阿斯?

埃涅阿斯　　墨涅拉俄斯。

特洛伊罗斯　　让帕里斯流血吧;他掳了人家的妻子来,就让人家的犄角碰伤了,也只算礼尚往来。(号角声。)

埃涅阿斯　　听! 今天城外厮杀得多么热闹!

特洛伊罗斯　　我倒宁愿在家里安静点儿。可是我们也去凑凑热闹吧;你是不是要到那里去?

埃涅阿斯　　我立刻就去。

特洛伊罗斯　　好,那么我们一块儿去吧。(同下。)

第二场　同前。街道

　　　　克瑞西达及亚历山大上。

克瑞西达　走过去的那些人是谁?

亚历山大　赫卡柏王后和海伦。

克瑞西达　她们到什么地方去?

亚历山大　她们是上东塔去的,从塔上可以俯瞰山谷,看到战事的进行。赫克托素来是个很有涵养的人,今天却发了脾气;他骂过他的妻子安德洛玛刻,打过给他造甲胄的人;看来战事吃紧,在太阳升起以前他就披着轻甲,上战场去了;那战地上的每一朵花,都像一个先知似的,在赫克托的愤怒中看到了将要发生的一场血战而凄然堕泪。

克瑞西达　他为什么发怒?

亚历山大　据说是这样的:在希腊军队里有一个特洛伊血统的将领,同赫克托是表兄弟;他们叫他做埃阿斯。

克瑞西达　好,他怎么样?

亚历山大　他们说他是个与众不同的人,而且单独站得住脚的男子汉。

克瑞西达　个个男子都是如此的呀,除非他们喝醉了,病了,或是没有了腿。

亚历山大　这个人,姑娘,从许多野兽身上偷到了它们的特点:他像狮子一样勇敢,熊一样粗蠢,象一样迟钝。造物在他身上放进了太多的怪脾气,以至于把他的勇气揉成了愚蠢,在他的愚蠢之中,却又有几分聪明。每一个人的好处,他都有一点;每一个人的坏处,他也都有一点。他会无缘无故地垂头丧气,也会莫名其妙地兴高采烈。什么事情他都懂得几分,可是什么都是鸡零狗碎的,就像一个害着痛风的布里阿洛斯①,生了许多的手,一点用处都没有;又像一个昏眊的阿耳戈斯②,生了许多的眼睛,瞧不见什么东西。

克瑞西达　可是这个人我听了觉得好笑,怎么会把赫克托激怒了呢?

亚历山大　他们说他昨天和赫克托交战,把赫克托打下马来;赫克托受到这场耻辱,气得饭也吃不下,觉也睡不着。

克瑞西达　谁来啦?

　　　　　潘达洛斯上。

亚历山大　姑娘,是您的舅父潘达洛斯。

克瑞西达　赫克托是一条好汉。

亚历山大　他在这世上可算是一条好汉,姑娘。

潘达洛斯　你们说些什么? 你们说些什么?

克瑞西达　早安,潘达洛斯舅舅。

潘达洛斯　早安,克瑞西达外甥女。你们在那儿讲些什么? 早安,亚历山大。你好吗,外甥女? 你什么时候到王宫里去的?

克瑞西达　今天早上,舅舅。

潘达洛斯　我来的时候你们在讲些什么? 赫克托在你进宫去的时候已经披上甲出去了吗? 海伦还没有起来吗?

克瑞西达　赫克托已经出去了,海伦还没有起来。

潘达洛斯　是这样吗? 赫克托起来得倒很早。

克瑞西达　我们刚才就在讲这件事,也说起了他发怒的事情。

潘达洛斯　他在发怒吗?

---

① 布里阿洛斯:希腊神话中百手的巨人。

② 阿耳戈斯:希腊神话中的百眼怪物。

克瑞西达　这个人说他在发怒。

潘达洛斯　不错,他是在发怒;我也知道他为什么发怒。大家瞧着吧,
　　他今天一定要显一显他的全身本领;还有特洛伊罗斯,他的武艺
　　也不比他差多少哩;大家留意特洛伊罗斯吧,看我的话有没有错。

克瑞西达　什么! 他也发怒了吗?

潘达洛斯　谁,特洛伊罗斯吗? 这两个人比较起来,还是特洛伊罗
　　斯强。

克瑞西达　天哪! 这两个人怎么能相比?

潘达洛斯　什么!

特洛伊罗斯　不能跟赫克托相比吗? 你难道有眼不识英雄吗?

克瑞西达　嗯,要是我见过他,我会认识他的。

潘达洛斯　好,我说特洛伊罗斯是特洛伊罗斯。

克瑞西达　那么您的意思跟我一样,因为我相信他一定不是赫克托。

潘达洛斯　赫克托也有不如特洛伊罗斯的地方。

克瑞西达　不错,他们各人有各人的本色;各人都是他自己。

潘达洛斯　他自己! 唉,可怜的特洛伊罗斯! 我希望他是他自己。

克瑞西达　他正是他自己呀。

潘达洛斯　除非我赤了脚去印度朝拜了回来。

克瑞西达　他该不是赫克托哪。

潘达洛斯　他自己! 不,他不是他自己。但愿他是他自己! 好,天神
　　在上,时间倘不照顾人,就会摧毁人的。好,特洛伊罗斯,好! 我
　　巴不得我的心在她的胸膛里。不,赫克托并不比特洛伊罗斯强。

克瑞西达　对不起。

潘达洛斯　他年纪大了些。

克瑞西达　对不起,对不起。

潘达洛斯　那一个还不曾到他这样的年纪;等到那一个也到了这样的

年纪，你就要对他刮目相看了。赫克托今年已经老得有点头脑糊涂了，他没有特洛伊罗斯的聪明。

克瑞西达　他有他自己的聪明，用不着别人的聪明。

潘达洛斯　也没有特洛伊罗斯的才能。

克瑞西达　那也用不着。

潘达洛斯　也没有特洛伊罗斯的漂亮。

克瑞西达　那是和他的威武不相称的；还是他自己的相貌好。

潘达洛斯　外甥女，你真是不生眼睛。海伦前天也说过，特洛伊罗斯虽然皮肤黑了点儿——我必须承认他的皮肤是黑了点儿，不过也不算怎么黑——

克瑞西达　不，就是有点儿黑。

潘达洛斯　凭良心说，黑是黑的，可是也不算黑。

克瑞西达　说老实话，真是真的，可是有点儿假。

潘达洛斯　她说他的皮肤的颜色胜过帕里斯。

克瑞西达　啊，帕里斯的皮肤难道血色不足吗？

潘达洛斯　不，他的血色很足。

克瑞西达　那么特洛伊罗斯的血色就嫌太多了：要是她说他的皮肤的颜色胜过帕里斯，那么他的血色一定比帕里斯更旺；一个血色已经很足，一个却比他更旺，那一定红得像火烧一样，还有什么好看。我倒还是希望海伦的金口恭维特洛伊罗斯长着一个紫铜色的鼻子。

潘达洛斯　我向你发誓，我想海伦爱他胜过帕里斯哩。

克瑞西达　那么她真是一个风流的希腊女人了。

潘达洛斯　是的，我的的确确知道她爱着他。有一天她跑到他的房间里去——你知道他的下巴上一共不过长着三四根胡子。

克瑞西达　不错，一个酒保都可以很快地把他的胡须算出一个总数来。

潘达洛斯　　他年纪很轻,可是他的哥哥赫克托能够举起的重量,他也举得起来。

克瑞西达　　他这样一个年轻人,居然就已经是举重能手了吗?

潘达洛斯　　可是我要向你证明海伦的确爱他:她跑过去用她白嫩的手摸他那分岔的下巴——

克瑞西达　　我的天哪! 怎么会有分岔的下巴呢?

潘达洛斯　　你知道他的脸上有酒窝,他笑起来比弗里吉亚的任何人都好看。

克瑞西达　　啊,他笑得很好看。

潘达洛斯　　不是吗?

克瑞西达　　是,是,就像秋天起了乌云一般。

潘达洛斯　　那才怪呢。可是我要向你证明海伦爱着特洛伊罗斯——

克瑞西达　　要是您证明有这么一回事,特洛伊罗斯一定不会否认。

潘达洛斯　　特洛伊罗斯! 嘿,他才不把她放在心上,就像我瞧不起一个坏蛋一样呢。

克瑞西达　　要是您喜欢吃坏蛋,就像您喜欢胡说八道一样,那您一定会在蛋壳里找小鸡吃。

潘达洛斯　　我一想到她怎样摸弄他的下巴,就忍不住发笑;她的手真是白得出奇,我必须承认——

克瑞西达　　这一点是不用上刑罚您也会承认的。

潘达洛斯　　她在他的下巴上发现了一根白须。

克瑞西达　　唉! 可怜的下巴! 许多人的肉瘤上都长着比它更多的毛呢。

潘达洛斯　　可是大家都笑得不亦乐乎;赫卡柏王后笑得眼珠都打起滚来。

克瑞西达　就像两块磨石似的。

潘达洛斯　卡珊德拉也笑。

克瑞西达　可是她的眼睛底下火烧得不是顶猛；她的眼珠也打滚吗？

潘达洛斯　赫克托也笑。

克瑞西达　他们究竟都在笑些什么？

潘达洛斯　哈哈，他们就是笑海伦在特洛伊罗斯下巴上发现的那根
　　　　白须。

克瑞西达　倘若那是一根绿须，那么我也要笑起来了。

潘达洛斯　这根胡须还不算好笑，他那俏皮的回答才叫他们笑得透不
　　　　过气来呢。

克瑞西达　他怎么说？

潘达洛斯　她说，"你的下巴上一共只有五十一根胡须，其中倒有一根
　　　　是白的。"

克瑞西达　这是她提出的问题。

潘达洛斯　不错，那你可以不用问。他说，"五十一根胡须，一根是白
　　　　的；这根白须是我的父亲，其余都是他的儿子。""天哪！"她说，
　　　　"哪一根胡须是我的丈夫帕里斯呢？""出角的那一根，"他说；"拔
　　　　下来，给他拿去吧。"大家听了都哄然大笑起来，害得海伦怪不好
　　　　意思的，帕里斯气得满脸通红，别的人一个个哈哈大笑，简直笑得
　　　　合不拢嘴来。

克瑞西达　说了这许多时候的话，现在您也可以合拢一下嘴了。

潘达洛斯　好，外甥女，昨天我对你说起的事情，请你仔细想一想。

克瑞西达　我正在想着呢。

潘达洛斯　我可以发誓说那是真的；他哭起来就像个四月里出世的泪
　　　　人儿一般。

克瑞西达　那么我就像一棵盼望五月到来的荨麻一样，在他的泪雨之

中长了起来。(归营号声。)

潘达洛斯　听！他们从战场上回来了。我们站在这儿高一点的地方，看他们回宫去好不好？好外甥女，看一看吧，亲爱的克瑞西达。

克瑞西达　随您的便。

潘达洛斯　这儿，这儿，这儿有一块很好的地方，我们可以看得清清楚楚。他们走过的时候，我可以一个个把他们的名字告诉你，可是你尤其要注意特洛伊罗斯。

克瑞西达　说话轻一点。

　　　　埃涅阿斯自台前走过。

潘达洛斯　那是埃涅阿斯；他不是一个好汉吗？我告诉你，他是特洛伊的一朵花。可是留心看特洛伊罗斯；他就要来了。

　　　　安忒诺自台前走过。

克瑞西达　那个人是谁？

潘达洛斯　那是安忒诺；我告诉你，他是一个很有机智的人，也是一个很好的男子汉；他在特洛伊是一个顶有见识的人，他的仪表也很不错。特洛伊罗斯什么时候才来呢？特洛伊罗斯来的时候，我一定指给你看；他要是看见我，一定会向我点头招呼的。

克瑞西达　他会向你点头么？

潘达洛斯　你看吧。

克瑞西达　那样的话，你就更成了个颠三倒四的呆子了。

　　　　赫克托自台前走过。

潘达洛斯　那是赫克托，你瞧，你瞧，这才是个汉子！愿你胜利，赫克托！外甥女，这才是个好汉。啊，勇敢的赫克托！瞧他的神气多么威武！他不是个好汉吗？

克瑞西达　啊！真是个好汉。

潘达洛斯　不是吗？看见了这样的人，真叫人心里高兴。你瞧他盔上有多少刀剑的痕迹！瞧那里，你看见吗？瞧，瞧，这不是说笑话；那一道一道的，好像在说，有本领的，把我挑下来吧！

克瑞西达　那些都是刀剑割破的吗？

潘达洛斯　刀剑？他什么都不怕；即使魔鬼来找他，他也不放在心上。看见了这样的人，真叫人心里高兴。你瞧，那不是帕里斯来了吗？那不是帕里斯来了吗？

帕里斯自台前走过。

潘达洛斯　外甥女，你瞧；他不也是个英俊的男子吗？哎哟，瞧他多神气！谁说他今天受了伤回来？他没有受伤；海伦看见了一定很高兴，哈哈！我希望现在就看见特洛伊罗斯？那么你也就可以看见特洛伊罗斯了。

克瑞西达　那是谁？

赫勒诺斯自台前走过。

潘达洛斯　那是赫勒诺斯。我不知道特洛伊罗斯到什么地方去了。那是赫勒诺斯。我想他今天大概没有出来。那是赫勒诺斯。

克瑞西达　赫勒诺斯会不会打仗，舅舅？

潘达洛斯　赫勒诺斯？不，是，他还能应付两下。我不知道特洛伊罗斯到什么地方去了。听！你不听见人们在喊"特洛伊罗斯"吗？赫勒诺斯是个祭司。

克瑞西达　那边来的那个鬼鬼祟祟的家伙是谁？

特洛伊罗斯自台前走过。

潘达洛斯　什么地方？那儿吗？那是得伊福玻斯。啊，那是特洛伊罗斯！外甥女，这才是个好汉子！嘿！勇敢的特洛伊罗斯！骑士中的魁首！

克瑞西达　别说啦！不害羞吗？别说啦！

潘达洛斯　瞧着他，留心瞧着他；啊，勇敢的特洛伊罗斯！外甥女，好好瞧着他;瞧他的剑上沾着多少血,他盔上的刀伤剑痕比赫克托的盔上还要多;瞧他的神气,瞧他走路的姿势!啊,可钦佩的少年!他还没有满二十三岁哩。愿你胜利,特洛伊罗斯,愿你胜利!要是我有一个姊妹是女神,或是有一个女儿是天仙,我也愿意让他自己选一个去。啊,可钦佩的男子!帕里斯,嘿!帕里斯比起他来简直泥土不如;我可以大胆说一句,海伦要是能够把帕里斯换成特洛伊罗斯,就是叫她挖出一颗眼珠来她也心甘情愿。

克瑞西达　又有许多人来了。

众兵士自台前走过。

潘达洛斯　驴子!傻瓜!蠢材!麸皮和糠屑,麸皮和糠屑!大鱼大肉以后的稀粥!我可以在特洛伊罗斯的眼面前度过我的一生。别瞧啦,别瞧啦;鹰隼已经过去,现在就剩了些乌鸦,就剩了些乌鸦了!我宁愿做一个像特洛伊罗斯那样的男子,不愿做阿伽门农以及整个的希腊。

克瑞西达　在希腊人中间有一个阿喀琉斯,他比特洛伊罗斯强得多啦。

潘达洛斯　阿喀琉斯!他只好推推车子,扛扛东西,他简直是一匹骆驼。

克瑞西达　好,好。

潘达洛斯　"好,好"!嘿,难道你一点不懂得好坏吗?难道你没有眼睛吗?你不知道怎样才算一个好男子吗?家世、容貌、体格、谈吐、勇气、学问、文雅、品行、青春、慷慨,这些岂不都足以加强一个男子的美德吗?

克瑞西达　是呀,这样简直是以人为脍啦;烤成了一只去骨鸡,那还有什么骨气可言。

潘达洛斯　你在女人中间也正是这样一个角色罗,谁也不知道你采用了一套什么护身符。

克瑞西达　我靠在背上好保卫我的肚子；靠我的聪明好守住我肚子里的玩意儿；靠我守住秘密好保持我的清白；靠我的面罩好卫护我的美貌；我还靠着你来保卫这一切；这就是我的一套护身法宝，招架着四面八方。

潘达洛斯　你且把你所招架的一面一方说来听听。

克瑞西达　嘿，首先就是把你看紧；这是其中最重要的一点。我如果不能抵御对方的袭击，至少可以注意到你的把戏，不让你看出我是怎样接住那横刺的剑头，除非我被击中受伤，那就藏也无从藏起了。

潘达洛斯　你真也算得一个。

特洛伊罗斯　侍童上。

侍　童　老爷，我的主人请您马上过去，有事相谈。

潘达洛斯　在什么地方？

侍　童　就在您府上；他就在那里脱下他的盔甲。

潘达洛斯　好孩子，对他说我就来。（侍童下）我不知道他有没有受伤。再见，好外甥女。

克瑞西达　再见，舅舅。

潘达洛斯　外甥女，等会儿我就来看你。

克瑞西达　舅舅，您要带些什么来呢？

潘达洛斯　啊，我要带一件特洛伊罗斯的礼物给你。

克瑞西达　那么您真是个氤氲使者了。（潘达洛斯下）言语、盟誓、礼物、眼泪以及恋爱的全部祭礼，他都借着别人的手向我呈献过了；然而我从特洛伊罗斯本身所看到的，比之从潘达洛斯的谋辞的镜子里所看到的，还要清楚千倍。可是我却还不能就答应他。女人在被人追求的时候是个天使；无论什么东西，一到了人家手

里,便一切都完了;无论什么事情,也只有正在进行的时候兴趣最为浓厚。一个被人恋爱的女子,要是不知道男人重视未获得的事物,甚于既得的事物,她就等于一无所知;一个女人要是以为恋爱在达到目的以后,还是像热情未获满足以前一样的甜蜜,那么她一定从来不曾有过恋爱的经验。所以我从恋爱中间归纳出这一句箴言:既得之后是命令,未得之前是请求。虽然我的心里装满了爱情,我却不让我的眼睛泄露我的秘密。(克瑞西达、亚历山大同下)

第三场　希腊营地。阿伽门农帐前

吹号;阿伽门农、涅斯托、俄底修斯、墨涅拉俄斯及余人等上。

阿伽门农　各位王子,你们的脸上为什么都这样郁郁不乐?希望所给我们的远大计划,并不能达到我们的预期;我们雄心勃勃的行为,发生了种种阻碍困难,正像壅结的树瘿扭曲了松树的纹理,妨害了它的发展。各位王子,你们都知道我们这次远征,把特洛伊城围困了七年,却还不能把它攻克下来;我们每一次的进攻,都不能收到理想的效果。你们看到了这样的成绩,满脸羞愧,认为是莫大的耻辱吗?实在说起来,那不过是伟大的乔武的一个长时期的考验,故意试探我们人类有没有恒心。人们在被命运眷宠的时候,勇、怯、强、弱、智、愚、贤、不肖,都看不出什么分别来;可是一旦为幸运所抛弃,开始涉历惊涛骇浪的时候,就好像有一把有力的大扇子,把他们煽开了,柔弱无用的都被煽去,有毅力、有操守的却会卓立不动。

涅斯托　伟大的阿伽门农,恕我不揣冒昧,说几句话补充你的意思。在命运的颠沛中,最可以看出人们的气节;风平浪静的时候,有多少轻如一叶的小舟,敢在宁谧的海面上行驶,和那些载重的大船并驾齐驱!可是一等到风涛怒作的时候,你就可以看见那坚固的大船像一匹凌空的天马,从如山的雪浪里腾跃疾进;那凭着自己单薄脆弱的船身,便想和有力者竞胜的不自量力的小舟呢,不是逃进港口,便是葬身在海神的腹中。表面的勇敢和实际的威武,也正是这样在命运的风浪中区别出来:在和煦的阳光照耀之下,迫害牛羊的不是猛虎而是蝇虻;可是当烈风吹倒了多节的橡树,蝇虻向有荫庇的地方纷纷飞去的时候,那山谷中的猛虎便会应和着天风的怒号,发出惊人的长啸,正像一个叱咤风云的志士,不肯在命运的困迫之前低头一样。

俄底修斯　阿伽门农,伟大的统帅,整个希腊的神经和脊骨,我们全军的灵魂和主脑,听俄底修斯说几句话。对于你从你崇高的领导地位上所发表的有力的言辞,以及你,涅斯托,凭着你的老成练达的人生经验所提出的可尊敬的意见,我只有赞美和同意;你的话,伟大的阿伽门农,应当刻在高耸云霄的铜柱上,让整个希腊都瞻望得到;你的话,尊严的涅斯托,应当像天轴地柱一样,把所有希腊人的心系束在一起:可是请你们再听俄底修斯说几句话。

阿伽门农　说吧,伊塔刻的王子;从你的嘴里吐出来的,一定不会是琐屑的空谈,无聊的废话,正像下流的忒耳西忒斯一张开嘴,我们便知道不会有音乐、智慧和天神的启示一样。

俄底修斯　特洛伊至今兀立不动,没有给我们攻下,赫克托的宝剑仍旧在它主人的手里,这都是因为我们漠视了军令的森严所致。看这一带大军驻屯的阵地,散布着多少虚有其表的营寨,谁都怀着各不相下的私心。大将就像是一个蜂房里的蜂王,要是采蜜的工蜂大家各自为政,不把采得的粮食归献蜂王,那么还有什么蜜可以酿得出来呢？尊卑的等级可以不分，那么最微贱的人，也可以和最有才能的人分庭抗礼了。诸天的星辰，在运行的时候，谁都恪守着自身的等级和地位，遵循着各自的不变的轨道，依照着一定的范围、季候和方式，履行它们经常的职责；所以灿烂的太阳才能高拱出天，炯察寰宇，纠正星辰的过失，揭恶扬善，发挥它的无上威权。可是众星如果出了常轨，陷入了混乱的状态，那么多少的灾祸、变异、叛乱、海啸、地震、风暴、惊骇、恐怖，将要震撼、摧裂、破坏、毁灭这宇宙间的和谐！纪律是达到一切雄图的阶梯，要是纪律发生动摇，啊！那时候事业的前途也就变成黯淡了。要是没有纪律，社会上的秩序怎么得以稳定？学校中的班次怎么得以整齐？城市中的和平怎么得以保持？各地间的贸易怎么得以畅通？法律上所规定的与生俱来的特权，以及尊长、君王、统治者、胜利者所享有的特殊权利，怎么得以确立不坠？只要把纪律的琴弦拆去，听吧！多少刺耳的噪音就会发出来；一切都是互相抵触；江河里的水会泛滥得高过堤岸，淹没整个的世界；强壮的要欺凌老弱，不孝的儿子要打死他的父亲；威力将代替公理，没有是非之分，也没有正义存在。那时候权力便是一切，而凭仗着权力，便可以逞着自己的意志，放纵无厌的贪欲；欲望，这一头贪心不足的饿狼，得到了意志和权力的两重辅佐，势必把全世界供它的馋吻，然后把自己也吃下去。伟大的阿伽门农，这一种混乱的状态，只有在纪律被人扼杀以后才会发生。就是因为漠视了纪律，有意前进的才反而会向后退却。主帅被他属下的将领所轻视，那将领又被他的属下所轻视，这样上行下效，谁都瞧不起他的长官，结果就引起了猜嫉争竞的心理，损害了整个军队的元气。特洛伊所以至今兀立不动，不是靠着它自己的力量，乃是靠着我们的这一种弱点；换句话说，它的生命是全赖我们的弱点替它支持下来的。

涅斯托　俄底修斯已经很聪明地指出了我们的士气所以不振的原因。

阿伽门农　俄底修斯,病源已经发现了,那么应当怎样对症下药呢?

俄底修斯　公认为我军中坚的阿喀琉斯,因为听惯了人家的赞誉,养成了骄矜自负的心理,常常高卧在他的营帐里,讥笑着我们的战略;还有帕特洛克罗斯也整天陪着他懒洋洋地躺在一起,说些粗俗的笑话,用荒唐古怪的动作扮演着我们,说是模拟我们的神气。有时候,伟大的阿伽门农,他模仿着崇高的你,像一个高视阔步的伶人似的,走起路来脚底下发出蹬蹬的声响,用这种可怜又可笑的夸张的举止,表演着你的庄严的神态;当他说话的时候,就像一串哑钟的声音,发出一些荒诞无稽的怪话。魁梧的阿喀琉斯听见了这腐臭的一套,就会笑得在床上打滚,从他的胸笑出了一声洪亮的喝彩:"好哇! 这正是阿伽门农。现在再给我扮演涅斯托;咳嗽一声,摸摸你的胡须,就像他正要发表什么演说一样。"帕特洛克罗斯就这样扮了,扮得一点也不像,可是阿喀琉斯仍旧喊着,"好哇! 这正是涅斯托。现在,帕特洛克罗斯,给我表演他穿上盔甲去抵御敌人夜袭的姿态。"于是老年人的弱点,就成为他们的笑料:咳一声嗽,吐一口痰,瘫痪的手乱抓乱摸着领口的钮钉。我们的英雄看见了这样的把戏,简直要笑死了,他喊着,"啊! 够了,帕特洛克罗斯;我的肋骨不是钢铁打的,你再扮下去,我要把它们一起笑断了。"他们这样嘲笑着我们的能力、才干、性格、外貌,各个的和一般的优长;我们的进展、计谋、命令、防御、临阵的兴奋、议和的言论,我们的胜利或失败,以及一切真实的或无中生有的事实,都被这两人引作信口雌黄的题目。

涅斯托　许多人看着这两个人的榜样,也沾上了这种恶习。埃阿斯也变得执拗起来了,他那目空一切的神气,就跟阿喀琉斯没有两样;他也照样在自己的寨中独张一帜,聚集一班私党饮酒喧哗,大言无忌地辱骂各位将领;他手下有一个名叫忒耳西忒斯的奴才,一肚子都是骂人的言语,他就纵容着他把我们比得泥土不如,使军中对我们失去了信仰,也不管这种言论会引起多么危险的后果。

俄底修斯 他们斥责我们的政策,说它是怯懦;他们以为在战争中间用不着智慧;先见之明是不需要的,唯有行动才是一切;至于怎样调遣适当的军力,怎样测度敌人的强弱,这一类运筹帷幄的智谋,在他们的眼中都不值一笑,认为只是些痴人说梦,纸上谈兵;所以在他们看来,一辆凭着它的庞大的蛮力冲破城墙的战车,它的功劳远过于制造这战车的人,也远过于运用他们的智慧指挥它行动的人。

涅斯托 我们如果承认这一点,那就是说,阿喀琉斯的战马也比得上许多希腊的英雄了。(喇叭奏花腔。)

阿伽门农 这是哪里来的喇叭声音?墨涅拉俄斯,你去瞧瞧。

墨涅拉俄斯 是从特洛伊来的。

　　　　埃涅阿斯上。

阿伽门农 你到我们的帐前来有什么事?

埃涅阿斯 请问一声,这就是伟大的阿伽门农的营寨吗?

阿伽门农 正是。

埃涅阿斯 我是一个使者,也是一个王子,可不可以让我把一个善意的音信传到他的尊贵的耳中?

阿伽门农 当着全体拥戴阿伽门农为他们统帅的希腊将士面前,我给你比阿喀琉斯的手臂更坚强的保证,你可以对他说话。

埃涅阿斯 谢谢你给我这样宽大的允许和保证。可是一个异邦人怎么可以从这许多人中间，辨别出哪一个是他们最尊贵的领袖呢？

阿伽门农　怎么！

埃涅阿斯　是的，我这样问是因为我要让我的脸上呈现出一种恭敬的表情，叫我的颊上露出一重羞愧的颜色，就像黎明冷眼窥探着少年的福玻斯一样。哪一位是指导世人的天神，尊贵威严的阿伽门农？

阿伽门农　这个特洛伊人在嘲笑我们；否则特洛伊人就都是些善于辞令的朝士。

埃涅阿斯　在和平的时候，他们是以天使般的坦白、文雅温恭而著称的朝士；可是当他们披上甲胄的时候，他们有的是无比的胆量、精良的武器、强健的筋骨、锋利的刀剑，什么也比不上他们的勇敢。可是住口吧，埃涅阿斯！赞美倘然从被赞美者自己的嘴里发出，是会减去赞美的价值的；从敌人嘴里发出的赞美，才是真正的光荣。

阿伽门农　特洛伊的使者，你说你的名字是埃涅阿斯吗？

埃涅阿斯　是，希腊人，那是我的名字。

阿伽门农　你来有什么事？

埃涅阿斯　恕我，将军，我必须向阿伽门农当面说知我的来意。

阿伽门农　从特洛伊带来的消息，他必须公之于众人。

埃涅阿斯　我从特洛伊奉命来此，并不是来向他耳边密语的；我带了一个喇叭来，要吹醒他的耳朵，唤起他的注意，然后再让他听我的话。

阿伽门农　请你像风一样自由地说吧，现在不是阿伽门农酣睡的时候；特洛伊人，你将要知道他是清醒着，因为这是他亲口告诉你的。

埃涅阿斯　喇叭，高声吹起来吧，把你的响亮的声音传进这些怠惰

的营帐；让每一个有骨气的希腊人知道，特洛伊的意旨是要用
高声宣布出来的。（喇叭吹响）伟大的阿伽门农，在我们特洛伊
有一位赫克托王子，普里阿摩斯是他的父亲，他在这沉闷的长
期的休战中，感到了髀肉复生的悲哀；他叫我带了一个喇叭来
通知你们：各位贤王、各位王子、各位将军！要是在希腊的济
济英才之中，有谁重视荣誉甚于安乐；有谁为了博取世人的赞
美，不惜冒着重大的危险；有谁信任着自己的勇气，不知道世
间有可怕的事；有谁爱恋自己的情人，不仅会在他所爱的人面
前发空言，并且也敢在别人面前用武力证明她的美貌和才德：
要是有这样的人，那么请他接受赫克托的挑战。赫克托愿意当
着特洛伊人和希腊人的面前，用他的全力证明他有一个比任何
希腊人所曾经拥抱过的更聪明、更美貌、更忠心的爱人；明天
他要在你们的阵地和特洛伊的城墙之间的地带，用喇叭声唤起
一个真心爱自己情人的希腊人前来，赫克托愿意和他一决胜
负；倘然没有这样的人，那么他要回到特洛伊去向人家说，希
腊的姑娘们都是又黑又丑，不值得为她们一战。这就是他叫我
来说的话。

阿伽门农　埃涅阿斯将军，这番话我可以去告诉我们军中的情人们；
要是我们军中没有这样的人，那么我们一定把这样的人都留在国
内了。可是我们都是军人；一个军人要是不想恋爱、不曾恋爱或
者不是正在恋爱，他一定是个卑怯的家伙！我们中间倘有一个正
在恋爱，或者曾经恋爱过的，或者准备恋爱的人，他可以接受赫克
托的挑战；要是没有别人，我愿意亲自出马。

涅斯托　对他说有一个涅斯托，在赫克托的祖父还在吃奶的时候就是
个汉子了，他现在虽然上了年纪，可是在我们希腊军中，倘然没有
一个胸膛里燃着一星光荣的火花，愿意为他的恋人而应战的勇

士,你就去替我告诉他,我要把我的银须藏在黄金的面甲里,凭着我这一身衰朽的筋骨,也要披上甲胄,和他在战场上相见;我要对他说我的爱人比他的祖母更美,全世界没有比她更贞洁的女子;为了证明这一个事实,我要用我仅余的两三滴老血,和他的壮年的盛气决一高下。

埃涅阿斯　天哪!难道年轻的人这么少,一定要您老人家上阵吗?

俄底修斯　阿门。

阿伽门农　埃涅阿斯将军,让我挽着您的手,先带您到我们大营里看看,阿喀琉斯必须知道您这次的来意;各营各寨,每一个希腊将领,也都要一体传闻。在您回去以前,我们还要请您喝杯酒儿,表示我们对于一个高贵的敌人的敬礼。(除俄底修斯、涅斯托外同下。)

俄底修斯　涅斯托!

涅斯托　你有什么话,俄底修斯?

俄底修斯　我想起了一个幼稚的念头;请您帮我斟酌斟酌。

涅斯托　你想起些什么?

俄底修斯　我说,钝斧斩硬节,阿喀琉斯骄傲到这么一个地步,倘不把他及时挫折一下,让他的骄傲的种子播散开去,恐怕后患不堪设想。

涅斯托　那么你看应当怎么办?

俄底修斯　赫克托的这一次挑战虽然没有指名叫姓,实际上完全是对阿喀琉斯而发的。

涅斯托　他的目的很显然;我们在宣布他挑战的时候,应当尽力使阿喀琉斯明白——即使他的头脑像利比亚沙漠一样荒凉——赫克托的意思里是以他为目标的。

俄底修斯　您以为我们应当激他一下,叫他去应战吗?

涅斯托　是的,这是最适当的办法。除了阿喀琉斯以外,谁还能从赫

克托的手里夺下胜利的光荣来呢？虽然这不过是一场游戏的斗
争,可是从这回试验里,却可以判断出两方实力的高低；因为特
洛伊人这次用他们最优秀的将材来试探我们的声威；相信我,俄
底修斯,我们的名誉在这场儿戏的行动中将要遭受严重的考验,
结果如何,虽然只是一时的得失,但一隅可窥全局,未来的重大演
变,未始不可以从此举的结果观察出来。前去和赫克托决战的人,
在众人的心目中必须是从我们这里挑选出来的最有本领的人物,
为我们全军的灵魂所寄,就好像他是从我们各个人的长处中提炼
出来的精华；要是他失败了,那得胜的一方岂不将勇气百倍,格外
加强他们的自信,即使单凭着一双赤手,也会出入白刃之间而不
知恐惧吗？

俄底修斯　恕我这样说,我以为唯其如此,所以不能让阿喀琉斯去接
受赫克托的挑战。我们应当像商人一样,尽先把次货拿出来,试
试有没有脱售的可能；要是次货卖不出去,然后再把上等货色拿
出来,那么在相形之下,更可以显出它的光彩。不要容许赫克托
和阿喀琉斯交战,因为我们全军的荣辱,虽然系此一举,可是无论
哪一方面得胜,胜利的光荣总不会属于我们的。

涅斯托　我老糊涂了,不能懂得你的意思。

俄底修斯　阿喀琉斯倘不是这样骄傲,那么他从赫克托手里取得的光
荣,也就是我们共同的光荣；可是他现在已经是这样傲慢不逊,倘
使赫克托也不能取胜于他,那他一定会更加目空一世,在他侮蔑
的目光之下,我们都要像置身于非洲的骄阳中一样汗流浃背了；
要是他失败了,那么他是我们的首将,他的耻辱当然要影响到我
们全军的声誉。不,我们还是采取抽签的办法,预先安排好让愚
蠢的埃阿斯抽中,叫他去和赫克托交战；我们私下里再竭力捧他
一下,恭维他的本领比阿喀琉斯还强,那对于我们这位戴惯高帽

子的大英雄可以成为一服清心的药剂,把他冲天的傲气挫折几分。要是这个没有头脑的、愚蠢的埃阿斯奏凯而归,我们不妨替他大吹特吹;要是他失败了,那么他本来不是什么了不得的人物,也不算丢了我们的脸。不管胜负如何,我们主要的目的,是要借埃阿斯的手,压下阿喀琉斯的气焰。

涅斯托　俄底修斯,你的意思果然很好,我可以先去向阿伽门农说说;我们现在就去找他吧。制伏两条咬人的恶犬,最好的办法是请它们彼此相争,骄傲便是挑拨它们搏斗的一根肉骨。(同下。)

第
二
幕

第一场　希腊营地的一部分

　　　　埃阿斯及忒耳西忒斯上。

埃阿斯　忒耳西忒斯!

忒耳西忒斯　要是阿伽门农浑身长起毒疮来呢?

埃阿斯　忒耳西忒斯!

忒耳西忒斯　要是那些毒疮都出起脓来呢?

埃阿斯　狗!

忒耳西忒斯　那样他总该可以拿出些东西来了吧;我现在可没看见他拿出什么东西来。

埃阿斯　你这狼狗养的,你没听见吗? 且叫你尝点味儿。(打忒耳西忒斯。)

忒耳西忒斯　整个希腊的瘟疫降在你身上,你这蠢牛一样的狗杂种将军!

埃阿斯　你再说,你这发霉的酵母,再说;我要打掉你这丑陋的皮囊。

忒耳西忒斯　我要骂开你那糊涂的心窍;可是我想等到你能够不瞧着书本念熟一段祷告的时候,你的马也会背诵一篇演说了。你会打人吗? 你这害血瘟症的!

埃阿斯　坏东西,把布告念给我听。

忒耳西忒斯　你这样打我,你以为我是没有知觉的吗?

埃阿斯　那布告上怎么说?

忒耳西忒斯　我想它说你是个傻瓜。

埃阿斯　你再说,野猪,你再说;我的手指头痒着呢。

忒耳西忒斯　我希望你从头上痒到脚上,让我把你浑身的皮都搔破了,叫你做一个全希腊顶讨人厌的癞皮花子。在你冲锋陷阵的时候,你就打不动了。

埃阿斯　我叫你把布告念给我听!

忒耳西忒斯　你一天到晚叽哩咕噜地骂阿喀琉斯,因为他比你神气,所以你一肚子不舒服,就像一个丑妇瞧不惯别人长得比她好看一样。哼,你简直像狗一样地向他叫个不停。

埃阿斯　忒耳西忒斯老太太!

忒耳西忒斯　你可以打他呀。

埃阿斯　你这烘坏了的歪面包块儿!

忒耳西忒斯　他会像一个水手砸碎一块硬面包似的,一拳头就把你打得血肉横飞。

埃阿斯　你这婊子生的贱狗! （打忒耳西忒斯。）

忒耳西忒斯　你打,你打。

埃阿斯　你这替妖精垫屁股的凳子!

忒耳西忒斯　好,你打,你打。你这糊涂将军! 我的臂弯里也比你有更多的头脑;一头蠢驴都可以做你的老师;你这下贱的莽驴子! 他们叫你到这儿来打几个特洛伊人,你却给那些聪明人卖来卖去,好像一个蛮族的奴隶一般。要是你尽打我,我就从你的脚跟骂起,一寸一寸骂上去,一直骂到你的头顶,你这没有肚肠的东西,你!

埃阿斯　你这狗!

忒耳西忒斯　你这下贱的将军!

埃阿斯　你这恶狗！（打忒耳西忒斯。）

忒耳西忒斯　你这战神手下的白痴！你打，不讲理的东西；你打，蠢骆驼；你打，你打。

　　　　阿喀琉斯及帕特洛克罗斯上。

阿喀琉斯　啊,怎么,埃阿斯！你为什么打他？喂,忒耳西忒斯！怎么一回事？

忒耳西忒斯　你瞧他,你看见吗？

阿喀琉斯　我看见,是怎么一回事？

忒耳西忒斯　不,你再瞧瞧他。

阿喀琉斯　好,是怎么一回事？

忒耳西忒斯　不,你仔细瞧瞧他。

阿喀琉斯　好,我瞧过了。

忒耳西忒斯　可是你还没有把他瞧清楚;因为无论你把他当作什么人,他总是埃阿斯。

阿喀琉斯　那我也知道,傻瓜。

忒耳西忒斯　不错,可是那傻瓜却不知道他自己。

埃阿斯　所以我打你。

忒耳西忒斯　听,听,听,听,这还成什么话！简直是驴子的理由。我已经敲扁了他的脑袋,他倒还没有打痛我的骨头;我可以拿一个铜子去买九只麻雀,可是他的脑袋还不值·只麻雀的九分之一。我告诉你,阿喀琉斯,这家伙把思想装在肚子里,把大肠小肠一起塞在他的脑袋里,让我告诉你我怎么说他的。

阿喀琉斯　你怎么说的？

忒耳西忒斯　我说,这个埃阿斯——（埃阿斯举手欲打。）

阿喀琉斯　且慢,好埃阿斯。

忒耳西忒斯　他所有的一点点儿智慧——

阿喀琉斯　不,你不要动手。

忒耳西忒斯　还塞不满海伦的针眼,其实他还是为了这个海伦才来打仗的。

阿喀琉斯　住口,傻瓜!

忒耳西忒斯　我倒是想安安静静的,可是那傻瓜一定要跟我闹;瞧他,瞧他,你瞧。

埃阿斯　啊,你这该死的贱狗! 我要——

阿喀琉斯　你何必跟一个傻瓜斗嘴呢?

忒耳西忒斯　不,他才不敢哩;他还斗不过一个傻瓜的嘴。

帕特洛克罗斯　说得好,忒耳西忒斯。

阿喀琉斯　为什么闹起来的?

埃阿斯　我叫这坏猫头鹰去替我看看布告上说些什么话,他就骂起我来了。

忒耳西忒斯　我又不是替你做事的。

埃阿斯　好,很好。

忒耳西忒斯　我是自己到这儿来的。

阿喀琉斯　你刚才到这儿来挨了打,不是自动的;没有人愿意挨打。埃阿斯才是自己来的,你却是不得已才来的。

忒耳西忒斯　哼,你也是条没脑子的蛮牛。赫克托要是把你们两个人的脑壳捶了开来,那才是个大笑话,因为这简直就跟捶碎一个空心的烂胡桃没有分别。

阿喀琉斯　怎么,忒耳西忒斯,你把我也骂起来了吗?

忒耳西忒斯　俄底修斯,还有那个涅斯托老头子,他们的头脑在你们的祖父还没有长脚爪的时候就已经发了霉了,把你们当作牛马一样驾驭,赶你们到战场上去替他们打仗。

阿喀琉斯　什么? 什么?

忒耳西忒斯　是的,老实对你们说吧。哼,阿喀琉斯! 哼,埃阿斯! 哼!

埃阿斯　我要割下你的舌头。

忒耳西忒斯　没有关系,我被割下了舌头还比你会说话些。

帕特洛克罗斯　别多说啦,忒耳西忒斯;还不住口!

忒耳西忒斯　阿喀琉斯的走狗叫我别说话,我就闭上嘴吗?

阿喀琉斯　他骂到你身上来了,帕特洛克罗斯。

忒耳西忒斯　我要瞧你们像一串猪狗似的给吊死,然后我才会再踏进你们的营帐;我要去找一个有聪明人的地方住下,再不跟傻瓜们混在一起了。(下。)

帕特洛克罗斯　他去了倒也干净。

阿喀琉斯　埃阿斯,传谕全军的是这么一件事:赫克托要在明天早上五点钟的时候,在我们的营地和特洛伊城墙之间,以喇叭为号,召唤我们这儿的一个骑士去和他决战;要是谁敢宣称——我记不得那一套话,全是些胡说八道。再见。

埃阿斯　再见。那么派谁去应战呢?

阿喀琉斯　我不知道;那是要用抽签的办法来决定的;否则他们应该知道叫谁去的。

埃阿斯　啊,你的意思是说你自己。待我再去探听探听消息。(各下。)

第二场　特洛伊。普里阿摩斯宫中一室

普里阿摩斯、赫克托、特洛伊罗斯、帕里斯及赫勒诺斯上。

普里阿摩斯　抛掷了这许多时间、生命和言语以后,希腊军中的涅斯托又向我们发出了这样的通牒:"把海伦交还我们,那么一切其他的损害,例如荣誉上的污辱,时间上的损失,人力物力的消耗,将士的伤亡,以及充填战争欲壑所消费的一切,都可以置之不

问。"赫克托,你的意思怎样?

赫克托　就我个人而论,虽然我比谁都不怕这些希腊人,可是,尊严的普里阿摩斯,没有一个软心肠的女人会像我这样为了瞻望着不可知的前途而忧惧。太平景象最能带来一种危险,就是使人高枕无忧;所以适当的疑虑还是智者的明灯,是防患于未然的良方。放海伦回去吧;自从为了这一个问题开始掀动干戈以来,我们已经牺牲了无数的兵士,他们每一个人的生命都像海伦一样宝贵;要是我们丧亡了这许多同胞,去保卫一件既不属于我们,对于我们又没有多大价值的东西,那么我们凭着什么理由,拒绝把她交还给人家呢?

特洛伊罗斯　什么话! 哥哥,你把我们伟大尊严的父王的荣誉,去和微贱的生命放在一个天平里称量吗? 你要用算盘来计算出他无限的广大,用恐惧和理智的狭窄的分寸来束缚不可测度的巨人的腰身吗? 呸,说这样丢脸的话!

赫勒诺斯　你这样痛斥理智是不足为奇的,因为你是个完全没有理智的人。是不是因为你说了这一套意气用事的话,我们的父王就不该用理智来处理他的事务了吗?

特洛伊罗斯　你还是去做梦打瞌睡吧,我的祭司哥哥;你满口都是大道理。我可以代你把你的这番大道理说出来:你知道敌人是要来加害于你的;你知道一柄出鞘的剑是危险的,按照理智,一个人应当明哲保身;所以赫勒诺斯一看见拿起了剑的希腊人,就会像一颗出了轨道的流星似的,借着理智的翅膀高飞远走,这还用得着奇怪吗? 不,我们要是谈理智,那么还是关起大门睡觉吧。一个堂堂男子,要是让他的脑中塞满了理智,就会变成一个胆小怕事的懦夫,泪没了他的英勇的气概。

赫克托　兄弟,她是不值得我们费这么大代价保留下来的。

特洛伊罗斯 哪一样东西的价值不是按照着人们的估计而决定的？

赫克托 可是价值不能凭着私心的爱憎而决定；一方面这东西的本身必须确有可贵的地方，另一方面它必须为估计者所重视，这样它的价值才能确立。要是把隆重的祭礼去向一个卑微的神祇献祭，那就是疯狂的崇拜；偏执着私人的感情而不知辨别是非利害，那也是溺爱不明。

特洛伊罗斯 假如我今天娶了一个妻子，我的选择是取决于我的意志，我的意志是受我的耳目所左右；假如我在选定以后，我的意志重新不满于我的选择，那么我怎么可以避免既成的事实呢？一方面逃避责任，一方面又要不损害自己的荣誉，这样的事是不可能的。我们把绸缎污毁了以后，就不能再拿它向商家退换；我们也不因为已经吃饱，就把剩余的食物倒在肮脏的阴沟里。当初大家都赞成帕里斯去向希腊人报复；你们的一致同意鼓励了他的远行，善于捣乱的海浪和天风，也协力帮助他一帆风顺地到了他的目的地；为了希腊人俘掳了我们一个年老的姑母，他夺回了一个希腊的王妃作为交换，她的青春和娇艳掩盖了朝暾的美丽。我们为什么留住她不放？因为希腊人没有放还我们的姑母；她是值得我们保留的吗？啊，她是一颗明珠，它的高贵的价值，曾经掀动过千百个国王迢迢渡海而来，大家都要做一个觅宝的商人。你们不能不承认帕里斯的前去并不是失策，因为你们大家都喊着"去！去！"你们也不能不承认他带回了光荣的战利品，因为你们大家都拍手欢呼，说她的价值是不可估计的！那么你们现在为什么要诋毁从你们自己的智慧中产生的果实，把你们曾经估计为价值超过海洋和陆地的宝物重新贬斥得一文不值呢？啊！赃物已经偷了来了，我们却不敢把它保留下来，这才是最卑劣的偷窃！这样的盗贼是不配偷窃这样的宝物的。

卡珊德拉 （在内）痛哭吧,特洛伊人! 痛哭吧!

普里阿摩斯 什么声音? 谁在那儿喊叫?

特洛伊罗斯 这是我们那位发疯的姊姊,我听得出她的声音。

卡珊德拉 （在内）痛哭吧,特洛伊人!

赫克托 这是卡珊德拉。

     卡珊德拉上,狂呼。

卡珊德拉 痛哭吧,特洛伊人! 痛哭吧! 借给我一万只眼睛,我要使它们充满先知的眼泪。

赫克托 安静些,妹妹,别闹!

卡珊德拉 少年的男女们,中年的、老年的人们,还有只会哭泣的荏弱的婴孩们,大家帮着我哭喊呀! 让我们先付清一部分将来的重大的悲恸。痛哭吧,特洛伊人! 痛哭吧! 让你们的眼睛练习练习哭泣吧! 特洛伊要化为一片平地,我们美好的宫殿要变成一堆瓦砾;我们那闯祸的兄弟帕里斯放了一把火,把我们一起烧成灰烬啦! 痛哭吧,特洛伊人! 痛哭吧! 海伦是我们的祸根! 痛哭吧,痛哭吧! 特洛伊要烧起来啦,快把海伦放回去吧! （下。）

赫克托 特洛伊罗斯兄弟,你听了我们的姊妹这一种激昂的预言,难道一点都无动于衷吗? 难道你的血液竟狂热得这样无可理喻,不知道师出无名,必遭天谴吗?

特洛伊罗斯 赫克托大哥,行动的是非曲直,只有从事实的发展上去判断,卡珊德拉的疯话,更不能打消我们的勇气;我们已经把我们各人的荣誉寄托在这一次战争里了,她的神经错乱的谵语,决不能抹杀我们行动的光明正大。拿我自己来说,我正像所有普里阿摩斯的儿子一样,什么都不能动摇我的决心;愿上帝唾弃我们中间那些畏首畏尾的懦夫!

帕里斯 要是我们不能贯彻始终,那么世人将要讥笑我的行动的轻

率,也要讥笑你们决策的鲁莽;可是我指着天神为证,我因为得到
你们完全的同意,才敢放胆行事,摒除一切恐惧,去进行这一个危
险的计划;要不然单凭着这一双赤手空拳,能够做出什么事情来
呢? 一个人的匹夫之勇,怎么抵挡得了倾国之众的敌意呢? 然而
我可以说一句,要是我必须独自担当这些困难,要是我能够运用
充分的权力,那么帕里斯决不从他已经做下的事情中缩回手来,
也决不会中途气馁。

普里阿摩斯　帕里斯,你的话说得完全像一个沉醉于自己的欢乐中的
人;你自己吮吸着蜜糖,让人家去尝胆汁的苦味。我不敢恭维你
的勇敢。

帕里斯　父王,我本来不敢独占这样一个美人所带来的欢乐,可是为
了洗刷她的失身的羞辱,我不能不保持她的光荣的完整。要是现
在因为迫于对方的威胁,再把她还给敌人,那对于这位被劫的王
妃是一件多么不可容忍的罪恶,对于您的尊严是一个多大的污
点,对于我又是一桩多么难堪的耻辱! 难道像这样一种卑劣的思
想,也会侵入您的高贵的心灵吗? 在我们这儿即使是一个最凡庸
的懦夫,为了保卫海伦的缘故,也会挺身而出,拔剑而起,无论怎
样高贵的人,都愿意为海伦献身效命;她既然是这样一个绝世无
双的美人,我们难道不应该为她而作战吗?

赫克托　帕里斯,特洛伊罗斯,你们两人的话都说得很好;可是你们对
于我们现在讨论的问题不过作了一番文饰外表的诡辩,正像亚里
士多德所说的那种不适宜于听讲道德哲学的年轻人一样。你们
所提出的理由,只能煽动偏激的意气,不能作为抉择是非的标准;
因为一个耽于欢乐或是渴于复仇的人,他的耳朵是比蝮蛇更聋,
听不见正确的判断的。物各有主,这是造物的意旨;在一切人类
关系之中,还有什么比妻子对于丈夫更亲近的? 要是这一条自然

的法律为感情所破坏,思想卓越的人因为被私心所蒙蔽,也对它悍然不顾,那么在每一个组织健全的国家里,都有一条制定的法律,抑制这一类悖逆的乱行。海伦既然是斯巴达的王妃,按照自然的和国家的道德法律,就应该把她还给斯巴达;错误已经铸成,倘再执迷不悟地坚持下去,那就大错而特错了。这是赫克托认为正确的见解;可是虽然这么说,我的勇敢的兄弟们,我仍旧赞同你们的意思,把海伦留下来,因为这是对于我们全体和各人的荣誉大有关系的。

特洛伊罗斯　你这句话才真说中了我们的本意;倘然这不过是一场意气之争,而不是因为重视我们的光荣,那么我也不愿为了保卫她的缘故,再洒一滴特洛伊的血。可是,尊贵的赫克托,她是一个光荣的题目,可以策励我们建立英勇卓绝的伟业,使我们战胜当前的敌人,树立万世不朽的声名;我相信即使有人给他整个世界的财富,勇敢的赫克托也不愿放弃这一个千载一时的机会。

赫克托　我愿意和你们通力合作,伟大的普里阿摩斯的英勇的后人。我已经向这些行动迟钝、党派分歧的希腊贵人们提出挑战,惊醒他们昏睡的灵魂。我听说他们的主将只会睡觉不会管事,听任手下的将士们明争暗斗;也许我这一声怒吼,可以叫他觉醒过来。（同下。）

第三场　希腊营地。阿喀琉斯帐前

忒耳西忒斯上。

忒耳西忒斯　怎么,忒耳西忒斯!你把头都气昏了吗?埃阿斯这蠢象欺人太甚;他居然动手打人;可是他会打我,我就会骂他,总算也出了气了。要是颠倒过来,他骂我的时候我也可以打他,那才痛

快呢！他妈的，我一定要去学会一些降神召鬼的法术，让我瞧见
我的诅咒降在他身上。还有那个阿喀琉斯，也真是一尊好大炮。
要是特洛伊一定要等这两个人去打下来，那么除非等到城墙自己
塌倒。啊！你俄林波斯山上发射雷霆的乔武大神，还有你，蛇一
样狡猾的麦鸠利，你们要是不能把他们所有的不过这么一点点儿
的智慧拿去，那么还算什么万神之王，还算什么足智多谋？他们
的智慧稀少得这样出奇，为了搭救一只粘在蜘蛛网上的飞虫，他
们竟不知道除了拔出他们的刀剑来把蛛丝斩断以外还有什么别
的办法。然后，我希望整个的军队都遭到灾殃；或者让他们一起
害杨梅疮，因为他们在为一个婊子打仗，这是他们应得的报应。
我的祷告已经说过了，让不怀好意的魔鬼去说他们吧。喂！阿喀
琉斯将军！

　　　　帕特洛克罗斯上。

帕特洛克罗斯　是谁？忒耳西忒斯！好忒耳西忒斯，进来骂几句人给
　　我们听吧。

忒耳西忒斯　要是我能够记得一枚镀金的铅币，我一定会想起你；可
　　是那也不用说了，我要骂你的时候，只要提起你的名字就够了。
　　但愿人类共同的诅咒，无知和愚蠢一起降在你的身上！上天保佑
　　你终身得不到明师的指示，听不到教诲的启迪！让你的血气引导
　　着你直到死去！等你死了的时候，替你掩埋的那位太太要是说你
　　是一个漂亮的尸体，我就要再三发誓，说她除了掩埋害麻疯病死
　　的人以外，从来不曾掩埋过别的尸体。阿门。阿喀琉斯呢？

帕特洛克罗斯　什么！你也会虔诚起来吗？你刚才在祷告吗？

忒耳西忒斯　是的，上天听见了我的话！

　　　　阿喀琉斯上。

阿喀琉斯　谁在这儿？

帕特洛克罗斯　忒耳西忒斯,将军。

阿喀琉斯　哪儿?哪儿?你来了吗?啊,我的干酪,我的开胃的妙药,你为什么不常常到我的餐桌上来吃饭呢?来,告诉我阿伽门农是什么?

忒耳西忒斯　你的主帅,阿喀琉斯。告诉我,帕特洛克罗斯,阿喀琉斯是什么?

帕特洛克罗斯　你的主人,忒耳西忒斯。再请你告诉我,你自己是什么?

忒耳西忒斯　我是知道你的人,帕特洛克罗斯。告诉我,帕特洛克罗斯,你是什么?

帕特洛克罗斯　你知道我,就不用问了。

阿喀琉斯　啊,你说,你说。

忒耳西忒斯　我可以把整个问题演绎下来。阿伽门农指挥阿喀琉斯;阿喀琉斯是我的主人;我是知道帕特洛克罗斯的人;帕特洛克罗斯是个傻瓜。

帕特洛克罗斯　你这浑蛋?

忒耳西忒斯　闭嘴,傻瓜?我还没有说完呢。

阿喀琉斯　他是一个有谩骂特权的人。说下去吧,忒耳西忒斯。

忒耳西忒斯　阿伽门农是个傻瓜;阿喀琉斯是个傻瓜;忒耳西忒斯是个傻瓜;帕特洛克罗斯已经说过了是个傻瓜。

阿喀琉斯　来,把你的理由推论出来。

忒耳西忒斯　阿伽门农倘不是个傻瓜,他就不会指挥阿喀琉斯;阿喀琉斯倘不是个傻瓜,他就不会受阿伽门农的指挥;忒耳西忒斯倘不是个傻瓜;他就不会侍候这样一个傻瓜!帕特洛克罗斯不用说啦,当然是个傻瓜。

帕特洛克罗斯　为什么我是个傻瓜?

忒耳西忒斯　那你该去问那造下你来的上帝。我只要知道你是个傻瓜就够了。瞧,谁来啦?

阿喀琉斯　帕特洛克罗斯,我不想跟什么人说话。跟我进来,忒耳西忒斯。(下。)

忒耳西忒斯　全是些捣鬼的家伙!争来争去不过是为了一个王八和一个婊子,结果弄得彼此猜忌,白白损失了多少人的血。但愿战争和奸淫把他们一起抓了去! (下。)

　　　　　阿伽门农、俄底修斯、涅斯托、狄俄墨得斯及埃阿斯上。

阿伽门农　阿喀琉斯呢?

帕特洛克罗斯　在他的帐里,元帅,可是他的身子不大舒服。

阿伽门农　你去对他说,我在这儿。他辱骂我的使者,现在我又卑躬屈节地来拜访他;你对他说吧,叫他不要以为我不敢在他面前提起我的地位,也不要以为我不知道我自己的身份。

帕特洛克罗斯　我就照这样对他说。(下。)

俄底修斯　我们刚才看见他站在营帐的前面,他没有病。

埃阿斯　他害的是狮子的病,骄傲是他的病根。你们要是喜欢这个人,那么也可以说是一种忧郁症;可是照我说起来,完全是骄傲。他凭着什么理由这样骄傲呢?元帅,我对你说句话。(拉阿伽门农立一旁。)

涅斯托　埃阿斯为什么这样骂他?

俄底修斯　阿喀琉斯把他的弄人骗去了。

涅斯托　谁,忒耳西忒斯吗?

俄底修斯　正是他。

涅斯托　那很好,我们希望看见他们分裂,不希望看见他们勾结;可是为了这样一个傻子就会叫他们彼此不和,那么他们的友谊也实在太巩固了。

俄底修斯　智慧连络不起来的好感，愚蠢一下子就会把它打破。帕特
　　洛克罗斯来了。

　　　　　帕特洛克罗斯重上。

涅斯托　阿喀琉斯没有跟他来。

俄底修斯　巨象的腿是为步行用的，不是为屈膝用的。

帕特洛克罗斯　阿喀琉斯叫我回复元帅，要是元帅的大驾光临敝寨，
　　除了游玩以外还有其他的目的，那么他真是抱歉万分；他希望您
　　不过是因为要在饭后活活筋骨，助助消化，所以才出来散散步的。

阿伽门农　听着，帕特洛克罗斯，他这种语含讥讽的推托，我们早就听
　　厌了。他这个人不是没有可取的地方，可是因为自恃己长的缘故，
　　他的优点已经开始在我们的眼中失去光彩，正像一枚很好的鲜
　　果，因为放在龌龊的盆子里，没有人要去吃它，只好听任它腐烂。
　　你去对他说，我们要来找他说话；你尽管大胆告诉他，说我们认为
　　他太骄傲，也不够爽气，自以为了不起，其实说不上什么明智；他
　　故意摆出一股威风，装模作样，目中无人，反而自鸣得意；他横行
　　霸道，喜怒无常，好像天下大事都要由他摆布。你去把这些话告
　　诉他，要是他把自己估价得这么高，那么我们也用不着他这么一
　　个人，只好让他像一架无法拖曳的重炮一样，搁在武器库里生锈；
　　对他说，我们宁愿重用一个活跃的侏儒，不要一个贪睡的巨人。

帕特洛克罗斯　是，我就去这样对他说，把他的回音立刻带出来。（下。）

阿伽门农　我们是来找他说话的，一定要听到他亲口的答复。俄底修
　　斯，你进去。（俄底修斯下。）

埃阿斯　他有什么胜过别人的地方？

阿伽门农　他不过自以为比别人了不起罢了。

埃阿斯　他竟这样了不起吗？您想他是不是以为他比我强？

阿伽门农　那是没有问题的。

埃阿斯　您也跟他有同样的见解,认为他比我强吗?

阿伽门农　不,尊贵的埃阿斯,你跟他一样强,一样勇敢,一样聪明,一样高贵,可是你比他脾气好得多,也比他更听号令。

埃阿斯　一个人为什么要骄傲? 骄傲的心理是怎么起来的? 我就不知道什么是骄傲。

阿伽门农　埃阿斯,你的头脑比他明白,你的人格也比他高尚。一个骄傲的人,结果总是在骄傲里毁灭了自己。他一味对镜自赏,自吹自擂,遇事只顾浮夸失实,到头来只是事事落空而已。

埃阿斯　我讨厌一个骄傲的人,就像讨厌一窠癞蛤蟆一样。

涅斯托　(旁白)可是他却不讨厌他自己;这不是很奇怪吗?

　　　　俄底修斯重上。

俄底修斯　阿喀琉斯明天不愿上阵。

阿伽门农　他有什么理由?

俄底修斯　他也不讲什么理由,只逞着自己的性子,一味执拗,把什么人都不放在眼里。

阿伽门农　我们再三请他,为什么他总不出来?

俄底修斯　正因为我们前来移樽就教,他便妄自尊大起来,把草纸当文书;他好比着了迷似的,甚至连自己嘴里出一口气都不得平静。我们这位阿喀琉斯是如此自命不凡,连他的思想与行动也互相仇视,自相残杀,使他不能自主。我该怎么说呢? 他的骄傲确已病入膏肓,无可救药了。

阿伽门农　让埃阿斯去叫他出来。将军,你到他帐里去看看他;听说他对你的感情不错,也许你去请他,他会推却不过你的情面。

俄底修斯　啊,阿伽门农! 不要这样。我们应当让埃阿斯离开阿喀琉斯越远越好。这个骄悍的将军用傲慢塞住了自己的心窍,眼睛里只有自己没有别人,难道我们反要叫一个更被我们敬重的人去向他礼拜吗？不，我们不能让这位比他尊贵三倍的、勇武超群的将军污损了他的血战得来的光荣；他的才能并不在阿喀琉斯之下，为什么要叫他贬低身份去向阿喀琉斯央求呢？那不过格外助长他的骄傲的气焰罢了。叫这位将军去看他！不，天神不容许这样的事，天神会用雷鸣一样的声音怒吼着说，"叫阿喀琉斯出来见他！"

涅斯托　（旁白）啊！这样很好，说到他的心窝里去了。

狄俄墨得斯　（旁白）瞧他一声不响地听得多么出神！

埃阿斯　要是我去看他，我要一拳打歪他的脸。

阿伽门农　啊，不！你不要去。

埃阿斯　要是他对我神气活现，我可不客气要教训他一下。让我去看他。

俄底修斯　不，用不着惊动你去。

埃阿斯　下贱的、放肆的家伙！

涅斯托　（旁白）他把自己形容得一点不错！

埃阿斯　他不能客气一点吗？

俄底修斯　（旁白）乌鸦也会骂别人太黑！

埃阿斯　我要叫他的傲气变成鲜血。

阿伽门农　（旁白）他自己原是病人，倒去当起医生来了。

埃阿斯　要是大家的思想都跟我一样——

俄底修斯　（旁白）那么世上没有聪明人了。

埃阿斯　——一定不让他放肆到这个地步；他要是装腔作势，就叫他吞下他的刀子。

涅斯托　（旁白）果真如此，你也得同他平分秋色呢。

俄底修斯　（旁白）半斤八两。

埃阿斯　尽管他是个铁铮铮的硬汉，我也要把他揉做面团。

涅斯托　（旁白）他的热度还不是顶高；再恭维他几句，把他的野心煽起来。

俄底修斯　（向阿伽门农）元帅，你太容忍他了。

涅斯托　尊贵的元帅，不要这样做。

狄俄墨得斯　你必须准备不靠阿喀琉斯的力量去和特洛伊人作战。

俄底修斯　就是因为人家把他的名字挂在嘴边，所以养成了他的骄傲。我倒想起了一个人——可是他就在我们眼前，我还是不说了吧。

涅斯托　你为什么不说呢？他又不像阿喀琉斯一样争强好胜。

俄底修斯　整个世界都知道他是跟阿喀琉斯一样勇敢的。

埃阿斯　婊子养的畜生！在我们面前摆他的臭架子！但愿他是个特洛伊人！

涅斯托　要是埃阿斯现在也像他一样古怪——

俄底修斯　像他一样傲慢——

狄俄墨得斯　像他一样的喜欢人家奉承——

俄底修斯　像他一样的坏脾气——

狄俄墨得斯　像他一样的目中无人、妄自尊大——

俄底修斯　感谢上天，将军，你的天性是这样仁厚；那生下你的令尊、乳哺你的令堂，真是应该赞美；教你念书的那位先生，愿他名垂万世；你那非博学所能企及的天赋聪明，更可与日月争光；至于传授你武艺的那位师傅，那么他是应该和战神马斯并享千秋的；讲到你的神勇，那么力举全牛的迈罗①，也不得不向强壮的埃阿斯甘拜下风。我用不着称赞你的智慧，那是像一道围墙、一堵堤岸，包

————————

① 迈罗：希腊六世纪末的运动家，以力大能举一牛著名，曾六次获得奥林匹克胜利者的称号。

围着你的广大丰富的才能,咱们这位涅斯托老将军眼睛里见过的多,自然智慧超人一等;可是对不起,涅斯托老爹,要是您也像埃阿斯一样年轻,您的教育也不过像他一样,那么您的智慧也决不会超过他的。

埃阿斯　我拜您做干爹吧。

俄底修斯　好,我的好儿子。

狄俄墨得斯　你要听他的话啊,埃阿斯将军。

俄底修斯　咱们不要在这儿多耽搁了;阿喀琉斯这野兔子在丛林里躲着呢。请元帅立刻传令全军,召集所有人马;新的君王们到特洛伊来了,明天我们一定要用全力保持我们的声威。这儿有一位大将,让从东方到西方来的骑士们各自争取他们的光荣吧,最大的胜利将是属于埃阿斯的。

阿伽门农　我们就去召开会议。让阿喀琉斯睡吧;正是轻舟虽捷,怎及巨舶容深。(同下。)

第
三
幕

第一场　特洛伊。普里阿摩斯宫中

达洛斯及一仆人上。

潘达洛斯　喂,朋友!对不起,请问一声,你是跟随帕里斯王子的吗?

仆　人　是的,老爷,他走在我前面的时候,我就跟在他后面。

潘达洛斯　我的意思是说,你是靠他吃饭的吗?

仆　人　老爷,我是靠天吃饭的。

潘达洛斯　你依靠着一位贵人,我必须赞美他。

仆　人　愿赞美归于上帝!

潘达洛斯　你认识我吗?

仆　人　说老实话,老爷,我不过在外表上认识您。

潘达洛斯　朋友,我们大家应当熟悉一点。我是潘达洛斯老爷。

仆　人　我希望以后跟您老爷熟悉一点。

潘达洛斯　那很好。

仆　人　您是一位殿下吗?

潘达洛斯　殿下!不,朋友,你只可以叫我老爷或是大人。(内乐声)
　　这是什么音乐?

仆　人　我不大知道,老爷,我想那是数部合奏的音乐。

潘达洛斯　你认识那些奏乐的人吗?

仆　人　我全都认识,老爷。

潘达洛斯　他们奏乐给谁听？

仆　人　他们奏给听音乐的人听，老爷。

潘达洛斯　是谁想听这音乐，朋友？

仆　人　我想听，还有爱音乐的人也想听。

潘达洛斯　朋友，你不懂我的意思；我太客气，你又太调皮。我是说什么人叫他们奏的。

仆　人　呃，老爷，是我的主人帕里斯叫他们奏的，他就在里面；那位人间的维纳斯，美的心血，爱的微妙的灵魂，也陪着他在一起。

潘达洛斯　谁，我的外甥女克瑞西达吗？

仆　人　不，老爷，是海伦；您听了我形容她的话还不知道吗？

潘达洛斯　朋友，看来你还没有见过克瑞西达小姐。我是奉特洛伊罗斯王子之命来见帕里斯的；我的事情急得像热锅里的沸水，来不及等你进去通报了。

仆　人　好个热锅上的蚂蚁！呀，一句陈词滥调罢了！

　　　　　帕里斯及海伦率侍从上。

潘达洛斯　您好，我的好殿下，这些好朋友们都好！愿美好的欲望好好地领导他们！您好，我的好娘娘！愿美好的思想做您的美好的枕头！

海　伦　好大人，您满嘴都是好话。

潘达洛斯　谢谢您的谬奖，好娘娘。好殿下，刚才的音乐很好，很好的杂色合奏呢。

帕里斯　是被你搀杂的，贤卿；现在要你加进来，奏得和谐起来。耐儿①，他是很懂得和声的呢。

潘达洛斯　真的，娘娘，没有这回事。

---

① 耐儿：海伦的爱称。

海　伦　啊,大人!

潘达洛斯　粗俗得很,真的,粗俗不堪。

帕里斯　说得好,我的大人! 你真说得好听。

潘达洛斯　好娘娘,我有事情要来对殿下说。殿下,您允许我跟您说
　　句话吗?

海　伦　不,您不能这样赖过去。我们一定要听您唱歌。

潘达洛斯　哎,好娘娘,您在跟我开玩笑啦。可是,殿下,您的令弟特
　　洛伊罗斯殿下——

海　伦　潘达洛斯大人,甜甜蜜蜜的大人——

潘达洛斯　算了,好娘娘,算了, ——叫我向您致意问候。

海　伦　您不能赖掉我们的歌;要是您不唱,我可要生气了。

潘达洛斯　好娘娘,好娘娘! 真是位好娘娘。

海　伦　叫一位好娘娘生气是一件大大的罪过。

潘达洛斯　不,不,不,哪儿的话,哪儿的话,哈哈! 殿下,他要我对您
　　说,晚餐的时候王上要是问起他,请您替他推托一下。

海　伦　潘达洛斯大人? ——

潘达洛斯　我的好娘娘,我的顶好的好娘娘怎么说?

帕里斯　他有些什么要公? 今晚他在什么地方吃饭?

海　伦　可是,大人——

潘达洛斯　我的好娘娘怎么说? ——我那位殿下要生你的气了。我
　　不能让您知道他在什么地方吃饭。

帕里斯　我可以拿我的生命打赌,他一定是到那位富有风趣的克瑞西
　　达那儿去啦。

潘达洛斯　不,不,哪有这样的事;您真是说笑话了。那位富有风趣的
　　婢子在害病呢。

帕里斯　好,我就替他捏造一个托辞。

潘达洛斯　是,我的好殿下。您为什么要说克瑞西达呢? 不,这个婢
　　　　子在害病呢。

帕里斯　我早就看出来了。

潘达洛斯　您看出来了! 您看出什么来啦? 来,给我一件乐器。好娘
　　　　娘,请听吧。

海　伦　呵,这样才对。

潘达洛斯　我这位外甥女一心只想着一件东西,这件东西,好娘娘,您
　　　　倒是有了。

海　伦　我的大人,只要她所想要的不是我的丈夫帕里斯,什么都可
　　　　以给她。

潘达洛斯　哈! 她不会要他;他两人只是彼此彼此。

海　伦　生过了气,和好如初,"彼此"两人就要变成三人了。

潘达洛斯　算了,算了,不谈这些;我来唱一支歌给您听吧。

海　伦　好,好,请你快唱吧。好大人,你的额角长得很好看哩。

潘达洛斯　啊,谬奖谬奖。

海　伦　你要给我唱一支爱情的歌;这个爱情要把我们一起葬送了。
　　　　啊,丘比特,丘比特,丘比特!

潘达洛斯　爱情! 啊,很好,很好。

帕里斯　对了,爱情,爱情,只有爱情是一切!

潘达洛斯　这支歌正是这样开始的:(唱)

　　　　　　爱情,爱情,只有爱情是一切!
　　　　　　爱情的宝弓,射雌也射雄;
　　　　　　爱情的箭锋,射中了心胸,
　　　　　　不会伤人,只叫人心头火热,
　　　　　　那受伤的恋人痛哭哀号,

啊！啊！啊！这一回性命难逃！

等会儿他就要放声大笑，

哈！哈！哈！爱情的味道真好！

暂时的痛苦呻吟，啊！啊！啊！

变成了一片笑声，哈！哈！哈！

咳呵！

海　伦　哎哟，他的鼻尖儿都在恋爱哩。

帕里斯　爱人，他除了鸽子以外什么东西都不吃；一个人多吃了鸽子，他的血液里会添加热力，血液里添加热力便会激动情欲，情欲激动了便会胡思乱想，胡思乱想的结果就是玩女人闹恋爱。

潘达洛斯　这就是恋爱的产生经过吗？而这些经过不就是《圣经》里所说的毒蛇吗？好殿下，今天是什么人上阵？

帕里斯　赫克托、得伊福玻斯、赫勒诺斯、安忒诺以及所有特洛伊的英雄们都去了；我本来也想去的，可是我的耐儿不放我走。我的兄弟特洛伊罗斯为什么不去？

海　伦　他噘起了嘴唇，好像有些什么心事似的。潘达洛斯大人，您一定什么都知道。

潘达洛斯　哪儿的话，甜甜蜜蜜的娘娘。我很想听听他们今天打得怎样。您会记得替令弟设辞推托吗？

帕里斯　我记得就是了。

潘达洛斯　再会，好娘娘。

海　伦　替我问候您的外甥女。

潘达洛斯　是，好娘娘。（下；归营号声。）

帕里斯　他们从战场上回来了，我们到普里阿摩斯的大厅上去迎接这一群战士吧。亲爱的海伦，我必须请求你帮助我们的赫克托卸下他的甲胄;他的坚强的带扣,利剑的锋刃和希腊人的武力都不能把它打开,却不能抵抗你的纤指的魔力;你的力量胜过希腊诸岛所有的国王。替伟大的赫克托卸除他的甲胄吧。

海　伦　帕里斯,我能够做他的仆人是莫大的荣幸;为他服役的光荣,比我们天生的美貌更值得夸耀。

帕里斯　亲爱的,我爱你爱到了不可思议的地步。(同下。)

第二场　同前。潘达洛斯的花园

潘达洛斯及特洛伊罗斯的侍童自相对方向上。

潘达洛斯　啊!你的主人呢?在我的外甥女克瑞西达家里吗?

侍　童　不,老爷;他等着您带他去呢。

特洛伊罗斯上。

潘达洛斯　啊!他来了。怎么!怎么!

特洛伊罗斯　孩子,走开。(侍童下。)

潘达洛斯　您见过我的外甥女吗?

特洛伊罗斯　不,潘达洛斯;我在她的门口踯躅,像一个站在冥河边岸的游魂,等待着渡船的接引。啊!请你做我的船夫卡戎,赶快把我载到得救者的乐土中去,让我徜徉在百合花的中央!好潘达洛斯啊!请你从丘比特的肩背上拔下他的彩翼来,陪着我飞到克瑞西达身边去吧!

潘达洛斯　您在这园子里随便玩玩。我立刻就去带她来。(下。)

特洛伊罗斯　我觉得眼前迷迷糊糊的,期望使我的头脑打着回旋。想象中的美味是这样甘芳,它迷醉了我的神经。要是我的生津的齿颊果然尝到了经过三次提炼的爱情的旨酒,那该怎样呢?我怕我会死去,昏昏沉沉地倒下去不再醒来;我怕那种太微妙渊深的快

乐,调和在太芳洌的甘美里,不是我的粗俗的感官所能禁受;我
怕,我更怕在无边的幸福之中,我会失去一切的知觉,正像大军冲
锋、敌人披靡的时候,每个人忘记了自己一样。

　　　　潘达洛斯重上。

潘达洛斯　　她正在打扮;她就要来了;您说话可要机灵点儿。她怕难
为情怕得了不得,慌张得气都喘不过来,好像给一个鬼附上了身
似的。我就去带她来。她真是个顶可爱的坏东西;就像一头刚给
人捉住的麻雀似的慌张得喘不过气来。(下。)

特洛伊罗斯　　我自己的心里也感到了这样一种情绪;我的心跳得比一
个害热病的人的脉搏还快;我的一切感官都失去了作用,正像臣
仆在无意中瞥见了君王威严的眼光一样。

　　　　潘达洛斯偕克瑞西达重上。

潘达洛斯　　来,来,有什么害羞呢? 小孩子才怕难为情。他就在这儿
呢。把您向我发过的誓当着她的面再发一遍吧。怎么! 你又要
回去了吗? 你在没有给人家驯服以前,一定要有人看守着吗? 来
吧,来吧,要是你再退回去,我们可要把你像一匹马似的套在辕木
里了。您为什么不对她说话呢? 来,打开这一块面纱,好给我们
看看你的美容。呵,你何必这样不肯得罪一下日光呀! 天黑了,
你更要马上遮掩起来呢。好了,好了,赶快趁此将上一军吧。这
才对了! 一吻就定了终身! 经营起来;多么甜美呵。让你们两颗
心去扭成一团吧,莫等我把你们扯开了就迟了。真是英雄美人,
好一双天配良缘;真不错,真不错。

特洛伊罗斯　　姑娘,您使我一句话也说不出来了。

潘达洛斯　　相思债是不能用说话去还清的,你还是给她一些行动吧,
不要又是一动也不动的。怎么! 又在亲嘴了吗? 好,"良缘永缔,
互结同心",——进来吧,进来吧;我先去拿个火来。(下。)

克瑞西达　请进去吧,殿下。

特洛伊罗斯　啊,克瑞西达! 我好容易盼望到这一天!

克瑞西达　盼望,殿下! 但愿——啊,殿下!

特洛伊罗斯　但愿什么? 为什么,您又不说下去了? 我的亲爱的姑娘
　　在我们爱的灵泉里发现什么渣滓了?

克瑞西达　要是我的恐惧是生眼睛的,那么我看见的渣滓比泉水
　　还多。

特洛伊罗斯　恐惧可以使天使变成魔鬼,它所看到的永远不是真实。

克瑞西达　盲目的恐惧有明眼的理智领导,比之凭着盲目的理智毫
　　无恐惧地横冲直撞,更容易找到一个安全的立足点;倘能时时忧
　　虑着最大的不幸,那么在较小的不幸来临的时候往往可以安之
　　若素。

特洛伊罗斯　啊! 让我的爱人不要怀着丝毫恐惧;在爱神导演的戏剧
　　里是没有恶魔的。

克瑞西达　也没有可怕的巨人吗?

特洛伊罗斯　没有,只有我们自己才是可怕的巨人,因为我们会发誓
　　泪流成海,入火吞山,驯伏猛虎,凡是我们的爱人所想得到的事,
　　我们都可以做到。姑娘,这就是恋爱的可怕的地方,意志是无限
　　的,实行起来就有许多不可能;欲望是无穷的,行为却必须受制于
　　种种束缚。

克瑞西达　人家说恋人们发誓要做的事情,总是超过他们的能力;可
　　是他们却保留着一种永不实行的能力;他们发誓做十件以上的
　　事,实际做到的还不满一件事的十分之一。这种声音像狮子、行
　　动像兔子一样的家伙,可不是怪物吗?

特洛伊罗斯　果然有这样的怪物吗? 我可不是这样。请您考验了我
　　以后,再来估计我的价值吧;当我没有用行为证明我的爱情以前,

我是不愿戴上胜利的荣冠的。一个人要继承产业,在没有到手之前不必得意:出世以前,谁也无从断定一个人的功绩,并且,一旦出世,他的名位也不会太高。为了真心的爱,让我简单讲一两句话,特洛伊罗斯将会向克瑞西达证明,一切出于恶意猜忌的诽谤,都不足以诬蔑他的忠心;真理所能宣说的最真实的言语,也不会比特洛伊罗斯的爱情更真实。

克瑞西达　请进去吧,殿下。

　　　　　潘达洛斯重上。

潘达洛斯　怎么! 还有点不好意思吗? 你们的话还没有说完吗?

克瑞西达　好,舅舅,要是我干下了什么错事,那都是您不好。

潘达洛斯　那么要是你给殿下生下了一位小殿下,你就把他抱来给我好了。你对殿下要忠心;他要是变了心,你尽管骂我。

特洛伊罗斯　令舅的话,和我的不变的忠诚,都可以给您做保证。

潘达洛斯　我也可以替她向您保证:我们家里的人都是不轻易许诺的,可是一旦许身于人,便永远不会变心,就像芒刺一样,碰上了身,再也掉不下来。

克瑞西达　我现在已经有了勇气:特洛伊罗斯王子,我朝思暮想,已经苦苦地爱着您几个月了。

特洛伊罗斯　那么我的克瑞西达为什么这样不容易征服呢?

克瑞西达　似乎不容易征服,可是,殿下,当您第一眼看着我的时候,我早就被您征服了——恕我不再说下去,要是我招认得太多,您会看轻我的。我现在爱着您;可是直到现在为止,我还能够控制我自己的感情;不,说老实话,我说了谎了;我的思想就像一群顽劣的孩子,倔强得不受他们母亲的管束。瞧,我们真是些傻瓜!为什么我要唠唠叨叨说这些话呢? 要是我们不能替自己保守秘密,谁还会对我们忠实呢? 可是我虽然这样爱您,却没有向您求爱;然而说老实话,我却希望我自己是个男子,或者我们女子也像男子一样有先启口的权利。亲爱的,快叫我止住我的舌头吧;因为我这样得意忘形,一定会说出使我后悔的话来。瞧,瞧!您这么狡猾地一声不响,已经使我从我的脆弱当中流露出我的内心来了。封住我的嘴吧。

特洛伊罗斯　好,虽然甜蜜的音乐从您嘴里发出,我愿意用一吻封住它。

潘达洛斯　妙得很,妙得很。

克瑞西达　殿下,请您原谅我;我并不是有意要求您吻我;真是怪羞人的!天哪!我做了什么事啦?现在我真的要告辞了,殿下。

特洛伊罗斯　告辞了,亲爱的克瑞西达?

潘达洛斯　告辞!你就是告辞到明天早晨,还会跟他在一起的。

克瑞西达　请您不要多说。

特洛伊罗斯　姑娘,什么事情使您生气了?

克瑞西达　我讨厌我自己。

特洛伊罗斯　您可不能逃避您自己。

克瑞西达　让我试一试。我有另外一个自己跟您在一起,可是它是无情的,宁愿离开它自己,去受别人的愚弄。我真的要走了;我的智慧掉在什么地方了?我自己也不知道自己在说些什么话。

特洛伊罗斯　说着这样聪明话的人,是不会不知道自己所说的话的。

克瑞西达　殿下,也许您会以为我所吐露的不是真情,我不过在耍着手段,故意用这种不害羞的招认,来试探您的意思,可是您是个聪明人,否则您也许不在恋爱,因为智慧和爱情只有在天神的心里才会同时存在,人们是不能兼而有之的。

特洛伊罗斯　啊!要是我能够相信一个女人会永远点亮她的爱情的不灭的明灯,保持她的不变的忠心和不老的青春,她那永远美好

的灵魂不会随着美丽的外表同归衰谢；只要我能够相信我对您的
一片至诚和忠心，会换到您的同样纯洁的爱情，那时我将要怎样
地欢欣鼓舞呢！可是唉！我的忠心是这样单纯，比赤子之心还要
简单而纯朴。

克瑞西达　在那一点上我要跟您互相竞争。

特洛伊罗斯　啊，当两种真理为了互争高下而相战的时候，那是一场
多么道义的战争！从今以后，世上真心的情郎们都要以特洛伊罗
斯为榜样；当他们充满了声诉、盟誓和夸大的比拟的诗句中缺少
新的譬喻的时候，当他们厌倦了那些陈陈相因的套语，例如：像钢
铁一样坚贞，像草木对于月亮、太阳对于白昼、斑鸠对于她的配偶
一样忠心——当他们用尽了这一切关于忠诚的譬喻，而希望援引
一个更有力的例证的时候，他们便可以加上一句说，"像特洛伊罗
斯一样忠心。"

克瑞西达　愿您的话成为预言！要是我变了心，或者有一丝不忠不贞
的地方，那么当时间变成古老而忘记了它自己的时候，当特洛伊
的岩石被水珠滴烂、无数的城市被盲目的遗忘所吞噬、无数强大
的国家了无痕迹地化为一堆泥土的时候，让我的不贞继续存留在
人们的记忆里，永远受人唾骂！当他们说过了"像空气、像水、像
风、像沙土一样轻浮；像狐狸对于羔羊、豺狼对于小牛、豹子对于
母鹿、继母对于前妻的儿子一样虚伪"以后，让他们举出一个最轻
浮最虚伪的榜样来，说，"像克瑞西达一样负心。"

潘达洛斯　好，交易已经作成，两方面盖个印吧；来，来，我替你们做证
人。这儿我握着您的手，这儿我握着我外甥女的手，我这样辛辛
苦苦把你们两人拉在一起，要是你们中间无论哪一个变了心，那
么从此以后，让世上所有可怜的媒人们都叫着我的名字，直到永
远！让一切忠心的男人都叫作特洛伊罗斯，一切负心的女子都叫

作克瑞西达,一切做媒的人都叫作潘达洛斯!大家说阿门。

特洛伊罗斯　阿门。

克瑞西达　阿门。

潘达洛斯　阿门。现在我要带你们到一间房间里去,那里面还有一张眠床;那张床是不会泄露你们的秘密的,你们尽管去成其美事吧。去!(同下。)

第三场　希腊营地

　　　　阿伽门农、俄底修斯、狄俄墨得斯、涅斯托、埃阿斯、墨涅拉俄斯及卡尔卡斯上。

卡尔卡斯　各位王子,为了我替你们所做的事情,现在我可以向你们要求报偿了。请你们想一想,我因为审察未来的大势,决心舍弃特洛伊,丢下了我的家产,顶上一个叛逆的名字;牺牲了现成的安稳的地位,来追求不可知的命运;抛开了我所习惯的一切,到这举目生疏的地方来替你们尽力:你们曾经允许给我许多好处,现在我只要求你们让我略沾小惠,想来你们总不会拒绝我吧。

阿伽门农　特洛伊人,你要向我们要求什么? 说吧。

卡尔卡斯　你们昨天捉来了一个特洛伊的俘虏,名叫安忒诺;特洛伊对他是很重视的。你们常常要求他们拿我的女儿克瑞西达来交换被俘的特洛伊重要将士,可是特洛伊总是加以拒绝;据我所知,这个安忒诺在特洛伊军中是一个很重要的人物,一切事务倘没有他去处理,都要陷于停顿,他们甚至于愿意拿一个普里阿摩斯亲生的王子来和他交换;各位殿下,把他送回去,交换我的女儿来吧,只要让我瞧见她一面,就可以补偿我替你们所尽的一切劳力了。

阿伽门农　让狄俄墨得斯把他送去,带克瑞西达回来吧;卡尔卡斯的

要求可以让他得到满足。狄俄墨得斯,你去准备好这一次交换所
需要的一切,同时带个信去,问一声赫克托明天是不是预备决战,
埃阿斯已经预备好了。

狄俄墨得斯　我愿意担负这一个使命,并且认为这是莫大的光荣。(狄
俄墨得斯、卡尔卡斯同下。)

　　　　阿喀琉斯及帕特洛克罗斯自帐内走出。

俄底修斯　阿喀琉斯正在他的帐前站着,请元帅在他面前走过去,理
也不要理他,就好像忘记了他是个什么人似的;各位王子也都对
他装出一副冷淡的态度。让我在最后走过,他一定会问我,为什
么人家都向他投掷这样轻蔑的眼光;那时我就借你们的冷淡做题
目,对他的骄傲发出一些意含针砭的讥讽,使他不能不饮下我给
他的这一服清心药剂。这服药也许会发生效力。要一个骄傲的
人看清他自己的嘴脸,只有用别人的骄傲给他做镜子;倘然向他
卑躬屈节,只会助长他的气焰,徒然自取其辱。

阿伽门农　我就依照你的计策而行,当我走过他身旁的时候,故意装
出一副冷淡的神气;每一位将军也都要这样,或者不理他,或者用
轻蔑的态度向他打个招呼,那是会比完全不理他更使他难堪的。
大家跟着我来。

阿喀琉斯　怎么! 元帅又要来找我说话了吗? 您知道我的意思,我是
不愿再跟特洛伊人打仗的了。

阿伽门农　阿喀琉斯说些什么? 他有什么事要跟我说?

涅斯托　将军,您有什么事要对元帅说吗?

阿喀琉斯　没有。

涅斯托　元帅,他说没有。

阿伽门农　那再好没有了。(阿伽门农、涅斯托同下。)

阿喀琉斯　早安,早安。

墨涅拉俄斯　您好？您好？（下。）

阿喀琉斯　怎么！那王八也瞧不起我吗？

埃阿斯　啊,帕特洛克罗斯!

阿喀琉斯　早安,埃阿斯。

埃阿斯　嘿?

阿喀琉斯　早安。

埃阿斯　是,是,早安,早安。（下。）

阿喀琉斯　这些家伙都是什么意思？他们不认识阿喀琉斯了吗？

帕特洛克罗斯　他们大模大样地走了过去。从前他们一看见阿喀琉斯,总是鞠躬如也,笑脸相迎,那一副恭而敬之的神气,就像礼拜神明一样。

阿喀琉斯　怎么！难道我的威风已经衰落了吗？大丈夫在失欢于命运以后,不用说会被众人所厌弃,他可以从别人的眼睛里看到他自己的没落;因为人们都是像蝴蝶一样,只会向炙手可热的夏天蹁跹起舞;在他们的俗眼之中,只有富贵尊荣,这一些不一定用才能去博得的身外浮华,才是值得敬重的;当这些不足恃的浮华化为乌有的时候,人们的敬意也就会烟消云散。可是我还没有到这样的地步,命运依然是我的朋友,我依然充分享受着我所有的一切,只有这些人却对我改变了态度,我想他们一定对我有什么不满意的地方。俄底修斯也来了,他在读些什么;待我前去打断他的诵读。啊,俄底修斯!

俄底修斯　啊,阿喀琉斯!

阿喀琉斯　你在读些什么?

俄底修斯　有一个不认识的人写给我这样几句话:"无论一个人的天赋如何优异,外表或内心如何美好,也必须在他的德性的光辉照耀到他人身上发生了热力、再由感受他的热力的人把那热力反射到自己身上的时候,才能体会到他本身的价值的存在。"

阿喀琉斯　这没有什么奇怪,俄底修斯!一个人看不见自己的美貌,他的美貌只能反映在别人的眼里;眼睛,那最灵敏的感官,也看不见它自己,只有当自己的眼睛和别人的眼睛相遇的时候,才可以交换彼此的形象,因为视力不能反及自身,除非把自己的影子映在可以被自己看见的地方。这事一点也不足为怪。

俄底修斯　我并不重视这一种很普通的道理,可是我不懂写这几句话的人的用意;他用迂回婉转的说法,证明一个人无论禀有着什么奇才异能,倘然不把那种才能传达到别人的身上,他就等于一无所有;也只有在把才能发展出去以后所博得的赞美声中,才可以认识他本身的价值,正像一座穹窿把声音弹射回来,又像一扇迎着阳光的铁门,反映出太阳所投射的形状,同时吐发出它所吸收的热力一样。他这番话很引起了我的思索,使我立刻想起了默默无闻的埃阿斯。天哪,这是一个多好的汉子!真是一匹轶群的骏马,他的奇才还没有为他自己所发现。天下真有这样被人贱视的珍宝!也有毫无价值的东西,反会受尽世人的赞赏!明天我们可以看见埃阿斯在无意中得到一个大显身手的机会,从此以后,他的威名将要遍传人口了。天啊!有些人会乘着别人懈怠的时候,干出怎样一番事业!有的人悄悄地钻进了反复无常的命运女神的厅堂,有的人却在她的眼中扮演着痴人!有的人利用着别人的骄傲而飞黄腾达,有的人却因为骄傲而使他的地位一落千丈!瞧这些希腊的将军们!他们已经在那儿拍着粗笨的埃阿斯的肩膀,好像他的脚已经踏在勇敢的赫克托的胸口,强大的特洛伊已经濒于末日了。

阿喀琉斯　我相信你的话,因为他们走过我的身旁,就像守财奴看见叫花子一样,没有一句好话,也没有一张好脸。怎么!难道我的功劳都已经被人忘记了吗？

俄底修斯　将军,时间老人的背上负着一个庞大的布袋,那里面装满
　　着被寡恩负义的世人所遗忘的丰功伟绩;那些已成过去的美绩,
　　一转眼间就会在人们的记忆里消失。只有继续不断的前进,才可
　　以使荣名永垂不替;如果一旦罢手,就会像一套久遭搁置的生锈
　　的铠甲,谁也不记得它的往日的勋劳,徒然让它的不合时宜的式
　　样,留作世人揶揄的资料。不要放弃眼前的捷径,光荣的路是狭
　　窄的,一个人只能前进,不能后退,所以你应该继续在这一条狭路
　　上迈步前进,因为无数竞争的人都在你的背后,一个紧追着一个;
　　要是你略事退让,或者闪在路旁,他们就会像汹涌的怒潮一样直
　　冲过来,把你遗弃在最后;又像一匹落伍的骏马,倒在地上,下驷
　　的驽骀都可以追在它的前面,从它的身上践踏过去。那时候人家
　　现在所做的事,虽然比不上你从前所做的事,但是你的声名却要
　　被他们所掩盖,因为时间正像一个趋炎附势的主人,对于一个临
　　去的客人不过和他略微握一握手,对于一个新来的客人,却伸开
　　了两臂,飞也似的过去抱住他,欢迎是永远含笑的,告别总是带着
　　叹息。啊! 不要让德行追索它旧日的酬报,因为美貌、智慧、门第、
　　膂力、功业、爱情、友谊、慈善,这些都要受到无情的时间的侵蚀。
　　世人有一个共同的天性,他们一致赞美新制的玩物,虽然它们原
　　是从旧有的材料改造而成的;他们宁愿拂拭发着亮光的金器。却
　　不去过问那被灰尘掩蔽了光彩的金器,人们的眼睛只能看见现
　　在,他们所赞赏的也只有眼前的人物;所以不用奇怪,你伟大的完
　　人,一切希腊人都在开始崇拜埃阿斯,因为活动的东西是比停滞
　　不动的东西更容易引人注目的。众人的属望曾经集于你的身上,
　　要是你不把你自己活活埋葬,把你的威名收藏在你的营帐里,那
　　么你也未始不可恢复旧日的光荣;不久以前,你那在战场上的赫

赫声威，是曾经使天神为之侧目的。

阿喀琉斯　我这样深居简出，却有极充分的理由。

俄底修斯　可是有更充分、更有力的理由反对你的深居简出。阿喀琉
　　斯，人家都知道你恋爱着普里阿摩斯的一个女儿。

阿喀琉斯　嘿！人家都知道！

俄底修斯　你以为那很奇怪吗？什么事情都逃不过旁观者的冷眼；渊
　　深莫测的海底也可以量度得到，潜藏在心头的思想也会被人猜
　　中。国家事务中往往有一些秘密，是任何史乘所无法发现的。你
　　和特洛伊人之间的关系，我们是完全明白的；可是阿喀琉斯倘然
　　是个真正的英雄，他就应该去把赫克托打败，不应该把波吕克塞
　　娜①丢弃不顾。要是现在小小的皮洛斯在家里听见了光荣的号角
　　在我们诸岛上吹响，所有的希腊少女们都在跳跃欢唱，"伟大的赫
　　克托的妹妹征服了阿喀琉斯，可是我们的伟大的埃阿斯勇敢地把
　　他打倒，"那时候他的心里该是多么难受。再见，将军，我对你这
　　样说完全是出于好意；留心你脚底下的冰块，不要让一个傻子从
　　这上面滑了过去，你自己却把它踹碎了。（下。）

帕特洛克罗斯　阿喀琉斯，我也曾经这样劝告过您。一个男人在需要
　　行动的时候优柔寡断，没有一点丈夫的气概，比一个鲁莽粗野、有
　　男子气概的女子更为可憎。人家常常责怪我，以为我对于战争的
　　厌恶以及您对于我的亲密的友谊，是使您懈怠到现在这种样子的
　　根本原因。好人，振作起来吧；只要您振臂一呼，那柔弱轻佻的丘
　　比特就会从您的颈上放松他的淫荡的拥抱，像雄狮鬣上的一滴露
　　珠似的，摇散在空气之中。

阿喀琉斯　埃阿斯要去和赫克托交战吗？

---

① 波吕克塞娜：普里阿摩斯的女儿，为阿喀琉斯所恋。

帕特洛克罗斯　是的,也许他会在他身上得到极大的荣誉。

阿喀琉斯　我的声誉已经遭到极大的危险,我的威名已经受到严重的损害。

帕特洛克罗斯　啊!那么您要留心,自己加于自己的伤害是最不容易治疗的;忽略了应该做的事,往往会引起危险的后果,这种危险就像寒热病一样,会在我们向阳闲坐的时候侵袭到我们的身上。

阿喀琉斯　好帕特洛克罗斯,去把忒耳西忒斯叫来;我要差这傻瓜去见埃阿斯,请他在决战完毕以后,邀请特洛伊的骑士们到我们这儿来,大家便服相见。我简直像一个女人似的害着相思,渴想着会一会卸除武装的赫克托,跟他握手谈心,把他的面貌瞧一个清楚。——他来得正好!

　　　忒耳西忒斯上。

忒耳西忒斯　怪事,怪事!

阿喀琉斯　什么怪事?

忒耳西忒斯　埃阿斯在战场上走来走去,像失了魂似的。

阿喀琉斯　是怎么一回事?

忒耳西忒斯　他明天必须单人匹马去和赫克托交战;他因为预想到这一场英勇的厮杀,骄傲得了不得,所以满口乱嚷乱叫,却没有说出一句话来。

阿喀琉斯　怎么会有这样的事?

忒耳西忒斯　他跨着大步,像一只孔雀似的走来走去,踱了一步又立定了一会儿;他那满腹心事的样子,就像一个在脑子里打算盘的女店主在那儿计算她的账目;他咬着嘴唇,装出一副深谋远虑的神气,好像说,"我这儿有一脑袋的神机妙算,你们等着瞧吧;"他说得不错,可是他那脑袋里的智慧,就像打火石里的火花一样,不去打它是不肯出来的。这家伙一辈子算是完了;因为赫克托

倘不在交战的时候扭断他的头颈，凭着他那股摇头摆脑的得意劲
儿，也会把自己的头颈摇断的。他已经不认识我；我说，"早安，埃
阿斯。"他却回答我，"谢谢，阿伽门农。"你们看他还算个什么人，
会把我当作元帅！他简直变成了一条失水的鱼儿，一个不会说话
的怪物啦。自以为了不起！就像一件皮背心一样，两面都好穿。

阿喀琉斯　忒耳西忒斯，你必须做我的使者，替我带一个信给他。

忒耳西忒斯　谁，我吗？嘿，他见了谁都不睬；他不愿意回答人家；只
有叫花子才老是开口；他的舌头是长在臂膀上的。我可以扮做他
的样子，让帕特洛克罗斯向我提出问题，你们就可以瞧瞧埃阿斯
是怎么样的。

阿喀琉斯　帕特洛克罗斯，对他说；我恭恭敬敬地请求英武的埃阿斯
邀请骁勇无比的赫克托便服到敝寨一叙；关于他的身体上的安
全，我可以要求慷慨宽宏、声名卓著、高贵尊荣的希腊军大元帅阿
伽门农特予保证，等等，等等。你这样说吧。

帕特洛克罗斯　乔武大神祝福伟大的埃阿斯！

忒耳西忒斯　哼！

帕特洛克罗斯　我奉尊贵的阿喀琉斯的命令前来——

忒耳西忒斯　嘿！

帕特洛克罗斯　他，恭恭敬敬地请求您邀请赫克托到他的寨内
　一叙——

忒耳西忒斯　哼！

帕特洛克罗斯　他可以从阿伽门农取得安全通行的保证。

忒耳西忒斯　阿伽门农！

帕特洛克罗斯　是，将军。

忒耳西忒斯　嘿！

帕特洛克罗斯　您的意思怎样？

忒耳西忒斯　愿上帝和你同在。

帕特洛克罗斯　您的答复呢,将军?

忒耳西忒斯　明天要是天晴,那么在十一点钟的时候,一定可以见个
　　分晓;可是他即使得胜,我也要叫他付下重大的代价。

帕特洛克罗斯　您的答复呢,将军?

忒耳西忒斯　再见,再见。

阿喀琉斯　啊,难道他就是这么一副腔调吗?

忒耳西忒斯　不,他简直是脱腔走调;我不知道赫克托捶破了他的脑
　　壳以后,他还会唱些什么调调儿出来;不过我想他是不会有什么
　　调调儿唱出来的,除非阿波罗抽了他的筋去做琴弦。

阿喀琉斯　来,你必须立刻替我去送一封信给他。

忒耳西忒斯　让我再带一封去给他的马吧;比较起来,还是他的马有
　　些知觉哩。

阿喀琉斯　我心里很乱,就像一池搅乱了的泉水,我自己也看不见它
　　的底。(阿喀琉斯、帕特洛克罗斯同下。)

忒耳西忒斯　但愿你那心里的泉水再清澈起来,好让我把我的驴子牵
　　下去喝几口水! 我宁愿做一只羊身上的虱子,也不愿做这么一个
　　没有头脑的勇士。(下。)

第
四
幕

第一场　特洛伊。街道

　　埃涅阿斯及仆人持火炬自一方上；帕里斯、得伊福玻斯、安忒诺、狄俄墨得斯及余人等各持火炬自另一方上。

帕里斯　瞧！喂！那儿是谁？

得伊福玻斯　那是埃涅阿斯将军。

埃涅阿斯　那一位是帕里斯王子吗？要是我也安享着像您这样的艳福，除非有天大的事情，什么也不能叫我离开我床头的伴侣的。

狄俄墨得斯　我也这样想呢。早安，埃涅阿斯将军。

帕里斯　埃涅阿斯，这是一位勇敢的希腊人，你跟他拉拉手吧。你不是说过，狄俄墨得斯曾经有整整一个星期在战场上把你纠缠住不放吗？现在你可以仔细瞧瞧他的面貌了。

埃涅阿斯　在我们继续休战的期间，勇敢的将军，我愿意祝您健康；可是当我们戎装相见的时候，我对您只有不共戴天的敌忾。

狄俄墨得斯　狄俄墨得斯对于您的友情和敌意，都同样欣然接受。当我们现在心平气和的时候，请您许我向您还祝健康；可是我们要是在战场上角逐起来，那么乔武在上，我要用我全身的力量和计谋，来夺取你的生命。

埃涅阿斯　你将要猎逐一头狮子，当它逃走的时候，是用它的脸奔向敌人的。现在我却用善意的温情，欢迎你到特洛伊来！凭着维

-257

纳斯的玉手起誓,世上没有人会像我一样爱着他所准备杀死的东西。

狄俄墨得斯　我们的想法完全一样。乔武,要是埃涅阿斯的末日不就是我的宝剑的光荣,那么愿他活到千秋万岁吧!可是当我们为了光荣而互相争斗的时候,那么愿他明天就死去,而且每一处骨节上都留有一个伤痕!

埃涅阿斯　我们真是知己相逢。

狄俄墨得斯　正是,我们更希望下一次相逢的时候,彼此互成仇敌。

帕里斯　像这样满含着敌意的热烈欢迎,像这样无上高贵的充满仇恨的友情,真是我平生所未闻,将军,你有什么事起得这样早?

埃涅阿斯　王上叫我去,可是我不知道为了什么事。

帕里斯　这儿就是他所要叫你干的事:你带着这位希腊人到卡尔卡斯的家里,在那里把美丽的克瑞西达交给他,以交换他们放回来的安忒诺。你可以陪着我们一块儿去;否则你先走一步也可以。我总是觉得——也可以说的确相信——我的兄弟特洛伊罗斯昨天晚上在那里过夜;你就把他叫醒起来,通知他我们就要来了,同时把一切情形告诉他。我怕我们此去是一定非常不受欢迎的。

埃涅阿斯　那还用说吗?特洛伊罗斯宁愿让希腊人拿了特洛伊去,也不愿让克瑞西达被人从特洛伊带走。

帕里斯　那也没有办法;时势所迫,不得不然。请吧,将军,我们随后就来。

埃涅阿斯　那么各位早安!　(下。)

帕里斯　告诉我,尊贵的狄俄墨得斯,像一个好朋友似的老实告诉我,照您看起来,我跟墨涅拉俄斯两个人究竟是谁更配得上美丽的海伦?

狄俄墨得斯　你们两人都差不多。一个不以她的失节为嫌,费了这么

大的力气想要把她追寻回来;一个也不以舐人唾余为耻,不惜牺
牲了如许的资财将士,把她保留下来。他像一个懦弱的王八似的,
甘心喝下人家残余的无味的糟粕;您像一个好色之徒似的,愿意
让她淫荡的身体生育您的后嗣。照这样比较起来,你们正是一个
半斤,一个八两。

帕里斯　您把您的同国的姊妹说得太不堪了。

狄俄墨得斯　她太对不起她的祖国了。听我说,帕里斯,在她的淫邪
的血管里,每一滴负心的血液,都有一个希腊人为它而丧失了生
命;在她的腐烂的尸体上,每一分、每一厘的皮肉,都有一个特洛
伊人为它而暴骨沙场。自从她牙牙学语以来,她所说过的好话的
数目,还抵不上死在她手里的希腊人和特洛伊人的总数。

帕里斯　好,狄俄墨得斯,您说的话就像一个做买卖的人似的,故意把
您所要买的东西说得这样坏;可是我们却不愿多费唇舌,夸赞我
们所要出卖的东西。请往这边走。(同下。)

第二场　同前。潘达洛斯家的庭前

特洛伊罗斯及克瑞西达上。

特洛伊罗斯　亲爱的,进去吧;早晨很冷呢。

克瑞西达　那么,我的好殿下,让我去叫舅舅下来,替您开门。

特洛伊罗斯　不要麻烦他;去睡吧,去睡吧;你那双可爱的眼睛已经
倦得睁不开来,你的全身有一种软绵绵的感觉,好像一个没有思
虑的婴孩似的。

克瑞西达　那么再会吧。

特洛伊罗斯　请你快去睡一会儿。

克瑞西达　您已经讨厌我了吗?

特洛伊罗斯　啊,克瑞西达! 倘不是忙碌的白昼被云雀叫醒,惊起了无赖的乌鸦;倘不是酣梦的黑夜不再遮掩我们的欢乐,我是怎么也不愿离开你的。

克瑞西达　夜是太短了。

特洛伊罗斯　可恨的妖巫! 对于心绪烦乱的人们,她会像地狱中的长夜一样逗留不去;对于欢会的恋人们,她就驾着比思想还快的翅膀迅速飞走,你再不进去,会受寒的,那时你又要骂我了。

克瑞西达　请您再稍留片刻吧;你们男人总是不肯多留一会儿的。唉,好傻的克瑞西达! 我应该继续推拒您的要求,那么您就不肯走开了。听! 有人起来啦。

潘达洛斯　(在内)怎么! 这儿的门都开着吗?

特洛伊罗斯　这是你的舅舅。

克瑞西达　真讨厌! 现在他又要来把我取笑了;叫人怪不好意思的!
　　　　　潘达洛斯上。

潘达洛斯　啊,啊! 其味如何? 喂,你这位大娘子! 我的外甥女克瑞西达呢?

克瑞西达　该死的坏舅舅,老是把人取笑! 你自己害得我——现在却来讥笑我。

潘达洛斯　害得你怎样? 害得你怎样? 让她自己说,我害得你怎样?

克瑞西达　算了,算了,你这坏人! 你自己永远做不出好事来,也不让人家做一个安安分分的人。

潘达洛斯　哈,哈! 唉,可怜的东西! 真是个傻丫头! 昨天晚上没有睡觉吗? 他这个坏家伙不让你睡吗? 让妖精抓了他去!

克瑞西达　我不是对您说过吗? 我恨不得打他一顿才痛快! (内叩门声)谁在打门? 好舅舅,去瞧瞧。殿下,您再到我房里坐一会儿;您在笑我,好像我的话里头存着邪心似的。

特洛伊罗斯　哈哈!

克瑞西达　不,您弄错了,我没有转这种念头。(内叩门)他们把门擂得
　　多急! 请您快进去吧,我怎么也不愿让人家瞧见您在这儿。(特洛
　　伊罗斯、克瑞西达同下。)

潘达洛斯　(往门口)是谁? 什么事? 你们要把门都打破了吗? 怎么!
　　什么事?

　　　　埃涅阿斯上。

埃涅阿斯　早安,大人,早安。

潘达洛斯　是谁? 埃涅阿斯将军! 哎哟,我人都不认识啦。您这么早
　　来有什么见教?

埃涅阿斯　特洛伊罗斯王子在这儿吗?

潘达洛斯　在这儿? 他在这儿干么?

埃涅阿斯　算了,大人,我知道他在这儿,您不用瞒我。我有一些对他
　　很有关系的话要跟他说。

潘达洛斯　您说他在这儿吗? 那么我可以发誓,我一点也不知道;我
　　自己是很晚才回来的。他到这儿来干么呢?

埃涅阿斯　算了,算了,您这样替他遮掩,也许是对朋友的一片好心,
　　可是对他没有什么好处。不管您知道不知道,快去叫他出来;去。

　　　　特洛伊罗斯重上。

特洛伊罗斯　怎么! 什么事?

埃涅阿斯　殿下,恕我少礼,我的事情很紧急;令兄帕里斯、得伊福玻
　　斯、希腊来的狄俄墨得斯和被释归来的安忒诺都要来了。因为希
　　腊人把安忒诺还给我们,所以我们必须在这一小时内,把克瑞西
　　达姑娘交给狄俄墨得斯带回希腊,作为交换。

特洛伊罗斯　已经这样决定了吗?

埃涅阿斯　这件事情已经由普里阿摩斯和全体廷臣通过,立刻就要

实行。

特洛伊罗斯　好容易如愿以偿，又变了一场梦幻！我要见他们去；埃涅阿斯将军，请你装作我们是偶然相遇的，不要说在这儿找到了我。

埃涅阿斯　很好，很好，殿下；我决不泄露秘密。（特洛伊罗斯、埃涅阿斯同下。）

潘达洛斯　有这等事？刚才到手就丢了？魔鬼把安忒诺抓了去！这位小王子准要发疯了。该死的安忒诺！我希望他们扭断他的头颈！

　　　　　克瑞西达重上。

克瑞西达　怎么！什么事，刚才是谁？

潘达洛斯　唉！唉！

克瑞西达　您为什么这样长叹？他呢？去了！好舅舅，告诉我，是怎么一回事？

潘达洛斯　我还是死了干净！

克瑞西达　天哪！是什么事？

潘达洛斯　你进去吧。你为什么要生到这世上来？我知道你会把他害死的。唉，可怜的王子！该死的安忒诺！

克瑞西达　好舅舅，我求求您，我跪在地上求求您，告诉我究竟发生了什么事。

潘达洛斯　你得走了，丫头，你得走了；人家拿安忒诺来换你来了。你必须到你父亲那儿去，不能再跟特洛伊罗斯在一起。他一定要伤心死的；他再也受不了的。

克瑞西达　啊，你们天上的神明！我是不愿意去的。

潘达洛斯　你非去不可。

克瑞西达　我不愿意去，舅舅。我已经忘记了我的父亲；我不知道什

么骨肉之情,只有亲爱的特洛伊罗斯才是我最亲近的亲人。神明
啊！要是克瑞西达有一天会离开特洛伊罗斯,那么让她的名字
永远被人唾骂吧！时间、武力、死亡,尽你们把我的身体怎样摧残
吧;可是我的爱情的基础是这样坚固,就像吸引万物的地心,永远
不会动摇的,我要进去哭了。

潘达洛斯　好,你去哭吧。

克瑞西达　我要扯下我的光亮的头发,抓破我的被人赞美的脸,哭哑
我的娇好的喉咙,用特洛伊罗斯的名字捶碎我的心。我不愿离开
特洛伊一步。(同下。)

第三场　同前。潘达洛斯家门前

　　　　帕里斯、特洛伊罗斯、埃涅阿斯、得伊福玻斯、安忒诺及狄俄墨得斯上。

帕里斯　天已经大亮,把她交给这位希腊勇士的预定时间很快就要到
了。特洛伊罗斯,我的好兄弟,你去告诉这位姑娘她所应该做的
事,催她赶快收拾一切,准备动身。

特洛伊罗斯　你们各位都跟我到她家里去;我立刻带她出来。当我把
她交给这个希腊人的时候,请你把他的手当作一座祭坛,你的兄
弟特洛伊罗斯是个祭司,把他自己的心挖出来作为献祭了。(下。)

帕里斯　我知道一个人在恋爱中的心理;可是我虽然老大不忍,却没
有法子帮助他！各位将军,请进去吧！(同下。)

第四场　同前。潘达洛斯家中一室

潘达洛斯及克瑞西达上。

潘达洛斯　别太伤心啦，别太伤心啦。

克瑞西达　你为什么叫我别太伤心呢？我所感到的悲哀是这样地深
刻、广泛、透彻而强烈，我怎么能够把它压抑下去呢？要是我可以
节制我的感情，或是把它的味道冲得淡薄一点，那么也许我也可
以节制我的悲哀；可是我的爱是不容许掺入任何水分的，我失去
了这样一个爱人的悲哀，也是没有法子可以排遣的。

特洛伊罗斯上。

潘达洛斯　他、他、他来了。啊！好一对鸳鸯！

克瑞西达　（抱特洛伊罗斯）啊，特洛伊罗斯！特洛伊罗斯！

潘达洛斯　瞧这一双痴男怨女！我也要想抱着什么人哭一场哩。那
歌儿是怎么说的？啊，心啊，悲哀的心，你这样叹息为何不破碎？
下面的答句是——因为言语或友情，都不能给你的痛苦以安慰。
这几行诗句真是说得入情入理。可见什么东西都不应该随便丢
弃，因为我们也许会有一天用得着这样几句诗的。喂，小羊们！

特洛伊罗斯　克瑞西达，我因为爱你爱得这样虔诚，远胜于从我的冷
淡的嘴唇里所吐出来的对于神明的颂祷，所以激怒了天神，把你
夺去了。

克瑞西达　天神也会嫉妒吗？

潘达洛斯　是，是，是，是，这是一桩非常明显的事实。

克瑞西达　我真的必须离开特洛伊吗？

特洛伊罗斯　这是一件无可避免的恨事。

克瑞西达　怎么! 也必须离开特洛伊罗斯吗?

特洛伊罗斯　你必须离开特洛伊,也必须离开特洛伊罗斯。

克瑞西达　真会有这种事吗?

特洛伊罗斯　而且是这样匆促。运命的无情的毒手把我们硬生生拆分开来,不留给我们一些从容握别的时间;它粗暴地阻止了我们唇吻的交融,用蛮力打散了我们紧紧的偎抱,把我们无限郑重的深盟密誓扼死在我们的喉间。我们用千万声叹息买到了彼此的爱情,现在却必须用一声短促的叹息把我们自己廉价出卖。无情的时间像一个强盗似的,现在必须把他所偷到的珍贵宝物急急忙忙塞在他的包裹里:像天上的星那么多的离情别意,每一句道别都伴着一声叹息一个吻,都被他挤塞在一句简单的"再会"里;只剩给我们草草的一吻,被断续的泪珠和成了辛酸的滋味。

埃涅阿斯　(在内)殿下,那姑娘预备好了没有?

特洛伊罗斯　听! 他们在叫你啦。有人说,一个人将死的时候,催命的鬼差也是这样向他"来吧!""来吧!"地招呼着的。叫他们耐心等一会儿;她就要来了。

潘达洛斯　我的眼泪呢? 快下起雨来,把我的叹息打下去,因为它像一阵大风似的,要把我的心连根吹起来了呢! (下。)

克瑞西达　那么我必须到希腊人那儿去吗?

特洛伊罗斯　没有挽回的余地了。

克瑞西达　那么我要在快活的希腊人中间,做一个伤心的克瑞西达了! 我们什么时候再相会呢?

特洛伊罗斯　听我说,我的爱人。只要你忠心不变——

克瑞西达　我忠心不变! 怎么! 你怀疑我吗?

特洛伊罗斯　不,你不要误会我的意思;我说"只要你忠心不变",不是对你有什么不放心的地方,我不过用这样一句话,引起我下面的意思。只要你忠心不变,我一定会来看你的。

克瑞西达　啊!殿下,那您就要遭到不测的危险啦;可是我的忠心是不会变的。

特洛伊罗斯　我要出入危险,习以为常。你佩戴着我这衣袖吧。

克瑞西达　这手套也请您永远戴在手上。我什么时候再看见您呢?

特洛伊罗斯　我会贿赂希腊的守兵,每天晚上来探望你。可是你不要变心。

克瑞西达　天啊!又是"不要变心"!

特洛伊罗斯　爱人,听我告诉你我说这句话的理由;希腊的青年们都是充满美好的品质的,他们都很可爱,很俊秀,有很好的天赋,又博学多能,我怕你也许会喜新忘旧;唉!一种真诚的嫉妒占据着我的心头,请你把它叫作纯洁的罪恶吧。

克瑞西达　天啊!您不爱我。

特洛伊罗斯　那么让我像一个恶徒一样不得好死!我不是怀疑你的忠心,只是不相信自己有什么长处;我不会唱歌,不会跳舞,不会讲那些花言巧语,也不会跟人家勾心斗角,这些都是希腊人最擅长的本领;可是我可以说在每一种这一类的优点中间,都潜伏着一个不动声色的狡猾的恶魔,引诱人堕入他的圈套。希望你不要被他诱惑。

克瑞西达　您想我会被他诱惑吗?

特洛伊罗斯　不。可是有些事情不是我们的意志所能做主的;有时候我们会变成引诱自己的恶魔,因为过于相信自己的脆弱易变的心性,而陷于身败名裂的地步。

埃涅阿斯　(在内)殿下!

特洛伊罗斯　来,吻我;我们就此分别了。

帕里斯　(在内)特洛伊罗斯兄弟!

特洛伊罗斯　哥哥,你带着埃涅阿斯和那希腊人进来吧。

克瑞西达　殿下,您不会变心吗?

特洛伊罗斯　谁,我吗?唉,忠心是我唯一的过失:当别人用手段去沽
名钓誉的时候,我却用一片忠心博得一个痴愚的名声;人家用奸
诈在他们的铜冠上镀了一层金,我只有纯朴的真诚,我的王冠是
敝旧而没有虚饰的。你尽可相信我的一片真心:我的为人就是纯
正朴实,如此而已。

　　　　埃涅阿斯、帕里斯、安忒诺、得伊福玻斯及狄俄墨得斯上。

特洛伊罗斯　欢迎,狄俄墨得斯将军!这就是我们向你们交换安忒诺
的那位姑娘,等我们到了城门口的时候,我就把她交给你,一路上
我还要告诉你她是怎样的一个人。你要好好看顾她;凭着我的
灵魂起誓,希腊人,要是有一天你的生命悬在我的剑下,只要一提
起克瑞西达的名字,你就可以像普里阿摩斯坐在他的深宫里一样
安全。

狄俄墨得斯　克瑞西达姑娘,您无须感谢这位王子的关切,您那明亮
的眼睛,您那天仙化人的面庞,就是最有力的言辞,使我不能不给
您尽心的爱护;您今后就是狄俄墨得斯的女主人,他愿意一切听
从您的吩咐。

特洛伊罗斯　希腊人,你用这种恭维她的话语,来嘲笑我的诚意的请
托,未免太没有礼貌了。我告诉你吧,希腊的将军,她的好处是远
超过你的恭维以上的,你也不配作她的仆人。我吩咐你好好看顾
她,因为这就是我的吩咐;要是你胆敢欺负她,那么即使阿喀琉斯
那个大汉做你的保镖,我也要切断你的喉咙。

狄俄墨得斯　啊!特洛伊罗斯王子,您不用生气,让我凭着我的地位
和使命所赋予的特权,说句坦白的话:当我离开这儿以后,我爱怎
么做就怎么做,什么人也不能命令我;我将按照她本身的价值看

重她,可是您要是叫我必须怎么怎么做,那么我就用我的勇气和荣誉,回答您一个"不"字。

特洛伊罗斯　来,到城门口去吧。我对你说,狄俄墨得斯,你今天对我这样出言不逊,以后你可不要碰在我的手里。姑娘,让我搀着您的手,我们就在路上谈谈我们两人所要说的话吧。(特洛伊罗斯、克瑞西达、狄俄墨得斯同下;喇叭声。)

帕里斯　听! 赫克托的喇叭声。

埃涅阿斯　我们把这一个早晨浪费过去了! 我曾经对他发誓,要比他先到战场上去,现在他一定要怪我怠惰迟慢了。

帕里斯　这都是特洛伊罗斯不好。来,来,到战场上去会他。

得伊福玻斯　我们立刻就去吧。

涅阿斯　好,让我们像一个精神奋发的新郎似的,赶快去追随在赫克托的左右;我们特洛伊的光荣,今天完全依靠着他一个人的神威。(同下。)

第五场　希腊营地。前设围场

埃阿斯披甲胄及阿伽门农、阿喀琉斯、帕特洛克罗斯、墨涅拉俄斯、俄底修斯、涅斯托等同上。

阿伽门农　你已经到了约定的地点,勇气勃勃地等候时间的到来。威武的埃阿斯,用你的喇叭向特洛伊高声吹响,让它传到你那英勇的敌人的耳中,召唤他出来吧。

埃阿斯　吹喇叭的,我多赏你几个钱,你替我使劲地吹,把你那喇叭管子都吹破了吧。吹啊,家伙,鼓起你的腮帮,挺起你的胸脯,吹得你的眼睛里冒血,给我把赫克托吹了出来。(吹喇叭。)

俄底修斯　没有喇叭回答的声音。

阿喀琉斯　时候还早哩。

阿伽门农　那里不是狄俄墨得斯带着卡尔卡斯的女儿来了吗?

俄底修斯　正是他,我认识他走路的姿态;看他趾高气扬的样子,好像非常得意。

　　　　狄俄墨得斯及克瑞西达上。

阿伽门农　这位就是克瑞西达姑娘吗?

狄俄墨得斯　正是。

阿伽门农　好姑娘,欢迎您到我们这儿来。

涅斯托　我们的元帅用一个吻来欢迎您哩。

俄底修斯　可是那只能表示他个人的盛意;她是应该让我们大家都有接一次吻的机会的。

涅斯托　说得有理;我来开始吧。涅斯托已经吻过了。

阿喀琉斯　美人,让我吻去您嘴唇上的冰霜;阿喀琉斯向您表示他的欢迎。

墨涅拉俄斯　我也有吻她一次的权利。

帕特洛克罗斯　你还是放弃了你的权利吧;帕里斯也正是这样打旁边杀了过来,把你的权利夺了去的。

俄底修斯　啊,杀人的祸根,我们一切灾难的主因;为了一个人而我们来混战这一场。

帕特洛克罗斯　姑娘,这第一个吻是墨涅拉俄斯的;第二个是我的:帕特洛克罗斯吻着您。

墨涅拉俄斯　啊!这倒很方便!

帕特洛克罗斯　帕里斯跟我两个人总是代替他和人家接吻。

墨涅拉俄斯　我一定要得到我的一吻。姑娘,对不起。

克瑞西达　在接吻的时候,是您给我吻呢还是您受我的吻?

帕特洛克罗斯　我给您吻,也受您的吻。

克瑞西达　权衡轻重，不可吃亏，您所受的吻胜过您所给的吻，所以我不让您吻。

墨涅拉俄斯　那么我给您利息；让我用三个吻换您的一个吧。

克瑞西达　你确是个怪人；偏偏不用双数。

墨涅拉俄斯　姑娘，单身汉都很古怪。

克瑞西达　帕里斯却成了双；你也明明知道；你变得吊单了，他占了你的便宜，你是有苦说不出。

墨涅拉俄斯　你真是当头一棒呢。

克瑞西达　对不起。

俄底修斯　你俩并不能针锋相对，这笔买卖是做不成的。好姑娘，我可以向您讨一个吻吗？

克瑞西达　可以。

俄底修斯　我真想吻你。

克瑞西达　好，您讨吧。

俄底修斯　那么，为了维纳斯的缘故，给我一个吻；等海伦再变成一个处女的时候，他也可以吻您，他的吻也让我代领了吧。

克瑞西达　这一笔债可以记在账上，等它到期的时候，您再来问我讨吧。

俄底修斯　那是永远不会到期的，那么把我的一吻给我。

狄俄墨得斯　姑娘，我带您去见令尊吧。（狄俄墨得斯偕克瑞西达下。）

涅斯托　一个伶俐的女人。

俄底修斯　算了，算了！她的眼睛里、面庞上、嘴唇边都有话，连她的脚都会讲话呢；她身上的每一处骨节，每一个行动，都透露出风流的心情来。呵，这类油腔滑调的东西，厚着脸皮，侧步而进；她们把心里的话全部打开，引人上钩；简直是街头卖俏，唾手可得。（喇叭声。）

众　人　特洛伊人的喇叭。

阿伽门农　他们的军队来了。

　　　　　赫克托披甲胄,埃涅阿斯、特洛伊罗斯与其他特洛伊将士等上。

埃涅阿斯　各位希腊将军请了! 赫克托叫我来问你们,在今天这次
　　比武中间,交战双方是不是一定要一决雌雄,死伤流血,在所不
　　计;还是在一方面已经占到上风的时候,就由监战的人发令双方
　　停止?

阿伽门农　赫克托愿意采取哪一种方式?

埃涅阿斯　他没有意见;他愿意服从两方面议定的条件。

阿喀琉斯　这正是赫克托的作风,想得很周到,有点儿骄傲,可是未免
　　太小看对方的骑士了。

埃涅阿斯　将军,您倘然不是阿喀琉斯,那么请问您叫什么名字?

阿喀琉斯　我倘不是阿喀琉斯,就是个无名小卒。

埃涅阿斯　那么尊驾正是阿喀琉斯了。可是让我告诉您吧:赫克托有
　　的是吞吐宇宙的无限大的勇气,却没有一丝一毫的骄傲。您要是
　　知道他的为人,那么他这种表面上的骄傲,正是他的礼貌。你们
　　这位埃阿斯的身体上有一半是和赫克托同血统的,为了顾念亲属
　　的情谊,今天只有半个赫克托出场,用他一半的心,一半的身体,
　　来跟这个一半特洛伊人一半希腊人的混血骑士相会。

阿喀琉斯　那么今天的战争只是一场娘儿们的打架吗? 啊! 我知
　　道了。

　　　　　狄俄墨得斯重上。

阿伽门农　狄俄墨得斯将军来了。善良的骑士,你去站在我们这位埃
　　阿斯的旁边;你和埃涅阿斯将军就做两方面的监战人吧,或者让
　　他们战到精疲力竭,或者让他们略为打上一两回合,都由你们两
　　人决定。这两个交战的既然是亲戚,恐怕他们剑下不免有所顾忌。

(埃阿斯、赫克托二人入场。)

俄底修斯　他们已经拔剑相向了。

阿伽门农　那个满脸懊丧的特洛伊人是谁？

俄底修斯　普里阿摩斯的最小的儿子，一个真正的骑士：他未曾经过多大的历练，可是已经卓尔不群；他的出言很坚决，他的行为代替了他的言辞，他也从不矜功伐能；他不容易动怒，可是一动了怒，他的怒气却不容易平息下来；他有一颗坦白的心和一双慷慨的手，他所有的都可以给人家，他所想到的都不加掩饰，可是他的慷慨并不是滥施滥予，他的嘴里也从不曾吐露过一些卑劣的思想。他像赫克托一样勇敢，可是比赫克托更厉害；因为赫克托在盛怒之中，只要看见柔弱的事物，就会心软下来，可是他在激烈行动的时候，是比善妒的爱情更为凶狠的。他们称他为特洛伊罗斯，在他的身上建立着未来的希望，足与赫克托先后媲美。这是埃涅阿斯对我说的，他很熟悉这个少年，当我在特洛伊宫里的时候，他这样私下告诉我的。（号角声；赫克托与埃阿斯交战。）

阿伽门农　他们打起来了。

涅斯托　埃阿斯，出力！

特洛伊罗斯　赫克托，你睡着了吗？醒来！

阿伽门农　他的剑法很不错；好啊，埃阿斯！

狄俄墨得斯　大家住手。（号角声停止。）

埃涅阿斯　两位王子，够了，请歇手吧。

埃阿斯　我还没有上劲呢；再打一会儿吧。

狄俄墨得斯　请问赫克托的意思。

赫克托　好，那么我是不愿意再打下去了。将军，你是我的父亲的妹妹的儿子，伟大的普里阿摩斯的侄儿；血统上的关系，阻止我们作流血的斗争。要是在你身上混合着的希腊和特洛伊的血液，可以使你这样说，"这一只手是完全属于希腊的，这一只是属于特洛伊的;这腿上的筋肉全然是希腊的,这腿上全然是特洛伊的;右边的脸上流着我母亲的血液,左边的流着我父亲的血液,"那么凭着万能的乔武起誓,我要用我的剑在你每一处流着希腊血液的肢体上留下这一场恶战的痕迹;可是我不能上干天怒,让我的利剑沾上一滴你所得自你的母亲、我的可尊敬的姑母的血液。让我拥抱你,埃阿斯;凭着震响着雷霆的天神起誓,你有很壮健的手臂:兄弟,愿你得到一切的光荣!

埃阿斯　谢谢你,赫克托;你是一个太仁厚慷慨的人。我本意是要来杀死你,替自己博得一个英雄的名声。

赫克托　即使最负盛名的涅俄普托勒摩斯①,也不能希望从赫克托身上夺得光荣。

埃涅阿斯　两方面都在等着看你们两位还有什么行动。

赫克托　我们就这样回答:拥抱是这一场决战的结果。埃阿斯,再会。

埃阿斯　这是一个难得的机会,要是我的请求可以获得胜利,那么我要请我的著名的表兄到我们希腊营中一叙。

狄俄墨得斯　这是阿伽门农的意思,伟大的阿喀琉斯也渴想见一见解除甲胄的赫克托的英姿。

赫克托　埃涅阿斯,叫我的兄弟特洛伊罗斯过来见我;把这次友谊的访问通知我们特洛伊方面的观战将士,叫他们回去吧。兄弟,把你的手给我;我愿意跟你一起吃吃喝喝,认识认识你们的骑士。

埃阿斯　伟大的阿伽门农亲自来迎接我们了。

赫克托　凡是他们中间最有名的人物,都请你一个一个把他们的名字告诉我;可是轮到阿喀琉斯的时候,我要凭着我自己的眼睛,从他魁梧庞大的身体上认出他来。

---

① 涅俄普托勒摩斯:即皮洛斯,是阿喀琉斯的儿子。此处显然是指阿喀琉斯本人。

阿伽门农　尊贵的英雄！我们热烈欢迎你,正像我们热烈希望早早去掉你这样一位敌人一样;可是在欢迎的时候,不该说这样的话,请你明白我的意思,在过去和未来的路上,是布满毁灭的零落的残迹的,可是在此时此刻,我们却毫不猜疑,以出于真心的诚意向你表示欢迎,伟大的赫克托!

赫克托　谢谢你,尊严的阿伽门农。

阿伽门农　(向特洛伊罗斯)特洛伊著名的将军,我们同样欢迎你的光降。

墨涅拉俄斯　让我继我的王兄之后,欢迎你们两位英雄的兄弟。

赫克托　这一位将军是谁?

埃涅阿斯　尊贵的墨涅拉俄斯。

赫克托　啊!是您吗,将军?凭着战神的臂鞲,谢谢您!不要笑我发这样古怪的誓,您那位从前的太太总是凭着爱神的手套起誓的;她很安好,可是没有叫我向您问候。

墨涅拉俄斯　别提起她,将军;她是一个死了的题目。

赫克托　啊!对不起,恕我失言。

涅斯托　勇敢的特洛伊人,我常常看见你突过希腊青年的队伍,像披荆斩棘一样挥舞着你的宝剑,一手操纵着死生的命运;我也看见你像一个盛怒的珀耳修斯①似的鞭策着骏马驰骋,把你的剑停留在空中,不去加诛那些望风披靡的败将降卒;那时我曾经对旁边的人说,"瞧!那边正是天神朱庇特在那儿决定人们的生死呢!"我也看见一群希腊人把你紧紧包围在中间,像俄林波斯山上的一场角斗似的,你却从容不迫地在那儿休息;可是当我看见你的时候,你的脸总是深锁在钢铁的面甲里,直到现在方才看到你的面目。

---

① 珀耳修斯:希腊神话中的著名英雄。

我认识你的祖父，曾经跟他交战过一次，他是一位很好的军人；可是凭着伟大的战神起誓，你比他强得多啦，让一个老年人拥抱你；可尊敬的战士，欢迎你驾临我们的营地。

埃涅阿斯　这位是年老的涅斯托。

赫克托　让我拥抱你，久历沧桑的好老人家；最可尊敬的涅斯托，我很高兴遇见你。

涅斯托　我希望我的臂膀不但能够拥抱你，也能够和你在疆场上决战。

赫克托　我也希望它们能够。

涅斯托　嘿！凭着我这一把白须，我明天可要跟你决战几回合呢。好，欢迎，欢迎！我现在是老了——

俄底修斯　特洛伊的柱石已经在我们这儿了，我不知道现在那座城会不会倒下来。

赫克托　俄底修斯将军，您的容貌我还记得很清楚。啊！自从上次您跟狄俄墨得斯出使敝城，我们初次会面以后，已经死了多少希腊人和特洛伊人啦。

俄底修斯　将军，我那时候早就向您预告后来的事情了；我的预言还不过应验了一半，因为那座屏障贵邦的顽强的城墙，那些高耸云霄的碉楼，都必须吻它们自己脚下的泥土。

赫克托　我不能相信您的话，它们现在还是固若金汤；照我并不夸大的估计，打落每一块弗里吉亚的石头，都必须用一滴希腊人的血做代价。什么事情都要到结局方才知道究竟，那位惯于调停一切的时间老人，总有一天会替我们结束这一场纷争的。

俄底修斯　那么就让他去解决一切吧。最温良、最勇武的赫克托，欢迎！等元帅宴请过您以后，我也要请您驾临敝营，让我略尽地主之谊。

阿喀琉斯　对不起,俄底修斯将军,我要占先一下!赫克托,我已经把你看了个饱,仔细端详过你的面貌,把你身上的每一个地方都牢牢记住了。

赫克托　这位就是阿喀琉斯吗?

阿喀琉斯　我就是阿喀琉斯。

赫克托　请你站好,我也要看看你。

阿喀琉斯　你尽管看吧。

赫克托　我已经看好了。

阿喀琉斯　你看得太快了。我可要像买东西似的再把你从头到脚细细看一遍。

赫克托　啊!你要把我当作一本兵法书细看吗?可是我怕你有许多地方看不懂。为什么你要这样尽盯着我?

阿喀琉斯　天神啊。告诉我,我应该在他身上的哪一部分把他杀死呢?是这儿,是这儿,还是这儿?让我认清在什么方位结果赫克托的生命。天神啊,回答我吧!

赫克托　骄傲的人,天神倘会回答这样一个问题,他们也不成其为天神了。请你再站一站。你以为取我的命是一件这么容易的事,可以让你预先认清在什么地方把我杀死吗?

阿喀琉斯　我告诉你,是的。

赫克托　即使你的话是天神的启示,我也不会相信。你还是自己留心点儿吧,因为我要把你杀死的时候,我不是在这儿那儿杀死你,凭着替战神打盔的铁砧起誓,我要在你身上每一处地方杀死你。各位聪明的希腊人,恕我夸下这样的海口,他出言不逊,激我说出这样狂妄的话来;可是我倘不能用行为证实我的话,我就永不——

埃阿斯　表兄,你不必生气。阿喀琉斯,您也不用说这种恫吓的话,等您用得着它们的时候再拿出来吧;只要您有胃口,您可以每天去跟赫克托厮杀的。可是我怕我们全营将士请您出马的时候,您又请也请不出来了。

赫克托　请您让我在战场上跟您相见好不好？自从您不肯替希腊人出力以来,我们已经好久不曾有过痛快的厮杀了。

阿喀琉斯　赫克托,你请求我吗？好,明天我一定和你相会,决一个你死我活;可是今天晚上我们是好朋友。

赫克托　一言为定,把你的手给我。

阿伽门农　各位希腊将士,你们大家先到我的营帐里来,参加共同的欢宴;要是赫克托有功夫,你们有谁想要表示你们好客的殷勤,再可以各自招待他。把鼓儿高声打起来,把喇叭吹起来,让这位大英雄知道我们对他的欢迎。(除特洛伊罗斯、俄底修斯二人外皆下。)

特洛伊罗斯　俄底修斯将军,请您告诉我,卡尔卡斯住在什么地方？

俄底修斯　在墨涅拉俄斯的营帐里,尊贵的特洛伊罗斯;狄俄墨得斯今晚就在那儿陪他喝酒,这家伙眼睛里不见天地,只是瞧着美丽的克瑞西达。

特洛伊罗斯　将军,我们从阿伽门农帐里出来以后,可不可以有劳您带我到那里去？

俄底修斯　您可以命令我。我也要请问一声,这位克瑞西达姑娘在特洛伊的名誉怎样？她在那里有没有什么情人因为跟她分别而伤心？

特洛伊罗斯　啊,将军！我真像一个向人夸示他的伤疤的人一样,反而遭到您的讥笑了。请吧,将军。她曾经被人爱,她也爱过人,她现在还是这样;可是甜蜜的爱情往往是命运嘴里的食物。(同下。)

第
五
幕

第一场　希腊营地。阿喀琉斯帐前

　　　　阿喀琉斯及帕特洛克罗斯上。

阿喀琉斯　今夜我要用希腊的美酒烧热他的血液,明天再用我的宝剑叫
　　它冷下来。帕特洛克罗斯,我们一定要请他痛痛快快地大吃一顿。

帕特洛克罗斯　忒耳西忒斯来了。

　　　　忒耳西忒斯上。

阿喀琉斯　啊,你这嫉妒的核儿! 你这天生的硬面包壳儿! 有什么
　　消息?

忒耳西忒斯　嘿,你这虚有其表的画像,你这痴人崇拜者的偶像,这儿
　　有一封信给你。

阿喀琉斯　从哪儿来的,你这七零八碎的东西?

忒耳西忒斯　嘿,你这满盘的傻瓜,从特洛伊来的。

帕特洛克罗斯　现在谁在看守着营帐?

忒耳西忒斯　军医和伤兵。

帕特洛克罗斯　说得妙,你这捣蛋鬼,耍这种把戏有什么意思?

忒耳西忒斯　请你免开尊口,孩子;我一点也不能从你的谈话里得到
　　什么好处。人家都以为你是阿喀琉斯的雄丫头。

帕特洛克罗斯　浑蛋! 什么叫作雄丫头?

忒耳西忒斯　嘿,雄丫头就是男婊子。但愿南方的各种恶病,绞肠、脱

肠、伤风、肾砂、昏睡症、瘫痪、烂眼、坏肝、哮喘、膀胱肿毒、坐骨神经痛、灰掌疯、无药可医的筋骨痛、终身不治的水泡疹,一古脑儿染到你这荒唐家伙的身上!

帕特洛克罗斯　怎么,你这该死的嫉妒匣子,你这样咒人是什么意思?

忒耳西忒斯　我咒你吗?

帕特洛克罗斯　哼,你这烂木桶,你这婊子生的不成形的恶狗。你没有咒我。

忒耳西忒斯　没有! 那么你为什么发急,你这一绞轻薄的丝线,你这罩在烂眼上的绿绸眼罩,你这浪子钱袋上的流苏,你? 啊! 这个寒碜的世间怎么尽是这些水面的飞虫,这些可厌的渺小的生物。

帕特洛克罗斯　闭嘴,恶毒的东西!

忒耳西忒斯　你这麻雀蛋儿!

阿喀琉斯　我的好帕特洛克罗斯,我明天出战的雄心已经受到挫折。这儿是一封从赫卡柏王后写来的信,还有她的女儿,我的爱人,给我的一件礼物,她们都恳求我遵守我从前发过的一句誓言。我不愿违背我的誓言。让希腊没落,让名誉消失,让光荣或去或留吧;我必须服从我所已经发过的重誓。来,来,忒耳西忒斯,帮着布置布置我的营帐;今夜一定要在欢宴中消度过去。去吧,帕特洛克罗斯! (阿喀琉斯、帕特洛克罗斯同下。)

忒耳西忒斯　这两个人有太多的血气,太少的头脑,也许会发起疯来;要是他们因为有太多的头脑,太少的血气而发疯,那么我倒可以治愈他们的疯病。还有那个阿伽门农,人倒很老实,他也很爱玩鹌鹑,可是他的头脑总共还不过像耳屎那么一点点。讲到他那个外表像天神的兄弟,那头公牛,那尊原始的雕像,那座歪斜的王八的纪念碑,他不过是用链条穿起了挂在他哥哥腿上的一块小小的鞋拔;像他这种家伙,智慧里掺了些奸恶,奸恶里拚了些智慧,还能够叫他变得比现在的样子好一点吗?变一头驴子,那也不算什么;他又是驴子又是牛。变一头牛,那也不算什么;他又是牛又是驴子。变一条狗、一头骡子、一只猫、一只臭鼬、一只蛤蟆、一条蜥蜴、一只枭、一只鹞子,或是一条没有卵的鲱鱼,我都不在乎;可是倘要叫我变一个墨涅拉俄斯!嘿,我才要向命运造反呢。要是我不是忒耳西忒斯,那么别问我愿意变什么,因为就是叫我做癞病人身上的一个虱子我都愿意,只要不是做墨涅拉俄斯。哎唷!精灵们带着火把来啦!

> 赫克托、特洛伊罗斯、埃阿斯、阿伽门农、俄底修斯、涅斯托、墨涅拉俄斯及狄俄墨得斯各持火炬上。

阿伽门农　我们走错了,我们走错了。

埃阿斯　不,那儿就是;就是那个有火光的地方。

赫克托　真太麻烦你们了。

埃阿斯　不,没有什么。

俄底修斯　他自己来接您啦。

> 阿喀琉斯重上。

阿喀琉斯　欢迎,勇敢的赫克托;欢迎,各位王子。

阿伽门农　特洛伊的英雄王子,我现在要向您道晚安了。埃阿斯会吩咐卫士们侍候您的。

赫克托　谢谢您,愿您晚安,希腊的元帅。

墨涅拉俄斯　晚安,将军。

赫克托　晚安。

墨涅拉俄斯　好将军,忒耳西忒斯好个屁,你说好呀?好粪坑,好尿桶。

阿喀琉斯　回去的人我向他们道晚安,留着的人我欢迎他们。

阿伽门农　晚安。(阿伽门农、墨涅拉俄斯同下。)

阿喀琉斯　年老的涅斯托也没有去；狄俄墨得斯，你也在这儿耽搁
　　一二小时，陪陪赫克托吧。

狄俄墨得斯　我不能，将军；我有重要的事情，现在就要去了。晚安，
　　伟大的赫克托。

赫克托　把您的手给我。

俄底修斯　(向特洛伊罗斯旁白)跟着他的火把跑；他是到卡尔卡斯的帐
　　里去的。我陪您走走。

特洛伊罗斯　真是有劳您啦。

赫克托　好，晚安。(狄俄墨得斯下；俄底修斯、特洛伊罗斯随下。)

阿喀琉斯　来，来，我们进帐吧。(阿喀琉斯、赫克托、埃阿斯、涅斯托同下。)

忒耳西忒斯　那个狄俄墨得斯是个奸诈小人，一个居心不正的坏家
　　伙；当他斜着眼睛瞧人的时候，正像一条发着咝咝声音的蛇一样
　　靠不住。他会随口许愿，可是等到他履行他所许的愿的时候，天
　　文学家也会发出预告，因为那时候天象一定会发生巨大的变化，
　　太阳反而要向月亮借光了。我宁愿不看赫克托，一定要跟住他；
　　人家说他养着一个特洛伊的婊子，借那卖国贼卡尔卡斯的营帐幽
　　会。我要跟他去。奸淫，只有奸淫！全都是些不要脸的淫棍！(下。)

第二场　同前。卡尔卡斯帐前

狄俄墨得斯上。

狄俄墨得斯　喂！你睡了没有？

卡尔卡斯　(在内)谁在叫？

狄俄墨得斯　狄俄墨得斯。是卡尔卡斯吗？你的女儿呢？

卡尔卡斯　(在内)她就来了。

特洛伊罗斯及俄底修斯自远处上;忒耳西忒斯随上。

俄底修斯　站远一些,别让火把照见我们。

克瑞西达上。

特洛伊罗斯　克瑞西达出来会他了。

狄俄墨得斯　啊,我的被保护人!

克瑞西达　我的亲爱的保护人! 来! 我给您说句话。(向狄俄墨得斯
　　耳语。)

特洛伊罗斯　哼,这样亲热!

俄底修斯　她会向无论哪个初次见面的男人唱歌。

忒耳西忒斯　不论哪个男人都能跟她唱到一块儿去,只要他能搭上她
　　的腔调,她的调门多得很。

狄俄墨得斯　你会记得吗?

克瑞西达　记得,记得。

狄俄墨得斯　好,你可记住了;不要口不应心。

特洛伊罗斯　叫她记住些什么?

俄底修斯　听着!

克瑞西达　甜甜蜜蜜的希腊人,别再诱我干那些傻事情了。

忒耳西忒斯　捣什么鬼!

狄俄墨得斯　不,那么——

克瑞西达　我对您说呀——

狄俄墨得斯　算了,算了,有什么说的;你已经背了誓了。

克瑞西达　真的,我不能。你要我怎么样?

忒耳西忒斯　一个鬼把戏——公开的秘密。

狄俄墨得斯　你不是发过誓要给我一件什么东西吗?

克瑞西达　请您不要逼我履行我的誓言了,亲爱的希腊人;除了这一
　　件事情以外,我什么都依你。

狄俄墨得斯　晚安!

特洛伊罗斯　忍耐,把这口怒气压下去吧!

俄底修斯　你怎么啦,特洛伊人?

克瑞西达　狄俄墨得斯——

狄俄墨得斯　不,不,晚安;我不愿再被愚弄了。

特洛伊罗斯　比你更好的人也被她愚弄过了。

克瑞西达　听着!我向您的耳边说句话。

特洛伊罗斯　该死,该死!

俄底修斯　您在动怒了,王子;我们还是走吧,免得您的脾气越发越大。这地方是个危险的地方,这时间也是容易闯祸的时间。请您回去吧。

特洛伊罗斯　不,你瞧你瞧!

俄底修斯　您还是走吧;您已经气得发疯了。来,来,来。

特洛伊罗斯　请你再等一会儿。

俄底修斯　您快要忍耐不住了,来。

特洛伊罗斯　请你等一会儿。凭着地狱和一切地狱里的酷刑发誓,我决不说一句话!

狄俄墨得斯　好,晚安!

克瑞西达　可是您是含怒而去的。

特洛伊罗斯　那使你心里难过吗?啊,枯萎了的忠心!

俄底修斯　怎么,怎么,王子!

特洛伊罗斯　天神在上,我忍耐就是了。

克瑞西达　我的保护人!——喂,希腊人!

狄俄墨得斯　呸,呸!再见;你老是作弄人家。

克瑞西达　凭良心说,我没有;您回来呀。

俄底修斯　您在气得发抖了;王子;我们走吧,您要忍不住了。

特洛伊罗斯　她摸他的脸！

俄底修斯　来,来。

特洛伊罗斯　不,等一会儿;天神在上,我决不说一句话;在我的意志
　　和一切耻辱的中间,有忍耐在那儿看守着;再等一会儿吧。

忒耳西忒斯　那个屁股胖胖的、手指粗得像马铃薯般的荒淫的魔鬼怎
　　么会把这两个宝货撮在一起! 煎吧,都给我在奸淫里煎枯了吧!

狄俄墨得斯　那么你答应了吗?

克瑞西达　是,我答应了;不骗您。

狄俄墨得斯　给我一件什么东西做保证吧。

克瑞西达　我去给您拿来。(下。)

俄底修斯　您发誓说一定忍耐的。

特洛伊罗斯　你放心吧,好将军;我一定抑制住自己,不让我的感情暴
　　露出来;我满心都是忍耐。

　　　　　克瑞西达重上。

忒耳西忒斯　抵押品来了! 瞧,瞧,瞧!

克瑞西达　狄俄墨得斯,这衣袖请您收下来吧。

特洛伊罗斯　啊,美人! 你的忠心呢?

俄底修斯　王子——

特洛伊罗斯　我会忍耐;在外表上忍住我的怒气。

克瑞西达　您瞧瞧那衣袖;瞧清楚了。他曾经爱过我——啊,负心的
　　女人! 把它还给我。

狄俄墨得斯　这是谁的?

克瑞西达　您已经还了我,不用再问了。明天晚上我不愿跟您相会。
　　狄俄墨得斯,请您以后不要再来看我了吧。

忒耳西忒斯　现在她又要磨他了;说得好,磨石!

狄俄墨得斯　拿来给我。

克瑞西达　什么,是这个吗?

狄俄墨得斯　是这个。

克瑞西达　天上的诸神啊!你可爱的、可爱的信物!你的主人现在正在床上躺着想起你也想起我;他一定在那儿叹气,拿着我的手套,一边回忆一边轻轻地吻着它;就像我吻着你一样。不,不要从我手里把它夺去;谁拿了它去,就是把我的心也一块儿拿去了。

狄俄墨得斯　你的心已经给了我了;这东西也是我的。

特洛伊罗斯　我已经发誓忍耐。

克瑞西达　你不能把它拿去,狄俄墨得斯;真的您不能拿去;我宁愿把别的东西给您。

狄俄墨得斯　我一定要这个。它是谁的?

克瑞西达　您不用问。

狄俄墨得斯　快说,它本来是属于谁的?

克瑞西达　它本来是属于一个比您更爱我的人的。可是您既然已经拿了去,就给了您吧。

狄俄墨得斯　它是谁的?

克瑞西达　凭着狄安娜女神和侍候她的那群星娥们起誓,我不愿告诉您它是谁的。

狄俄墨得斯　明天我要把它佩在我的战盔上,要是他不敢向我挑战,也叫他看着心里难过。

特洛伊罗斯　即使你是魔鬼,把它挂在你的角上,我也要向你挑战。

克瑞西达　好,好,事情已经过去,也不用说了;可是不,我不愿应您的约会。

狄俄墨得斯　好,那么再见;狄俄墨得斯以后再不让你玩弄了。

克瑞西达　您不要去;人家刚说了一句话,您又恼起来啦。

狄俄墨得斯　我不喜欢让人开这样的玩笑。

忒耳西忒斯　我也不喜欢，自有地狱王为证；可是你不喜欢的事我倒最喜欢。

狄俄墨得斯　那么我要不要来？什么时候？

克瑞西达　好，你来吧；——天啊！——你来吧；——我一定要受神明的惩罚了！

狄俄墨得斯　再会。

克瑞西达　晚安；请你一定来。(狄俄墨得斯下)别了，特洛伊罗斯！我的一只眼睛还在望着你，可是另一只眼睛已经随着我的心转换了方向。唉，我们可怜的女人！我发现了我们这一个弱点，我们的眼睛所犯的错误支配着我们的心；一时的失足把我们带到了永远错误的路上。啊，从这里可以得出一个结论，那就是：受眼睛支配的思念一定是十分卑劣的。(下。)

忒耳西忒斯　这是她对于她自己的贞节的最老实的供认，除非她再说一句，"我的心现在已经变成了一个娼妇。"

俄底修斯　没有什么可看的了，王子。

特洛伊罗斯　是的，一切都完了。

俄底修斯　那么我们还留在这儿干吗？

特洛伊罗斯　我要把他们在这儿说的话一个字一个字地记录在我的灵魂里。可是我倘把这两个人共同串演的这一出活剧告诉人家，虽然我宣布的是事实，这事实会不会是一个谎呢？因为在我的心里还留着一个顽强的信仰，不肯接受眼睛和耳朵的见证，好像这两个器官都是善于欺骗，它们的作用只是颠倒是非，淆乱黑白。刚才出来的真是克瑞西达吗？

俄底修斯　我又不会驱神役鬼，特洛伊人。

特洛伊罗斯　一定不是她。

俄底修斯　的确是她。

特洛伊罗斯　我还没有发疯,我知道那不是她。

俄底修斯　难道倒是我疯了吗? 刚才明明是克瑞西达。

特洛伊罗斯　为了女人的光荣,不要相信她是克瑞西达! 我们都是有
　　母亲的;不要让那些找不到诽谤的题目的顽固批评家们得到借
　　口,用克瑞西达的例子来评断一切女性;还是相信她不是克瑞西
　　达吧。

俄底修斯　王子,她干了些什么事,可以使我们的母亲都蒙上污
　　辱呢?

特洛伊罗斯　她没有干什么事,除非刚才的女人真的就是她。

忒耳西忒斯　他自己亲眼瞧见了还要强词诡辩吗?

特洛伊罗斯　这是她吗? 不,这是狄俄墨得斯的克瑞西达。美貌如果
　　是有灵魂的,这就不是她;灵魂如果指导着誓言,誓言如果代表着
　　虔诚的心愿,虔诚如果是天神的喜悦,世间如果有不变的常道,这
　　就不是她。啊,疯狂的理论! 为自己起诉,控诉自己,却又全无实
　　证,矛盾重重:理智造了反,却不违反理智;理智丢光了,却仍做
　　得合理,保持一个场面。这是克瑞西达,又不是克瑞西达。我的
　　灵魂里正在进行着一场奇怪的战争,一件不可分的东西,分隔得
　　比天地相去还要辽阔;可是在这样广大的距离中间,却又找不到
　　一个针眼大的线缝。像地狱之门一样坚强的证据,证明克瑞西达
　　是我的,上天的赤绳把我们结合在一起。像上天本身一样坚强的
　　证据,却证明神圣的约束已经分裂松懈,她的破碎的忠心、她的残
　　余的爱情、她的狼藉的贞操,都拿去与狄俄墨得斯另结新欢了。

俄底修斯　尊贵的特洛伊罗斯也会受制于他所吐露的那种感情吗?

特洛伊罗斯　是的,希腊人;我要用像热恋着维纳斯的战神马斯的心
　　一样鲜红的大字把它书写出来;从来不曾有过一个年轻的男子用
　　我这样永恒而坚定的灵魂恋爱过。听着,希腊人,正像我深爱着

克瑞西达一样,我也同样痛恨着她的狄俄墨得斯;他将要佩在盔上的那块衣袖是我的,即使他的盔是用天上的神火打成的,我的剑也要把它挑下来;疾风卷海,波涛怒立的声势,也将不及我的利剑落在狄俄墨得斯身上的时候那样惊心动魄。

忒耳西忒斯　这是他偷女人的报应。

特洛伊罗斯　啊,克瑞西达!负心的克瑞西达!你好负心!一切不忠不信、无情无义,比起你的失节负心来,都会变成光荣。

俄底修斯　啊!您忍着些吧;您这一番愤激的话,已经给人家听见了。

　　　　　埃涅阿斯上。

埃涅阿斯　殿下,我已经找您一个钟头了。赫克托现在正在特洛伊披起他的甲胄来了。埃阿斯等着护送您回去。

特洛伊罗斯　那么我们一同走吧。多礼的将军,再会。别了,叛逆的美人!狄俄墨得斯,留心站稳了,顶一座堡垒在你的头上吧!

俄底修斯　我送你们两位到门口。

特洛伊罗斯　请接受我心烦意乱的感谢。(特洛伊罗斯、埃涅阿斯、俄底修斯同下。)

忒耳西忒斯　要是我碰见了那个浑蛋狄俄墨得斯!我要向他学老鸦叫,叫得他满身晦气。我倘把这婊子的事情告诉了帕特洛克罗斯,他一定愿意把无论什么东西送给我;鹦鹉瞧见了一粒杏仁,也不及他听见了一个近在手头的婊子更高兴。奸淫,奸淫;永远是战争和奸淫,别的什么都不时髦。浑身火焰的魔鬼抓了他们去!(下。)

第三场　特洛伊。普里阿摩斯王宫门前

　　　　　赫克托及安德洛玛刻上。

安德洛玛刻　我的夫君今天怎么脾气坏到这样子,不肯接受人家的劝

告呢？脱下你的甲胄来，今天不要出去打仗了。

赫克托　不要激怒我，快进去；凭着一切永生的天神起誓，我非去
　　不可。

安德洛玛刻　我的梦一定会应验的。

赫克托　别多说啦。

　　　　卡珊德拉上。

卡珊德拉　我的哥哥赫克托呢？

安德洛玛刻　在这儿，妹妹；他已经披上甲胄，充满了杀心。陪着我向
　　他高声恳求吧；让我们跪下来哀求他，因为我梦见流血的混乱，整
　　夜里只是梦着屠杀的惨象。

卡珊德拉　啊！这是真的。

赫克托　喂！让我的喇叭吹起来。

卡珊德拉　看在上天的面上，好哥哥，不要吹起进攻的信号。

赫克托　快去；天神已经听见我发过誓了。

卡珊德拉　天神对于愤激暴怒的誓言是充耳不闻的；它们是不洁的祭
　　礼，比污秽的兽肝更受憎恨。

安德洛玛刻　啊！听从我们的劝告吧。不要以为自恃正义，便可以伤
　　害他人；如果那是合法的，那么用暴力劫夺所得的财物拿去布施，
　　也可以说是合法的了。

卡珊德拉　誓言是否有效，必须视发誓的目的而定；不是任何的目的
　　都可以使誓言发生力量。脱下你的甲胄吧，亲爱的赫克托。

赫克托　你们别闹。我的荣誉主宰着我的命运。生命是每一个人所
　　重视的；可是高贵的人重视荣誉远过于生命。

　　　　特洛伊罗斯上。

赫克托　啊，孩子！你今天预备上战场吗？

安德洛玛刻　卡珊德拉，叫我们的父亲来劝劝他。（卡珊德拉下。）

赫克托　不,你不要去,特洛伊罗斯;脱下你的铠甲,孩子;我今天充
　　　满了骑士的精神。让你的筋骨再长得结实一点,不要就去试探战
　　　争的锋刃吧。脱下你的铠甲,去,不要怀疑,勇敢的孩子,我今天
　　　要为了你、为了我、为了整个的特洛伊而作战。

特洛伊罗斯　哥哥,您有一个太仁慈的弱点,这弱点适宜于一头狮子,
　　　却不适宜于一个勇士。

赫克托　是怎样一个弱点,好特洛伊罗斯? 你指出来责备我吧。

特洛伊罗斯　好几次战败的希腊人倒在地上,您虽然已经举起您的
　　　剑,却叫他们站起来,放他们活命。

赫克托　啊! 那是公道的行为。

特洛伊罗斯　不,那是傻气的行为,赫克托。

赫克托　怎么! 怎么!

特洛伊罗斯　看在一切天神的面上,让我们把恻隐之心留在我们母亲
　　　那儿吧;当我们披上甲胄的时候,让残酷的愤怒指挥着我们的剑
　　　锋,执行无情的杀戮。

赫克托　嘿! 那太野蛮了。

特洛伊罗斯　赫克托,这样才是战争呀。

赫克托　特洛伊罗斯,我今天不要你临阵。

特洛伊罗斯　谁可以阻止我? 命运、命令,或是握着火红的指挥杖的
　　　战神的手,都不能叫我退下;普里阿摩斯父王和赫卡柏母后含着
　　　满眶的眼泪跪在地上,都不能打消我的决心;就是您,我的哥哥,
　　　拔出您的锋利的剑来,也挡不住我;除了我自己的毁灭以外,我不
　　　怕任何的阻力。

　　　　　卡珊德拉偕普里阿摩斯上。

卡珊德拉　拖住他,普里阿摩斯,不要放松。他是你的拐杖;要是你失
　　　去你的拐杖,那么你依靠着他,整个的特洛伊依靠着你,大家都要

一起倒下了。

普里阿摩斯　来,赫克托,来,回来;你的妻子做了噩梦,你的母亲看见了幻象,卡珊德拉预知未来,我自己也像一个突然得到天启的先知一样,告诉你今天是一个不祥的日子,所以你回来吧。

赫克托　埃涅阿斯在战场上等我;我和许多希腊人有约在先,今天一定要去跟他们相会。

普里阿摩斯　可是你不能去。

赫克托　我不能失信于人。您知道我一向是不敢违抗您的意旨的,所以,亲爱的父亲,不要使我负上一个不孝的罪名,请您允许我出战吧。

卡珊德拉　普里阿摩斯啊! 不要听从他。

安德洛玛刻　不要允许他,亲爱的父亲。

赫克托　安德洛玛刻,你使我生气了。为了你对我的爱情,快给我进去吧。(安德洛玛刻下。)

特洛伊罗斯　都是这个愚蠢的、做梦的、迷信的姑娘,凭空虚构出这许多恶兆。

卡珊德拉　啊,别了! 亲爱的赫克托! 瞧,你死了! 瞧,你的眼睛变成惨白了! 瞧,你满身的伤口都在流血! 听,特洛伊在呼号,赫卡柏在痛哭,可怜的安德洛玛刻在发出她尖锐的悲声! 瞧,慌乱、疯狂和惊愕,像一群没有头脑的痴人彼此相遇,大家都在哭喊着赫克托:赫克托死了! 啊,赫克托!

特洛伊罗斯　去! 去!

卡珊德拉　别了。且慢,赫克托,我还要向你告别;你欺骗了你自己,也欺骗了我们全体特洛伊人。(下。)

赫克托　父王,您听见她这样嚷叫,有点儿惊恐吗? 进去安慰安慰我们的军民;我们现在要出去作战,干一些值得赞美的事情,今天晚上再来讲给您听吧。

普里阿摩斯　再会，愿神明保佑你平安！（普里阿摩斯、赫克托各下；号角声。）

特洛伊罗斯　他们已经打起来了，听！骄傲的狄俄墨得斯，相信我，我今天不是失去我的手臂，就要夺回我的衣袖。

　　　　特洛伊罗斯将去时，潘达洛斯自另一方上。

潘达洛斯　您听见吗，殿下？您听见吗？

特洛伊罗斯　现在又有什么事？

潘达洛斯　这儿是那可怜的女孩子寄来的一封信。

特洛伊罗斯　让我看。

潘达洛斯　这倒霉的混账咳嗽害得我好苦，还要让这傻丫头把我搅得心神不安，又是这样，又是那样，看来我这条老命也活不长久了；我的眼睛里又害起了风湿症，我的骨节又痛得这么厉害，不知道我作了什么孽，才受到这样的罪。她说些什么？

特洛伊罗斯　空话，空话，只有空话，没有一点真心；行为和言语背道而驰。（撕信）去，你风一样轻浮的，跟着风飘去，也化成一阵风吧。她用空话和罪恶搪塞我的爱情，却用行为去满足他人。（各下。）

第四场　特洛伊及希腊营地之间

　　　　号角声；兵士混战；忒耳西忒斯上。

忒耳西忒斯　现在他们在那儿打起来了，待我去看个热闹。那个奸诈的卑鄙小人，狄俄墨得斯，把那个下流的痴心的特洛伊小傻瓜的衣袖裹在他的战盔上；我巴不得看见他们碰头，看那头爱着那婊子的特洛伊小驴子怎样放那个希腊淫棍回到那只假情假义的浪蹄子那儿去，叫他有袖而来，无袖而归。在另一方面，那些狡猾的信口发誓的坏东西——那块耗子咬过的陈年干酪，涅斯托，和那头狗狐俄底修斯,他们定下的计策,简直不值一颗乌梅子:他们的计策是要叫那条杂种恶狗埃阿斯去对抗那条同样坏的恶狗阿喀琉斯;现在埃阿斯那恶狗已经变得比阿喀琉斯那恶狗更骄傲了,今天他不肯出战;所以那些希腊人都像野蛮人一样胡作非为起来,计策权谋把军誉一起搅坏了。且慢!衣袖来了;那一个也来了。

狄俄墨得斯上,特洛伊罗斯随上。

特洛伊罗斯　别逃;你就是跳下了冥河,我也要入水追你。

狄俄墨得斯　你弄错了,我没有逃;因为你们人多,好汉不吃眼前亏,所以我才抽身出来。你小心点儿吧!

忒耳西忒斯　守住你那婊子,希腊人!为了那婊子的缘故,特洛伊人,出力吧!挑下那衣袖来,挑下那衣袖来!（特洛伊罗斯、狄俄墨得斯随战随下。）

赫克托上。

赫克托　希腊人,你是谁?你也是要来跟赫克托比一个高下的吗?你是不是一个贵族?

忒耳西忒斯　不,不,我是个无赖,一个只会骂人的下流汉,一个卑鄙龌龊的小人。

赫克托　我相信你;放你活命吧。（下。）

忒耳西忒斯　慈悲的上帝,你居然会相信我!这天杀的把我吓了这么一跳!那两个扭成一团的浑蛋呢?我想他们也许把彼此吞下去了,那才是个笑话哩。看起来,淫欲总是自食其果的。我要找他们去。（下。）

第五场 战地的另一部分

> 狄俄墨得斯及仆人上。

狄俄墨得斯　来,给我把特洛伊罗斯的骏马牵了回去,把它奉献给我的爱人克瑞西达,向她表示我对于她的美貌的敬礼;对她说,我已经教训过那个多情的特洛伊人,用事实证明我是她的骑士了。

仆人　我就去,将军。(下。)

> 阿伽门农上。

阿伽门农　添救兵,添救兵! 凶猛的波吕达玛斯已经把门农打了下来;那私生子玛伽瑞隆把多里俄斯捉了去,像一尊巨大的石像似的,站在被杀的厄庇斯特洛福斯和刻狄俄斯二王的尸体上,挥舞着他的枪杆;波吕克塞诺斯也死了;安菲玛科斯和托阿斯都受了致命的重伤;帕特洛克罗斯被擒被杀,下落不明;帕拉墨得斯身受重创;可怕的萨癸塔里大逞威风,把我们的兵士吓得四散奔窜。狄俄墨得斯,快去添救兵,否则我们要一败涂地了。

> 涅斯托上。

涅斯托　去,把帕特洛克罗斯的尸体抬到阿喀琉斯帐里;再叫那像蜗牛一样慢腾腾的埃阿斯赶快披上甲胄。有一千个赫克托在战场上,一会儿他骑着马在这儿鏖战,一会儿他又在那边徒步奔突,挡着他的人逃的逃,死的死,就像一群轻舟小艇,遇见了一头喷射海水的巨鲸一样;一会儿他又在别的地方,把那些稻草般的希腊人摧枯拉朽似的杀得望风披靡,这里,那里,到处有他神出鬼没的踪迹,他的敏捷的行动,简直是得心应手,要怎么样便怎么样,看见了也会叫人不相信自己的眼睛。

俄底修斯上。

俄底修斯　啊！勇气,勇气,王子们！伟大的阿喀琉斯披起铠甲来
　　了;他在哭泣,咒骂,发誓复仇,帕特洛克罗斯身上的创伤已经
　　激起了他的昏睡的雄心;他手下的那些负伤的壮士,有的割去
　　了鼻子,有的砍掉了手,断臂的,刖足的,都在叫喊着赫克托的名
　　字。埃阿斯也失去了一个朋友,恼得他咬牙切齿,已经披甲出战,
　　要去找特洛伊罗斯拼命;那特洛伊罗斯今天就像发了疯似的横
　　冲直撞,勇不可挡,命运也像故意讥讽智谋的无用一样,对他特
　　别照顾,使他战无不胜。

　　　埃阿斯上。

埃阿斯　特洛伊罗斯！你这懦夫躲到哪里去了? （下。）

狄俄墨得斯　在那儿,在那儿。

涅斯托　好,好,我们也上去杀一阵。

　　　阿喀琉斯上。

阿喀琉斯　这赫克托在什么地方? 来,来,你这吓吓小孩子的家伙,还
　　不给我出来吗? 我要让你知道遇见一个发怒的阿喀琉斯是怎么
　　样的。赫克托！赫克托呢? 我只要找赫克托。（各下。）

第六场　战地的另一部分

　　　埃阿斯上。

埃阿斯　特洛伊罗斯,你这懦夫,出来！

　　　狄俄墨得斯上。

狄俄墨得斯　特洛伊罗斯！特洛伊罗斯在什么地方?

埃阿斯　你要找他干什么?

狄俄墨得斯　我要教训教训他。

埃阿斯　等我做了元帅,你到了我的地位,你再来教训他吧。特洛伊
　　　罗斯! 喂,特洛伊罗斯!

　　　　　特洛伊罗斯上。

特洛伊罗斯　啊,奸贼,狄俄墨得斯! 转过你的奸诈的脸来,你这奸
　　　贼! 拿你的命来赔偿我的马儿!

狄俄墨得斯　嘿! 你来了吗?

埃阿斯　我要独自跟他交战 ;站开,狄俄墨得斯。

狄俄墨得斯　他是我的目的物 ;我不愿意袖手旁观。

特洛伊罗斯　来,你们这两个希腊贼子 ;你们一起来吧! (随战随下。)

　　　　　赫克托上。

赫克托　呀,特洛伊罗斯吗? 啊,打得好,我的小兄弟!

　　　　　阿喀琉斯上。

阿喀琉斯　现在我看见你了。嘿! 等着吧,赫克托!

赫克托　住手,你还是休息一会儿。

阿喀琉斯　我不要你卖什么人情,骄傲的特洛伊人。我的手臂久已不
　　　举兵器了,这是你的幸运 ;我的休息和怠惰,给你很大的便宜 ;可
　　　是我不久就会让你知道我的厉害,现在你还是去追寻你的命运
　　　吧。(下。)

赫克托　再会,要是我早知道会遇见你,我的勇气一定会增加百倍。
　　　啊,我的兄弟!

　　　　　特洛伊罗斯重上。

特洛伊罗斯　埃阿斯把埃涅阿斯捉了去了 ;真有这样的事吗? 不,凭
　　　着那边天空中灿烂的阳光发誓,他不能让他捉去 ;我一定要去救
　　　他出来,否则宁愿让他们把我也一起捉了去。听着,命运! 今天
　　　我已经把死生置之度外了。(下。)

　　　　　一骑士披富丽铠甲上。

赫克托　站住,站住,希腊人;你是一个很好的目标。啊,你不愿站住吗?
　　我很喜欢你这身甲胄;即使把它割破砍碎,也要剥它下来。畜生,
　　你不愿站住吗? 好,你逃,我就追,非得剥下你的皮来不可。(同下。)

第七场　战地的另一部分

　　　　阿喀琉斯及众骑士上。

阿喀琉斯　过来,我的骑士们,听清我的话。你们看我到什么地方,就
　　跟到什么地方。不要动你们的刀剑,蓄养好你们的气力;当我找
　　到了凶猛的赫克托以后,你们就用武器把他密密围住,一阵乱剑
　　剁死他。跟我来,孩子们,留心我的行动;伟大的赫克托决定要在
　　今天丧命。(同下。)

　　　　墨涅拉俄斯及帕里斯互战上;忒耳西忒斯随上。

忒耳西忒斯　那王八跟那奸夫也打起来了。出力,公牛! 出力,狗子!
　　呦,帕里斯? 呦! 啊,我的两个雌儿的麻雀! 呦。帕里斯,呦! 那
　　公牛打胜了;喂,留心他的角! (帕里斯、墨涅拉俄斯下。)

　　　　玛伽瑞隆上。

玛伽瑞隆　奴才,转过来跟我打。

忒耳西忒斯　你是什么人?

玛伽瑞隆　普里阿摩斯的庶子。

忒耳西忒斯　你是个私生子,我也是个私生子,我喜欢私生子,一个私
　　生子生我出来,教养我成为一个私生头脑、私生血气的变种:一头
　　熊不会咬它的同类,那么私生子为什么要自相残杀呢? 要注意,
　　我们彼此不和是最不吉祥之兆:一个私生子为一个婊子打起架来
　　就会惹祸上身的:再会,私生子。(下。)

玛伽瑞隆　魔鬼抓了你去,懦夫! (下。)

第八场　战地的另一部分

　　　　赫克托上。

赫克托　富丽的外表包裹着一个腐烂不堪的核心,你这一身好盔甲送
　　　了你的性命。现在我已经作完一天的工作,待我好好休息一下。
　　　我的剑啊,你已经饱餐了鲜血和死亡,你也休息休息吧。(脱下战
　　　盔,将盾牌悬挂背后。)

　　　　阿喀琉斯及众骑士上。

阿喀琉斯　瞧。赫克托,太阳已经开始没落,丑恶的黑夜在他的背后
　　　追踪而来;赫克托的生命,也要跟太阳一起西沉,结束了这一个
　　　白昼。

赫克托　我现在已经解除武装;不要乘人不备,希腊人。

阿喀琉斯　动手,孩子们,动手! 这就是我所要找的人。(赫克托倒地)
　　　现在,特洛伊,你也跟着倒下来吧! 这儿躺着你的心脏,你的筋
　　　肉,你的骨骼。上去,骑士们! 大家齐声高呼,"阿喀琉斯已经把
　　　勇武的赫克托杀死了! "(吹归营号)听! 我军在吹归营号了。

骑　士　主将,特洛伊的喇叭跟我们的喇叭声音是一样的。

阿喀琉斯　黑夜的巨龙之翼已经覆盖了大地,分开了交战的两军。我的
　　　尚未餍足的宝剑,因为已经尝到了美味,也要归寝了。(插剑入鞘)来,
　　　把他的尸体缚在我的马尾巴上,我要把这特洛伊人拖过战场。(同下。)

第九场　战地的另一部分

　　　　阿伽门农、埃阿斯、墨涅拉俄斯、涅斯托、狄俄墨得斯及余人等列队行
　　进,内喧呼声。

阿伽门农　听! 听! 那是什么呼声?

涅斯托　静下来,鼓声!

(内呼声)"阿喀琉斯! 阿喀琉斯! 赫克托被杀了! 阿喀琉斯!"

狄俄墨得斯　听他们的呼声,好像是赫克托给阿喀琉斯杀了。

埃阿斯　果然有这样的事,我们也不要自夸;伟大的赫克托并没有不
　　如他的地方。

阿伽门农　大家静静前进。派一个人到阿喀琉斯那里去,请他到我的
　　大营里来。要是他的死是天神有心照顾我们,那么伟大的特洛伊
　　已经是我们的,惨酷的战争也要从此结束了。(众列队行进下。)

第十场　战地的另一部分

　　　　埃涅阿斯及特洛伊兵士上。

埃涅阿斯　站住! 我们现在还控制着这战场。不要回去,让我们忍着
　　饥饿挨过这一夜。

　　　　特洛伊罗斯上。

特洛伊罗斯　赫克托被杀了。

众　人　赫克托! 哪有这样的事!

特洛伊罗斯　他死了,他的尸体缚在那凶手的马尾上,惨无人道地拖
　　过了充满着耻辱的战场。天啊,颦蹙你的怒眉,赶快降下你的惩
　　罚来吧! 神明啊,坐在你们的宝座上,眷顾着特洛伊吧! 让你们
　　的迅速的灾祸变成慈悲,不要拖延我们不可避免的毁灭吧!

埃涅阿斯　殿下,您不要瓦解我们全军的士气。

特洛伊罗斯　你没有了解我的意思,所以才会对我说这样的话。我没
　　有说到逃走、恐惧和死亡;我是向着一切天神和世人所加于我们
　　的迫切的危险挑战。赫克托已经离我们而去了;谁去把这样的消

息告诉普里阿摩斯和赫卡柏呢？有谁现在到特洛伊去,宣布赫克托的死讯的,让他永远被称为不祥的啼枭吧。这样一句话是会使普里阿摩斯变成一座石像,使妇女们变成泪泉和化石,使少年们变成冰冷的雕像,使整个的特洛伊惊怖失色的。可是去吧,赫克托死了,还有什么话说呢？且慢！你们这些可恶的营帐,这样骄傲地布下在我们弗里吉亚的平原上,无论太阳起得多早,我要把你们踏为平地！还有你,你这肥胖的懦夫。无论怎样广阔的距离,都不能分解我们两人的仇恨；我要永远像一颗疑神疑鬼的负疚的良心一样缠绕着你！回到特洛伊去！我们不要懊恼,让复仇的希望掩盖我们内心的悲痛。(埃涅阿斯及特洛伊军队下。)

特洛伊罗斯将去时,潘达洛斯自另一方上。

潘达洛斯　听我说,听我说!

特洛伊罗斯　滚开,下贱的龟奴！丑恶和耻辱追随着你,永远和你的名字连在一起！（下。）

潘达洛斯　好一服医治我的骨痛的妙药！啊,世界,世界,世界！一个替别人奔走的人,是这样被人轻视！做卖国贼的,做淫媒的,人家用得着你们的时候,是多么重用你们,可是他们会给你们些什么好处呢？为什么人家这样喜欢我们所干的事,却这样痛恨我们的行业？有什么诗句可以证明？——让我想一想！——那采蜜的蜂儿无虑无愁,终日在花丛里歌唱优游；等到它一朝失去了利刺,甘蜜和柔歌也一齐消逝。奉告吃风月饭的朋友们,把这几句诗做你们的座右铭吧。（下。）